Luise Hager

Eric Hatch

Pferd mit Familienanschluß

Aus dem Amerikanischen übersetzt
von Rosemarie Pauer

BASTEI
LÜBBE

BASTEI-LÜBBE-TASCHENBUCH
Band 10 417

Titel der Originalausgabe:
THE YEAR OF THE HORSE

Lizenzausgabe: Gustav Lübbe Verlag GmbH,
Bergisch Gladbach
Printed in Western Germany 1984
Einbandgestaltung: Roland Winkler
Illustration: Peter Schimmel
Satz: ICS Computersatz GmbH, Bergisch Gladbach
Herstellung: Ebner Ulm
ISBN 3-404-10 417-X

1

Nach Monaten sah ich mir, nur so zum Spaß, mein Horoskop für jenen Tag an. Es lautete:

Skorpione (das bin ich) sollten heute bei Verhandlungen Vorsicht walten lassen und sich vor übereilten Entscheidungen hüten. Sie könnten weitreichende und unerwartete Folgen haben.

Hätte ich es an jenem Morgen angeschaut! Aber wahrscheinlich wäre es auch nicht anders gekommen. Wer würde schließlich ein vollkommen normales Gespräch mit seiner eigenen Frau als »Verhandlung« bezeichnen. Und was »übereilte Entscheidungen« anbelangt, so stimme ich sowieso fast immer ihren Vorschlägen zu. Weit und breit gab es kein Signal, das mich hätte alarmieren können.
Ich saß im Wagen und wollte gerade zum Bahnhof fahren, als Mary ihren Kopf zur Haustür herausstreckte: »Ach, Freddie, Helen ist ganz wild auf Reitstunden. Ich habe gesagt, ich müßte dich erst um Erlaubnis fragen. Bist du einverstanden?«
Ich nickte großzügig durch das Wagenfenster. »Warum nicht? Sie hat ja bis jetzt auch alle Stunden gehabt, die du dir nur ausdenken konntest.«
Mary lächelte und sah trotz der rosa Plastiklockenwickler sofort reizvoll aus.
»Sie sind ein bißchen teuer . . .«
»Macht nichts. Das Beste ist für meine Familie gerade gut genug. Ich kann es mir ja leisten«
Das war natürlich eine faustdicke Lüge. Ich konnte mir nichts von alldem leisten, was wir hatten. Marys Wagen, meinen Wagen, das »Semi-Demi« (so wenigstens hatte der

Makler das Haus – halb Kolonialstilvilla, halb Ranch – bezeichnet, das er uns vor fünf Jahren verkaufte), den Farbfernsehapparat, die teure, nur im Pendelverkehr erreichbare Siedlung, Helens Schule, Helen selbst, von Mary gar nicht zu sprechen. Wenn mein beträchtliches Gehalt unter Steuerbeamten, Astronauten, Straßenverwaltung, Unterrichtsministerium und der ganzen übrigen Bande aufgeteilt war, die sich etwas davon holte, konnte ich mir tatsächlich nicht einmal mehr mich selbst leisten.

»Du bist ein Engel«, sagte Mary, »ein süßer lieber Engel, und ich liebe dich sehr.«

»Ich liebe dich auch. Sogar, wenn du ein schlechtes Gewissen hast.«

»Schlechtes Gewissen, Freddie? Weswegen?«

Sie sah eine Sekunde lang so bestürzt aus, daß ich überlegte, ob ich zufällig den Nagel auf den Kopf getroffen hatte.

»Ich habe nur gemeint, du *solltest* eigentlich ein schlechtes Gewissen haben. Mit so etwas gerade anzukommen, wenn ich zum Zug muß.«

Jetzt lachte sie und warf mir eine Kußhand zu. Ich fuhr beruhigt davon. Für den Augenblick war ich glücklich. Über meine Frau, meine Tochter und all die Dinge, die ich mir nicht leisten konnte. Mir Sorgen machen wegen Reitstunden! Sie würden auch nicht länger dauern als die Ballettstunden, die Geigenstunden, die Malstunden oder irgendwelche anderen Stunden. Helen hatte nicht das geringste Talent für die Dinge gezeigt, in denen Mary sie unterrichten ließ. Aber das war mir gleich. Begabung macht die Menschen nur unglücklich. Ich sollte es wissen. Ich habe Begabungen wie Sand am Meer, und ich bin oft ziemlich unglücklich.

Mein besonderes Talent ist das Verfassen von Werbesendungen im Fernsehen. Jene entsetzliche Sorte, durch die ein Produkt Millionen Dollar einbringt und die Zuschauer zur Verzweiflung treibt. Zum Beispiel meine letzte über das

Sprudelgetränk, das den Magen beruhigt und das es in handlicher Tablettenform zu kaufen gibt. Aspercel! Ich müßte einen Orden dafür bekommen. Es ist eine sogenannte »wechselwirksame« Werbesendung. Sie bewirkt nicht nur, daß sich Aspercel an Leute verkaufen läßt, denen es übel ist – nein, es wird auch gesunden Menschen so übel dabei, daß ein vollkommen neuer Markt entsteht.

Doch ich sprach über Helen. Die Sache mit den Reitstunden begann fast sofort, im September. Zuerst schenkte ich ihr nicht sehr viel Aufmerksamkeit, weil Hellie ja schon früher so eine Art Reitstunden gehabt hatte. Dort, wo wir wohnten, bevor ich zur Tomes-Agentur nach New York ging, gab es einen hübschen Mietstall, wo die Kinder auf Gäulen herumschaukelten, die wie lebendes Hundefutter aussahen. Im November jedoch war die Pferdeangelegenheit weit über eine normale Besessenheit hinausgewachsen.

Die erste Warnung erhielt ich durch meine empfindliche Nase. Als Kind war ich auf dem heruntergekommenen Bauernhof meines Vaters umhergeritten. Seit ich erwachsen war, mußte ich jedoch niesen, sobald mir Pferde nur in die Nähe kamen. Sowie ich jetzt zu Hause eintraf, begann ich sofort zu niesen. Ich fand Pferdehaare auf dem Sofa im Wohnzimmer und Spuren von Pferde- – nun ja – -mist, überall verstreut. Ich fing an, Helen beim Abendessen zuzuhören, und stellte fest, daß ich kaum jedes dritte Wort verstand. Auch plapperte sie über Leute, von denen ich noch nie gehört hatte. Besonders viel über eine Judy und einen Wolfgang. Von Judy brachte sie, soviel ich begriff, den Mist und die Pferdehaare mit.

In dieser Angelegenheit spielte ich meine Karten von Anfang an falsch aus. Da ich mich schämte zuzugeben, daß ich fast nie wußte, worüber Hellie und Mary sprachen, heuchelte ich Langeweile. Das Niesen half dabei. Es war eine glaubhafte Entschuldigung dafür, daß ich nicht am

Gespräch teilnahm. Nach einiger Zeit wurde es jedoch so schlimm, daß ich es nicht mehr aushalten konnte. Ich ging zu unserem Arzt. Es war eine kurze Unterredung.
»Hallo, Doktor« sagte ich, »jedesmal, wenn mir meine Tochter in die Nähe kommt, muß ich niesen.«
Er nickte, sah mich wissend an und sagte: »Umgekehrter Ödipuskomplex, eh? Sie lieben Ihre Frau!«
»Natürlich! Sie ist eine verdammt hübsche Frau.«
»Und deshalb sind Sie böse auf Ihre Tochter, weil sie unbewußt dazwischenkommt. Also niesen Sie, um dadurch die Aufmerksamkeit Ihrer Frau zu erregen.«
»Nein, Doktor«, sagte ich. »Ich niese, weil meine Tochter wie ein Pferd riecht.«
Er legte den Kopf auf die Seite. »Bilden Sie sich das nicht ein? Gibt es einen bestimmten Grund, weshalb sie wie ein Pferd riechen sollte?«
»Sicher, weil sie voll von Pferdehaaren ist.«
Ich sah seine Augenbrauen hochgehen.
»Verstehen Sie mich nicht falsch, Doktor. Sie holt sie sich bei Pferden, und all das Pferdezeug schleppt sie im Haus herum. Was kann ich dagegen tun?«
Er grinste, schrieb ein Rezept für hundert Antihistamintabletten aus, und der Fall war erledigt.
Die Tabletten lösten mein körperliches Problem. Gegen ein paar andere Probleme, wie zum Beispiel die Schulden, konnten sie nicht helfen. Ich kam mir vor wie Atlas mit der Welt auf den Schultern. Es wurde immer schlimmer, und mein Beruf fing an, mir auf die Nerven zu gehen. Seit zehn Jahren war ich bei Tomes und verfaßte Werbesendungen, seit fünf Jahren als verantwortlicher Geschäftsführer ohne Vollmacht. Um mich herum waren alle Männer auf dem Weg nach oben. Irgendwie mußte auch ich aus der Tretmühle heraus und zusehen, daß ich in der Welt vorwärtskam.
Das waren jedoch nur zweitrangige Probleme. Am meisten beunruhigte es mich, daß sich Helen, seit sie Reitunterricht

hatte, immer weniger wie ein Mädchen benahm. Deshalb wurden wir uns wahrscheinlich auch von Tag zu Tag fremder. Als Hellie auf dem Weg war, hatte ich mir nicht etwa einen Sohn gewünscht. Ich wollte eine Tochter haben. Und was hatte ich bekommen? Einen Jockei! Ich machte Mary den Vorwurf, daß sie sie darin unterstützte, sich immer für die falschen Dinge zu interessieren statt für die richtigen – wie zum Beispiel Jungen. Helen war beinahe sechzehn. Anstelle von Reitstunden brauchte sie Unterricht in Fächern, die man an den vornehmen Mädchenschulen lehrt oder in der Sekretärinnenschule von Katherine Gibbs: wie man sein Haar trägt, wie man sich kleidet und spricht, wie man die Beine bewegt und sich sonst verhält. Helen hat durchaus das Zeug zu einem attraktiven Mädchen. Sie ist keineswegs hausbacken. Ich meine, sie hat keine Pickel oder eine große rote Nase. Sie bringt es nur fertig, hausbacken auszusehen.

Um Weihnachten herum spitzte sich das Problem zu. Im Country Club gab es einen Tanzabend für die Jugend, und ich wollte, daß Hellie hinging. Sie wollte nicht. Ich blieb fest. Mädchen tanzen gern, das war meine Überzeugung.

Den Abend werde ich nie vergessen. Ich hatte ihr ein blaues Kleid gekauft, ein »kleines Abendkleid für Teenager«, wie es die Verkäuferin genannt hatte.

Ich kam früh aus dem Büro nach Hause. Mary wartete schon sehr nervös auf mich. Nach einem flüchtigen Kuß sagte sie: »Freddie, Helen mag wirklich nicht auf diesen Ball gehen. Sie hat schreckliche Angst.«

»Wovor?«

»Einfach – vor allem. In der Öffentlichkeit zu erscheinen. Vor Jungen. Vor Fremden. Vor sich selbst.«

Ich konnte es nicht verstehen. Ich wollte einfach nicht glauben, daß meine Tochter eine Eigenbrötlerin war.

»Hattest du auch Angst vor solchen Dingen?«

»Ja, vor meinem ersten Ball. Aber ich war erst *zwölf*.«

Wir gingen hinüber in das kleine Zimmer, das bei uns nur

darum »die Stube« hieß, weil es nicht das Wohnzimmer war, und ich setzte mich auf das Sofa. Marys Worte hatten mich tief verstört. Genug, damit ich mir eine doppelte Ration Wodka einschenkte. Ich wußte aus Erfahrung, daß Mary nicht frühreif gewesen war. Ich nahm einen großen Schluck.

»Wenn du mir auf sanfte Art zu verstehen geben willst, daß meine Tochter zurückgeblieben ist, okay«, sagte ich. »Wie können wir ihr helfen?«

Mary verzog das Gesicht, als wollte sie lachen, sah jedoch ein, daß es hier nicht ganz am Platze war. Sie goß sich auch einen Drink ein. »Liebling«, sagte sie leise, »es stört mich nicht im geringsten, daß du ein Idiot bist. Nein, deiner Tochter fehlt gar nichts. Sie macht sich nur mehr aus Pferden als aus Jungen.«

»Ich finde, das zeigt nur zu deutlich, daß etwas mit ihr los ist.«

»Es bedeutet weiter nichts, als daß sie keine Jungen kennt, und daher hat sie natürlich Angst vor ihnen. Bestehst du immer noch darauf, daß sie auf den Ball geht?«

»Mary, sie *muß* einmal anfangen, Jungen kennenzulernen. Darum halte ich es sogar für verdammt wichtig.«

»Niemand trotzt Cäsar«, sagte Mary, »nicht einmal Cäsars Tochter. Ich helfe ihr beim Anziehen.« In der Tür blieb sie stehen. »Freddie, versprich mir eins. Bleib auf dem Ball, und paß etwas auf sie auf, ja?«

Erstaunt sah ich sie an. »Kommst du denn nicht mit?«

»Ich fürchte, wenn ich mitginge, hätte sie erst recht Hemmungen. Als Frau kann ich zu gut nachfühlen, was sie empfindet, und das weiß sie. Aber ich bin deiner Meinung: Wenn sie schon hingeht, soll sie sich auch wie eine – nun – Dame benehmen. Ich werde mein möglichstes tun, daß sie wenigstens so aussieht.«

Ein paar Minuten später erschien Hellie in der Speisekammer, wo ich gerade ein Stück Gorgonzola, vermischt mit Cellophan, hinunterschlang. Ich hörte das Klicken, als sie

über die Schwelle kam. Ich hatte vergessen, daß sie es nicht gewöhnt war, hohe Absätze zu tragen. Ich glaube, ich hatte sie überhaupt nicht mehr damit gesehen, seit sie mit ungefähr acht Jahren ihrer Mutter ein Paar stibitzt hatte und darin herumgestelzt war.
Ich betrachtete sie. Wirklich schön war sie wohl nicht, aber ich fand sie schön. Und seltsam rührend. Das blaue Kleid mit dem bauschigen Rock und einem knapp schulterfreien Oberteil; ihr Haar, das ich immer etwas zu lang fand, geschickt so frisiert, daß es eng am Kopf lag und das gutgeschnittene Gesicht frei ließ; die Augen, die ihre Mutter gerade genug zurechtgemacht hatte – das alles gab mir einen Schock. Auf den ersten Blick sah sie erwachsen aus. Aber wenn man sie näher anschaute, merkte man, daß die feierliche Aufmachung ihre Kleinmädchenangewohnheiten noch betonte. Sie wußte zum Beispiel nicht, was sie mit Armen und Händen anfangen sollte, und zog unwillkürlich die Schultern zusammen, wie um die winzige Entblößung zu verstecken. Bewegt stellte ich auch zum erstenmal fest, daß sie Mary glich.
»Hellie«, sagte ich und versuchte, mir die Rührung nicht anmerken zu lassen, »du siehst wunderschön aus.«
Sie lächelte mich nervös und mit zuckenden Lippen an. »Danke, Vati. Ich – ich wollte gern meine Ballettschuhe anziehen, weil ich mir irgendwie komisch vorkomme, aber Mami meinte, es würde dir nicht gefallen.«
Ich kam mir wie ein Ungeheuer vor, wie ein altmodischer preußischer Vater. Sie schwankte entsetzlich auf den Bleistiftabsätzen. Ich konnte sie nicht der Erniedrigung aussetzen, daß sie platt hinfiel. »Na schön, mein liebes Kind, schließen wir einen Kompromiß. Warum ziehst du nicht die weißgoldenen Schuhe mit den kleinen Absätzen an, mit denen du immer zur Kirche gehst?«
Sie war im Nu verschwunden, und als sie ohne die hochhackigen Schuhe wieder herunterkam, war die Spannung verflogen. Ich holte meinen Mantel, Helen zog Marys Biber

an, und wir gingen hinaus zu Marys metallfarbenem Wagen. Ich hielt die Tür für Hellie auf. Sie stieg ein, wußte aber nicht, wie sie sich hinsetzen sollte, ohne den bauschigen Rock zu zerdrücken. Ich wußte es auch nicht, also schlug ich ihr vor, das ganze Ding hochzuschlagen und über die Schultern zu legen. Sie wurde schon beim Gedanken daran knallrot. Ich dachte nach, und schließlich stieg sie hinten ein, zog den Rock über die Knie und kniete sich auf das Polster.

Der Klub war ungefähr sechs Kilometer entfernt. Den ersten Kilometer plapperte sie nervös drauflos. Dann verließ sie die Zungenfertigkeit, und für die nächsten Kilometer war ich an der Reihe. Darauf herrschte tiefes Schweigen. Zwei Kilometer vor dem Klub hörte ich einen würgenden Laut. »Daddy! Halt an!« Ich trat auf die Bremse, hörte, wie die hintere Tür aufgestoßen wurde und ihr Abendessen wieder herauskam. Ich wußte nicht, sollte ich helfen oder bleiben, wo ich war. Ich entschloß mich zu bleiben. Als sie wieder einstieg, stürzte ich mich sofort in Ablenkungsmanöver.

»Wie geht's mit dem Reiten, Helen?«

»Mami sagt, ich soll nicht davon sprechen, wenn du in der Nähe bist, weil es dich stört. Warum eigentlich?«

Ich fand, daß sie jetzt eine ehrliche Antwort verdiente. »Weil ich nichts von Pferden oder vom Reiten verstehe und Gespräche nicht mag, an denen ich mich nicht beteiligen kann.«

»Aber warum kannst du's nicht?«

»Weil ich mich nur lächerlich machen würde.«

»Du kannst doch lernen, was es über Pferde zu wissen gibt. Ich habe massenhaft Bücher.«

Wann hatte ich schon Zeit, ein Buch zu lesen? Ich stand um sechs auf und arbeitete den ganzen Tag schwer, um meine Familie zu ernähren. Wenn ich abends heimkam und gegessen hatte, war ich reif fürs Bett. Und am nächsten Morgen um sechs mußte ich mich wieder hochrap-

peln, und alles begann von vorn. Aber es wäre schäbig gewesen, ihr das zu sagen.
»Vielleicht versuche ich's mal irgendwann mit dem Lernen. Wie steht's also nun mit der Reiterei?«
»Wolfgang sagt, wenn ich so weitermache wie bisher, kann ich im April auf Turnieren reiten. Natürlich läßt er mich zuerst nur an ganz einfachen teilnehmen. Das hat er bei Judy auch getan. Damit ich Erfahrung bekomme. In Turnieren der Klasse A.«
Ich schloß, daß Wolfgang, wer immer er sein mochte, ihr Lehrer war. »Das ist großartig«, sagte ich abwesend. »Wer ist Judy überhaupt?«
»Aber *Papsile*!« Das war ein Kosename, ein Überbleibsel aus einer Zeit, als sie ein kleines Mädchen und mir noch nah gewesen war. Ich hatte den Namen nie gemocht, auch jetzt nicht, aber heute abend war ich froh, daß sie sich vertraut genug fühlte, ihn zu gebrauchen. »Du kennst Judy, Judy Gardner. Sie ist doch schon x-mal bei uns gewesen.«
»Ach ja«, sagte ich sehr unsicher.
Ich bog in die Einfahrt zum Klub ein.
»Also, hier sind wir. Alles von Bord, was an Land gehen will.« Ein Blick auf ihr Gesicht, und ich sagte, sie könne mitkommen, während ich den Wagen parkte. »Dann führe ich dich hinein, so wie ein Herr eine Dame in den Tanzsaal führen soll.«
Ich parkte und reichte ihr den Arm. Sie zitterte den ganzen Weg bis zum Klubhaus. Wir gaben unsere Mäntel ab, dann überließ ich Helen der Obhut einer Art Mary-Imitation, die als Hostess fungierte. Ich wartete, bis ich sah, daß Helen von ein paar Mädchen begrüßt wurde und die Hostess sie und die anderen mit einigen Jungen bekannt machte, die gerade kamen. Dann schlüpfte ich hinaus in die Bar, um außer Sicht zu sein. Ungefähr eine Viertelstunde später wanderte ich zurück zum Ballsaal. Die Combo stimmte ihre Instrumente, und die Mädchen standen kichernd in einem Haufen beieinander. Helen kicherte mit. Die Jungen waren

am anderen Ende des Raumes, steckten die Hände in die Taschen, nahmen sie wieder heraus – sie fühlten sich sichtlich nicht wohl in ihrer Haut. Ich mußte grinsen. Die Phase der Country-Club-Bälle hatte ich niemals durchmachen müssen. Es mochte auch seine Vorteile haben, ein armer Junge auf einem heruntergekommenen Bauernhof zu sein.

Mit Helen schien alles in Ordnung, daher ging ich zurück in die Bar. Etwas später sah ich noch mal hinaus, alles tanzte, also wieder hinein. Diesmal stieß ich auf ein paar Männer, mit denen ich jeden Abend im Zug heimfuhr, und wir redeten uns fest. Worüber wohl? Pferde? Keine Spur. Reklame! Die Zeit verging im Flug. Es muß fast zehn gewesen sein, als ich auf meine Uhr schaute und in den Tanzsaal zurückeilte.

Ich suchte Hellie, sah sie aber nicht auf dem Parkett. Sie mußte mit einem Jungen hinausgegangen sein. Das war gut. Das war sogar sehr gut – wenn sie aufpaßte. Ich wollte schon wieder zur Bar, als sich zwischen den Stampfenden eine Lücke öffnete und ich sie erspähte. Und ich kam mir wie ein Schuft vor, weil ich sie gezwungen hatte, auf diesen Ball zu gehen. Sie saß ganz allein am Ende des großen kahlen Saales in einer Reihe leerer Stühle. Sie war totenblaß, biß die Zähne zusammen und versuchte so auszusehen, als amüsierte sie sich großartig. Hin und wieder schlenderte ein Junge auf seinem Weg zur oder von der Toilette vorbei. Wenn er in ihre Richtung blickte, nahmen ihre Augen den flehenden Ausdruck eines unerwünschten jungen Hundes an, und sie brachte ein Lächeln zustande – aber die Jungen gingen weiter.

Ich lief in den Saal zur Hostess und sagte scharf: »Wenn ich Ihr Mann wäre, würde ich Sie ordentlich verprügeln.« Dann ging ich zu Helen. Sie hatte schon Mumm. Sie brachte es fertig, vor der verblüfften Hostess zu knicksen, gute Nacht zu sagen und durchzuhalten, bis wir unsere Mäntel hatten und die Eingangsstufen herunter waren. Dann hob sie ihren

Rock an, lief direkt zum Wagen und brach völlig zusammen. Ich fuhr mit einer Hand und hielt sie den ganzen Weg bis nach Hause in meinem rechten Arm, während sie Marys Bibermantel über und über mit Tränen benetzte.

2

Der Winter verging wie im Fluge. Ich war eingespannt in die Tretmühle, die das endlose Laufband antreibt, mit dem das Geld von den Kunden zu Harry Tomes, von dort zu mir, von mir zu den Läden, der Bank, Joe's Tankstelle, der Putzfrau, dem Country Club, dem Ratenbüro von General Motors und einem halben Dutzend Finanzierungsgesellschaften befördert wird. Mittlerweile lagen meine Gläubiger und ich in einem Kopf-an-Kopf-Rennen. Je mehr ich ihnen schuldete, desto mehr drängten sie mich zu kaufen, und desto weniger wagte ich es abzulehnen. Ich hatte Angst, daß sie vereint über mich herfallen würden, wenn ich nicht mitspielte. Da sie ihre Geschäfte auf diese Art mit fast allen meinen Bekannten abwickelten, wußte ich nicht recht, wie irgend jemand das überstehen sollte. Um März herum, bevor die Sommerfrischler kamen und die flaue Zeit unterbrachen, stand die Chance, daß die Gläubiger vor ihren Schuldnern pleite waren, fünfzig zu fünfzig.

Das komische an der Sache war, daß Mary diese Von-der-Hand-in-den-Mund-Existenz niemals zu beunruhigen schien. Mary stammte aus Redlands in Kalifornien, und ihre Familie hatte dort Orangenhaine gehabt. Mary hatte in ihrer Kindheit nichts entbehrt und auch nichts, als sie auf dem College war, wo ich sie kennengelernt hatte. Der Teufel sollte mich holen, wenn sie jetzt als meine Frau etwas entbehren müßte. Ich glaube, sie war irgendwie mein Statussymbol. Ihr Vater hatte nicht viel anders angefangen als meiner, aber für mich war Mary immer aus den oberen Kreisen gekommen.

Im April wurde die Finanzfrage so akut, daß ich ernstlich erwog, das Semi-Demi zu verkaufen und in einen Bungalow zu ziehen. Genau zu dem Zeitpunkt – als ob sie sich hingesetzt und den schlechtestmöglichen Augenblick ausgeklügelt hätte – versetzte mir mein geliebtes Statussymbol eins mit dem Holzhammer über den Kopf.

Es war Ende April beim Abendessen. Die Luft war erfüllt vom warmen, angenehmen Duft des Frühlingsabends, bei dem einen so richtig die Lust überkommt, das Boot zu streichen und die Rolle für die Tiefseeleine zu ölen. Ich hatte vor, nach dem Essen in die Garage zu gehen, mich auf eine alte Coca-Cola-Kiste zu setzen, mein Boot anzuschauen, das dort auf seinem alten zweirädrigen Anhänger ruhte, und vom Fischen zu träumen. Das kann sehr befriedigend sein. Die Großen springen in der Garage längst nicht so oft ab wie auf dem Meer.

»Vati.«

Ich muß völlig geistesabwesend ausgesehen haben, denn Helen sagte:

»Bitte, hör zu. Es ist wichtig. Es ist einfach Klasse.«

»Schieß los.«

»Papsile.« Seit dem entsetzlichen Tanzabend hatte sie das häufig gesagt. Mary legte ihre Hand auf Hellies Arm.

»Sag das nicht zu deinem Vater, Liebes. Es wird ihm schlecht davon, und dann muß er Gelusil nehmen und . . .«

»Mary! Nicht vor dem Kind«, protestierte ich. »Ich kann es mir einfach nicht leisten, daß sie womöglich für Gelu . . . den Namen eines Konkurrenzproduktes Reklame macht.«

Helen sah mich mit liebevoller Verachtung an. »Aber Vater, glaubst du, ich wäre so dumm und wüßte nicht, daß Aspercel das Zauberwort hier im Haus ist? Daß neunundreißig Prozent der Leute, die Aspercel einnehmen, weniger Blähungen haben als . . .«

Ich lachte. Sie zog mich auf, aber mir gefiel ihr Verhalten.

Wie der Vater, so die Tochter, abgesehen von der Sache mit dem Mist. »Hellie, du wolltest mir etwas erzählen?«
Der erste Teil ging in einem riesigen Happen Kartoffelbrei unter. ». . . findet, daß ich mich großartig entwickle. Heute nachmittag sagte er, ich hätte nette Hände und einen hübschen Sitz.«
Ich spürte, wie das alte Herz zu pumpen begann. Ich nahm es höllisch übel, daß irgendein Mann mit meiner Tochter darüber sprach, daß sie ein niedliches Hinterteil hätte. Eigentlich hätte ich ja hochentzückt sein sollen. Ich zwang mir ein falsches Lächeln ab.
»Was hat *er* denn noch gesagt?«
»Er hat gesagt« – Hellie sprudelte vor Aufregung über –, »er hat gesagt, daß ich es vielleicht bis zum Herbst schaffen kann.«
»Natürlich ist ein ›Wenn‹ dabei«, sagte Mary. »Aber das ist ja klar bei einer solchen Sache.«
»Er will es mich versuchen lassen. Ist das nicht wunderbar von ihm?« Ich hatte keine Ahnung, wovon meine Frau und meine Tochter sprachen. Aber aus dem Selbsterhaltungstrieb heraus, der bei Ehemännern und Vätern besonders ausgeprägt ist, wußte ich, daß ich fertiggemacht werden sollte. Daher wollte ich sie hinhalten.
»Das ist großartig«, sagte ich. »Gutes Kind, der Junge.« Ich hatte über das Ziel hinausgeschossen. Das weiße Gesicht und die zusammengekniffenen Lippen meiner Tochter zeigten mir, daß ich eine schreckliche Majestätsbeleidigung begangen hatte. Sie brach in Tränen aus.
Hilfesuchend wandte ich mich an Mary um Aufklärung, aber bei meiner Mary kommt niemand so leicht davon. Sie rümpfte ihre kecke, aristokratische Nase, und die blauen Augen blickten mich anklagend an. »Wieviel doppelte Wodka hast du im Barwagen getrunken?«
Das war ungerecht. Ich hatte nichts getrunken. Ich sagte es, und ihre Nase wurde wieder glatt.
»Weißt du wirklich nicht, über wen wir sprechen?«

»Nein, aber wenn du deiner Tochter beibringen würdest, daß man nicht mit vollem Mund redet . . .«

»Wir sprachen von Wolfgang von Roetz – dem Reitlehrer deiner Tochter. Du mußt seinen Namen auf den Rechnungen gesehen haben, die er dir seit sieben Monaten schickt.«

Ich machte Ausflüchte was manchmal ganz vorteilhaft ist.

»Ich habe nie eine Rechnung gesehen. Nur die Briefumschläge, und da steht der Name nicht drauf.«

»Du hast die Rechnungen nicht einmal *geöffnet*?«

»Wozu? Ich hätte sie ja doch nicht bezahlen können.«

»Aber, Frederick! Nun hör mal!«

Außer bei besonderen, im allgemeinen unerfreulichen Anlässen nennt sie mich nie Frederick. Sie stand vom Tisch auf.

»Wohin gehst du?« fragte ich. »Es gibt doch noch Nachspeise.«

»Zum Teufel damit. Ich werde dir einen doppelten Wodka holen. Oder besser einen dreifachen. Vielleicht auch einen für mich. Ich brauche einen, und du auch.«

3

Als Mary mir hinten in der Stube die Rechnung gab, wurde mein Gesicht erst knallrot und dann lila, wie bei einem aufgescheuchten Chamäleon. Und das zu Recht. Am Kopf der Rechnung stand:

ÖSTERREICHISCE SCHULE DER REITKUNST
WOLFGANG VON ROETZ, DIREKTOR
An Herrn Frederick Bolton
Creek Road
Weston, Connecticut

Für Fachunterricht (Junioren):

64 Stunden à $ 10.00	$ 640.00
Miete f. Pferd à $ 5.00	$ 320.00

Total per 1. April $ 960.00

Handschriftlich stand darunter:

Besten Dank!

W. v. R.

Ich sah mir die Rechnung einmal an, ich sah sie mir ein zweitesmal an. Ich konnte mir einfach nicht vorstellen, daß eine Tochter von mir so dumm sein sollte, daß es neunhundertsechzig Dollar kostete, nur um ihr das Reiten beizubringen. Ich meine, zum Teufel noch mal, was heißt schon reiten! Man steigt einfach aufs Pferd, ergreift die Zügel, sagt »Hü« und tritt es in die Flanken. Wenn man will, daß es stehenbleibt, zieht man am Zügel, und wenn das nichts nützt, lenkt man es an eine Hauswand. So bin ich als Kind geritten, und es hat meinen alten Herrn keine neunhundertsechzig Dollar gekostet. Nicht einmal neun Dollar und sechzig Cent. Er hätte auch die nicht gehabt.

Mary hielt den dreifachen Wodka an meine Lippen. »Trink. Noch einmal – und noch einmal.«

Ich begann zu überlegen und hatte plötzlich einen Einfall, der alles erklären mochte.

»Jetzt verstehe ich. Helen hat doch mal etwas von Madison Square Garden gesagt. Ich meine, ich nehme an, daß Zirkusreiter im Garden sehr gut bezahlt werden. Das könnte die Rechnung erklären. Drei-, vier-, vielleicht fünfhundert in der Woche, hm?« Ich schüttelte erstaunt den Kopf. »Meine kleine Hellie eine Zirkusreiterin. Ich kann es nicht fassen. Eine Artistin!« Undeutlich zog eine Vision an meinen Augen vorüber. »Ich glaube, wenn die Jungen sie so in Trikot und Flitter, mit etwas Glitzerndem im Haar, im Scheinwerferlicht sehen, ist mit dem Mauerblümchendasein Schluß.«

Marys Stimme klang, als käme sie von weit her. Von außerhalb der Anstaltsmauern. »Deine Tochter«, sagte sie langsam und so deutlich, daß kein Mißverständnis aufkommen konnte, »erhält keinen Unterricht im Zirkusreiten.«

»Nicht? Warum nicht?« Nur ungern sah ich diese Seifenblase zerplatzen. »Worin, um Himmels willen, ist sie dann für neunhundertsechzig Dollar unterrichtet worden?«
»Sie hat Unterricht« – sagte Mary, noch immer in ihrer peinlich deutlichen Sprechweise – »in, wie es fachmännisch heißt, Jagdreiten.«
»Wie bitte?«
»Das ist die richtige Art, einen Hunter zu reiten. Ein Jagdpferd.«
»Was jagt es denn? Außer Hafer?«
»Hör auf, Witze zu machen, Frederick. Es ist sehr ernst.«
»Alles, was neunhundertsechzig Dollar kostet, ist sehr ernst – so ernst, daß ich es kaum ertrage, darüber zu sprechen. Darf ich noch eine alberne Frage stellen?«
»Ich weiß nicht, wie ich dich daran hindern sollte. Du bist stärker als ich.«
»Okay. Wo nehmen wir die neunhundertsechzig Dollar her? Ich hab' sie weiß Gott nicht.«
Mary war eine fesche Siebenunddreißigerin, aber im Augenblick sah sie aus wie weit über vierzig.
»Ich bin eine Niete«, sagte ich und meinte es auch. »Für andere Ehemänner – Burschen, mit denen ich im Zug heimfahre – wären neunhundertsechzig Dollar eine Bagatelle. Sie kaufen ihren Frauen Nerzmäntel, Brillantarmbänder und . . .«
»Das glaubst *du*«, unterbrach mich Mary mit flammenden Augen. »Vergiß nicht, daß ich ihre Frauen kenne, ein paar wenigstens. Wenn diese Kerle wirklich je mit einem Nerzmantel herausrücken, dann darum, weil sie mit einem anderen, der nebenbei Nerzmäntel verkauft, ein Geschäft über das Spesenkonto gemacht haben.«
Das war eine Idee – ein Spesenkonto konnte für Tausch oder Kauf verwendet werden –, aber nicht in dem Fall. »Wo, zum Teufel, kriegen wir die Moneten her? Bei der Bank stehe ich im Moment bis über beide Ohren in der Kreide. Ich mußte sogar die Weihnachtsgratifikation vom

nächsten Jahr verpfänden, um Hellies Frühjahrssemester in Weston bezahlen zu können. Ich komme mir sehr schäbig vor, Mary, denn ich weiß, daß ich gesagt habe, du sollst ihr Stunden geben lassen.« Ich lachte, aber es hörte sich nicht wie Lachen an. »Ich glaubte, Reitstunden würden ungefähr eineinhalb Dollar kosten, zwei Dollar höchstens.«
»Armer Freddie.« Sie zog die Beine auf das Sofa und nippte an ihrem Drink. »Wir könnten vielleicht den Wagen verkaufen – ich würde dich einfach in deinem alten Auto zum Zug bringen und abholen, so wie die Jungverheirateten. Das könnte uns heraushelfen, Freddie.«
Ich legte den Arm um sie. »Nein. Ich könnte dir das nicht zumuten.« Sie ließ den Kopf auf meine Schulter fallen. »Ich werde schon einen Weg finden.«
Plötzlich setzte sie sich kerzengerade auf. »Ach Gott, das habe ich ja ganz vergessen. Du hast ja noch nicht die Hälfte gehört. Arme Hellie! Wir können es nicht deichseln – und sie hat ihr Herz so sehr daran gehängt. Das wollte sie dir gerade erzählen.«
Der Wodka begann zu wirken, glaube ich, denn ihr Ausdruck, so niedergeschlagen und hoffnungslos, verleitete mich zu sagen: »Es ist schon in Ordnung, Liebling. Sie muß die Reitstunden nicht aufgeben. Wenn sie sich das mehr als alles auf der Welt wünscht, okay.«
»Aber das ist es ja gar nicht, was sie sich am meisten auf der Welt wünscht«, sagte Mary mit einer komischen Stimme. »Sie möchte ein eigenes Pferd haben, damit sie in großen Turnieren reiten kann, in M- und S-Turnieren.«
»Sie träumt.«
»Natürlich. Aber hast du dir niemals irgend etwas so sehr gewünscht, daß dir das Leben nicht mehr lebenswert schien, wenn du es nicht bekamst?«
»Freilich hab' ich das.«
»Und hast du es bekommen?«
Ich warf ihr einen selbstzufriedenen Blick zu. »Ja, ich habe es bekommen. Vor siebzehn Jahren.«

Sie errötete. Es stand ihr ausgezeichnet. »Einerlei – sieh mich nicht so an, Freddie, es ist die falsche Zeit im Monat, das weißt du doch.«
»Verdammt, immer ist es die falsche Zeit.«
Mary erinnerte mich sanft daran, daß wir von Pferden gesprochen hatten.
»Nun ja, was kostet denn so ein Pferd? Und warum kann sie keins mieten?«
»Sie könnte schon. Aber ein Pferd für solche Turniere zu mieten, in denen sie reiten würde, kostet genausoviel, wie wenn man es kauft. Wirklich, Freddie, ich habe das mit Wolfgang noch und noch durchgerechnet, und es stimmt. Endlich scheinen wir entdeckt zu haben, wofür Helen Talent hat. Weißt du, Wolfgang unterrichtet nur die allerbesten Reiter. Er läßt seine Schüler bloß an den großen Turnieren teilnehmen, wenn er glaubt, daß sie wenigstens Schleifen erringen können. Es würde seinen Ruf als *der* bedeutende Lehrer beeinträchtigen, wenn sie's nicht täten. Er sagt, Helen ist soweit. Ich beweise es dir.«
Sie lief nach oben und war in zwei Minuten mit drei lausigen kleinen Schleifen zurück – einfache Schleifen aus blauem Band mit einer Messingsicherheitsnadel. In schmutziger, abgenutzter Goldschrift stand darauf: »Ers..r P...s.« Daneben hatte Mary zwei kleine Silberpokale auf den Kaffeetisch gestellt – *kleine* Pokale. Sie waren graviert. Auf dem einen stand »Sieger«, auf dem anderen »Erster Preis«. Ich öffnete schon den Mund, um einen Witz zu machen. Dann ließ ich es. Das war nicht komisch, es war weit eher tragisch. All der Schweiß, die Konzentration und die Arbeit, die Hellie da hineingelegt hatte – sieben Monate lang. All das Geld, das ich für den guten Wolfie beschaffen mußte. All das Geld, das wußte ich jetzt, das ich irgendwie würde auftreiben müssen, um meinem Kind ein Pferd zu kaufen. Und um das ganze verfluchte Spiel vollkommen zu rechtfertigen, erscheint Mary mit zwei Pokalen, die wie Spucknäpfe aussehen. Heimlich warf ich einen Blick auf Mary. Sie

wartete darauf, daß ich in Begeisterung ausbrechen würde. Plötzlich erinnerte sie mich an Hellie auf dem Ball, wie sie hoffnungsvoll zu den vorbeigehenden Jungen aufgesehen hatte. »Nun?« Marys Stimme zitterte.
Ich mußte irgend etwas sagen, was sie nicht verletzte. Also sagte ich die Wahrheit.
»Ich bin überwältigt.«
»Versuch nicht krampfhaft, witzig zu sein, Freddie.«
»Tue ich nicht.« Ich nahm eins der Bänder auf. »Sogar billige Goldschrift nutzt sich nicht von selbst ab. Vielleicht unter dem Kopfkissen beim Schlafen? Oder bei sonst was. Weiß der Teufel, was ein kleines Mädchen mit einem Heiligtum anstellt, das all seine verrückten Träume versinnbildlicht! Du hast wirklich etwas bewiesen, Mary. Nicht daß Hellie eine bemerkenswerte Reiterin ist – noch nicht. Du hast mir bewiesen, daß nicht die Größe dieser lausigen Pokale zählt, sondern die Mühe, die sich Hellie gegeben hat, um sie zu gewinnen.«
»Ich finde, es ist immerhin allerhand, daß sie diese gewonnen hat.«
»Ich auch. Ich schätze, es sind wahrscheinlich die teuersten Spucknäpfe der Welt. Und ich glaube, die Pferdebegeisterung bedeutet verdammt viel mehr für sie, als ich vermutet hatte. Wenn wir das Ding irgendwie schaukeln können, sollten wir sie, finde ich, darin unterstützen. Was, zum Teufel – zweihundert Dollar für ein eigenes Pferd . . .«
»Na ja, etwas mehr schon.« Und Mary wandte sich so rasch einem neuen Punkt in ihrem Überredungsfeldzug zu, daß ich es mit der Angst bekam. »Es gibt noch einen Grund, weshalb ein eigenes Pferd für Helen eine gute Idee wäre.«
»Schieß los.«
»Du weißt doch, was du dir für Sorgen gemacht hast, daß sie gesellschaftlich noch so unreif ist? Ich meine, daß sie praktisch noch keinerlei Haltung hat?«
»Ich würde sagen«, erwiderte ich, die Metapher abwägend, »daß sie ungefähr so viel gesellschaftliche Haltung hat wie

eine Giraffe bei einer Cocktailparty in einem niedrigen Raum.«

»Ja. Nun, Ellinor Gardner hat mir erzählt, daß es mit Judy genauso war. Dann haben sie ihr ein Pferd gekauft, und alles änderte sich.«

Diese Judy Gardner hatte sich meinem Gedächtnis immer noch nicht eingeprägt. Sie war in dem Entwicklungsstadium, in dem einem Mädchen austauschbar vorkommen wie die Gewehrteile bei der Armee. Wenn ich jetzt aber richtig darüber nachdachte, hatte sie wirklich mehr Haltung als Helen. Sie stand zum Beispiel auf, wenn ich ins Zimmer kam, kicherte kaum und hatte immer eine intelligente Bemerkung auf Lager wie »Ist es nicht ein herrlicher Abend, Mr. Bolton?«

»Gut, wieviel kostet ein Pferd?«

Mary stand auf und ging zur Tür. »Weniger als der kleine Sportwagen, den du dir kaufen wolltest.«

Das war ein fauler Trick.

»Wieviel, Mary?«

Sie holte tief Atem. »Zweitausend Dollar. Und Wolfgang sagt, wenn wir das Pferd nicht kaufen, wären die Stunden, die sie bis jetzt hatte, hinausgeworfenes Geld.«

Ich glaubte, Wolfie allmählich zu durchschauen.

»Und ich nehme an, es trifft sich ausgezeichnet, daß, wenn wir schnell zugreifen, Wolfgang gerade jetzt das richtige Pferd für sie hat?«

»Freddie« – da ich bei dem Vorschlag, weitere zweitausend Dollar Schulden zu machen, weder sie erwürgt noch mich erschossen hatte, kehrte ihre normale Anmaßung zurück –, »Freddie, Wolfgang lehnt es grundsätzlich ab, an seine Schüler überhaupt Pferde zu verkaufen.« Das war vernünftig. Ich dachte ein bißchen besser von Wolfie. Nicht viel, nur ein bißchen.

»Ich verstehe. Offensichtlich können nicht alle seine Schüler immer Schleifen gewinnen. Da er aber ihren dummen Eltern aufgebunden hat, sie könnten es, wenn er sie unter-

richtet, muß er einen Sündenbock haben. Und dazu muß das Pferd herhalten.«
»Freddie« – sie saß wieder neben mir auf dem Sofa und schlang den Arm um meinen Hals –, »du erfährst am besten gleich alles. Wenn wir das Pferd gekauft haben, müssen wir einen kleinen Stall bauen und einen Transporter kaufen, damit wir es zu den Turnieren bringen können.«
»Als Pferd kann es doch zu den Turnieren laufen?«
»Es wäre nicht so ein Pferd, auf dem man irgendwohin reitet. Man reitet es erst, wenn man dort ist. Wir können eine Hypothek aufnehmen, um den Stall zu bauen, ich habe es nachgeprüft. Und es müssen nur zwei Räume sein, einer als Stall und . . .«
»Und einer für dich und mich. Dann müssen wir auch einen für Hellie bauen, denn wir können uns todsicher kein Haus mehr leisten.«
Sie ging einfach über meine Worte hinweg. ». . . und einer für die Sättel, Decken, Zügel, Kardätschen und . . .«
»Müssen es unbedingt Kardätschen sein? Könnten wir nicht den Staubsauger nehmen?«
Die Worte waren kaum heraus, da kam mir die Erleuchtung. Ich deutete ihr zu schweigen. »Ich habe gerade einen Einfall gehabt.«
»Für eine von den gräßlichen Werbesendungen?«
»Nein. Ruhig jetzt. Stör mich nicht.« Wir saßen bewegungslos. Mein Gehirn arbeitete wie ein Hochleistungscomputer. Angenommen, ich könnte ein *Fünf*tausend-Dollar-Pferd erwerben – erwerben, nicht kaufen. Die Bank würde mir zweitausend darauf leihen, wenn es versichert war; dann könnte ich Wolfgang bezahlen und Anzahlungen für die restlichen Dinge leisten, die wir brauchten. Wenn ich nur erwerben – jemanden hineinlavieren – jemandem die Idee verkaufen . . . Ich empfand selbst Hochachtung vor einem Gehirn, das einen solchen Plan im Bruchteil einer Sekunde hervorbringen konnte. »Ich hab's«, sagte ich ruhig. »Jawohl, ich hab's. Ich bin fast sicher, daß ich Helen, wenn

sie so gut ist, wie du sagst – gut genug, um im Madison Square Garden zu reiten –, ein tolles Pferd verschaffen kann.«

»Oh, Liebling!«

»Unter einer Bedingung.«

»Und die wäre?«

Ich lächelte mein Genielächeln. Es ist ein flatterndes, scheues schwaches Lächeln, das im anderen den Wunsch erweckt, mir eins zu versetzen. Ich lächelte – und schwieg. Ich habe wirklich eine gemeine Ader.

4

Am nächsten Morgen ging ich vom Grand-Central-Bahnhof bis zu dem blitzenden neuen Gebäude, in dessen drei Stockwerken die Tomes-Agentur hauste. Ich stieg im mittleren Stockwerk aus (das oberste ist für die höchsten Angestellten), schritt durch eine kleine Vorhalle, die von einer blonden Empfangsdame mit sehr kurzem Rock und einem angenehmen Äußeren erhellt wurde, und bog in einen Gang ein, an dem rechts und links Käfige lagen, fensterlose Kammern mit Gittertüren, die nur theoretisch Zurückgezogenheit verschafften.

Ich kam zu meinem Käfig in der Mitte der Reihe. Ich wußte, daß es meiner war, denn er war leer, und Miss Clemens, meine Sekretärin, saß nebenan. Ich ging hinein und schloß die »Tür« hinter mir. Ich wollte die Illusion haben, allein zu sein. Ich rief die Sekretärin des Chefs an und erklärte ihr, daß ich einen Termin für eine Besprechung mit Harry Tomes ausmachen wolle. Sie schlug fünfzehn Uhr am Freitag in einer Woche vor. Ich faßte mir ein Herz und erwiderte, sie solle ihm sagen, daß ich eine neue Werbe-Idee hätte. Diese Art Werbung sei bisher ungesetzlich gewesen, ich hätte aber herausgebracht, wie man sie legalisieren und

so als Modell für die ganze Industrie verwenden könne. Und ob er heute mittag mit mir bei Toots Shor essen wolle. Nach einer kurzen Wartezeit war sie wieder da. »Haben Sie gesagt, Sie hätten eine neue Werbe-Idee für einen unserer Kunden, die bisher ungesetzlich war? Mr. Tomes will sich nur überzeugen, daß ich Sie richtig verstanden habe.«
»Nicht nur für einen Kunden, für viele. Ich habe heute nachmittag eine Besprechung mit den Leuten von den Vereinigten Arzneimitteln. Ich habe ihnen nur einen Hinweis am Telefon gegeben, aber sie haben angebissen – versuchsweise, natürlich.«
Eine Sekunde später hörte ich Harry Tomes' gewählte Stimme in der Leitung und wußte, daß er zugehört hatte. Das hatte ich mir gedacht, denn meine Einladung zum Lunch war darauf berechnet gewesen, seine Aufmerksamkeit zu erregen. Im allgemeinen taten mittlere Angestellte so etwas nicht.
»Freddie?«
»Hallo, Harry.« Es war so eine Firma. Man mußte sich eine Woche vorher durch einen Dritten anmelden lassen, wenn man den Chef sprechen wollte, aber das Firmenimage verlangte es, daß man ihn wie einen Freund beim Vornamen nannte. »Was wollten Sie sagen?«
»Hören Sie zu, Freddie, ich esse gern heute mittag mit Ihnen, aber muß es bei Toots Shor sein?«
»Das einzige Lokal, bei dem Sie mir ein Spesenkonto erlauben.«
Ich hörte, wie die Sekretärin, die noch in der Leitung war, nach Luft schnappte und auflegte. Dann fing Harry an zu kichern.
»Sie wollen *mich* auf *Ihr* Spesenkonto zum Essen einladen?«
»Wenn ich Sie auf andere Art einladen würde, müßten Sie Corned beef und Kohl auf der Third Avenue essen.«
»Hören Sie zu, ich habe einen besseren Vorschlag. Sie essen mit mir auf *mein* Spesenkonto.«
»Wenn Sie darauf bestehen.«

»Gut, treffen wir uns im University Club. Viertel nach zwölf, ja?«
»Jawohl, Sir.«
»Und, Freddie – Sie haben sich diese Werbe-Idee doch nicht etwa als Vorwand ausgedacht, um mit mir über etwas anderes zu sprechen? Eine Gehaltserhöhung zum Beispiel?«
»Wenn *Sie* über eine Gehaltserhöhung sprechen wollen, werde ich gern zuhören, aber *ich* will es bestimmt nicht.«
»Entschuldigen Sie. Ich mußte an Ihren Witz über Corned beef und Kohl denken.«
»Das war durchaus ernst gemeint.«
»Ja.« Seine Stimme klang nachdenklich. »Ja, ich glaube es. Also gut, Viertel nach zwölf.«
»In Ordnung, Sir.«
Ich läutete nach meiner Sekretärin. Man erwartete, daß ich nach ihr läutete, obwohl sie nur durch eine Glaswand von mir getrennt war. Es wäre sehr viel einfacher gewesen, »Hallo, Susie« zu rufen. Aber nicht einmal die mittleren Angestellten taten so etwas bei der Tomes-Agentur. Ich beobachtete, wie sie ihren Rock über die Knie zog, ihr Haar glattstrich – kurz, sich für die lange Reise bis zu meinem vier Schritt entfernten Käfig vorbereitete. Nachdem sie eingetreten war, sagte ich: »Wissen Sie zufällig etwas über . . .« Ich hielt inne und sah sie an. Wie alles bei der Tomes-Agentur waren die Sekretärinnen schick, auf Hochglanz poliert, sahen teuer aus und paßten in den Rahmen. Seltsamerweise konnten sie alle ausgezeichnet Schreibmaschine schreiben, aber ihre Persönlichkeit, wenn sie überhaupt eine hatten, war vollkommen unterdrückt. Sie wirkten trotz ihres Bühnen-Make-ups nicht einmal sexy, denn um sexy zu sein, muß ein Mädchen menschlich aussehen. Ich besann mich anders. »Nein, ich glaube, es hat keinen Sinn«, sagte ich.
»Warum fragen Sie mich nicht, Mr. Bolton? Ich weiß über viel mehr Dinge Bescheid, als Sie glauben. Das Tippen ist nicht mein ganzer Lebensinhalt.«

Das erregte meine Neugier. Susie war seit einem Jahr meine Sekretärin. Zum erstenmal fiel mir ein, daß sie wahrscheinlich aß, ins Badezimmer ging und ähnliche Dinge tat, wie andere Menschen auch. Ich mußte irgendwie das Gefühl gehabt haben, daß sie nach Büroschluß zugedeckt wurde wie die elektrischen Schreibmaschinen.
»Sie wissen nicht durch irgendeinen verrückten Zufall etwas über Pferde?«
Die Wirkung dieser einfachen Frage war erstaunlich. Die Katherine-Gibbs-Maske zerbrach, und zum Vorschein kam ein Mädchen namens Susie Clemens, das zufällig tagsüber Sekretärin in einer Werbeagentur war. Am Abend aber wurde sie zu einem richtigen, lebendigen, munteren Mädchen, das man nicht einfach zudeckte und – na ja, vielleicht schon, wenn es kalt war.
»Pferde!« rief sie. »Was für welche?«
Ich war etwas verblüfft. »Was für welche gibt's denn?«
»Oh.« Sie setzte sich auf den kleinen Stuhl neben meinem Schreibtisch. »Es gibt Araber, Palominos, Morgans, Vollblut, Halbblut, Paradepferde, Gebrauchspferde, Arbeitspferde, Jagdpferde, Hackneys, Tennessee . . .«
»Huh! Sie haben das erwähnt, das ich meine. Jagdpferde. Wissen Sie etwas über Jagdpferde, Susie?«
Ein Ausdruck gelinder Abscheu lag auf ihren Lippen. Ich sah nun, daß es wirkliche Lippen waren, ziemlich anziehende sogar, fast Lippen zum Küssen. Jedenfalls dann, wenn man die dicke Rougeschicht abwischte.
»Jagdpferde« sagte sie. »Ich habe mit Gebrauchspferden zu tun. Meine Spezialitäten sind Faß- und Cowboyreiten. Ich weiß natürlich ein wenig über Jagdpferde Bescheid. Aber warum Jagdpferde, Mr. Bolton? Gebrauchspferde sind viel . . .«
»Weil ich – eins für meine Tochter erwerbe.«
»Schade.«
»Was heißt das?«
»Mit einem Pferd wie meinem hätte sie viel mehr Spaß.«

»Sie haben ein Pferd? Das Ihnen gehört?«
»Natürlich.«
Wie konnte sie ein Pferd haben? Mein erster Gedanke war, daß irgendein reicher Trottel sie aushielt. Aber sie sah nicht danach aus.
»Bitte seien Sie nicht böse, wenn ich eine persönliche Frage stelle. Über Ihr Pferd, meine ich.«
»Natürlich nicht.«
»Wieviel haben Sie dafür bezahlt?«
»Es ist eine Stute. Sie hat zweihundertfünfzig Dollar gekostet. Aber sie war erst dreijährig. Ich habe sie selbst eingeritten. Das ist ein Unterschied. Warum wollen Sie Ihrer Tochter nicht ein Gebrauchspferd kaufen?«
Zweihundertfünfzig Dollar! Ein Zehntel von dem, was ich zahlen sollte. Susie plapperte noch über ihr Pferd.
»Mein Schlafzimmer hängt voller Schleifen – blauen, roten und gelben. Es wäre schön, wenn Sie sie einmal anschauen kämen.«
Sie mußte einen meiner Blicke aufgefangen haben, denn tief unter der Puderschicht errötete sie. Ich hätte es nicht gemerkt, wenn nicht ihre Ohrläppchen so rosa geworden wären wie Kaninchenohren. »Es wäre vollkommen in Ordnung, Mr. Bolton, ich habe eine Freundin zu Besuch.«
»Ich würde sie sehr gern sehen, auch wenn Sie keine Freundin bei sich haben. Jetzt sagen Sie bitte, haben Sie je von einem Wolfgang von Roetz gehört?«
»Gehört? Das hat doch jeder. Warum?«
»Er ist der Reitlehrer meiner Tochter.«
Susie stieß einen Pfiff aus. »Sie muß erstklassig sein. Stimmt's?«
»Ich weiß nicht. Ich habe sie noch nie reiten sehen.«
»Das ist ja schrecklich. Grausam ist es, Mr. Bolton, jawohl.«
Diesmal wurden die Ohrläppchen knallrot.
Bei Katherine Gibbs wurde den Mädchen bestimmt nicht beigebracht, so etwas zu ihren Chefs zu sagen. Natürlich war es ihr nur herausgerutscht, darum machte es mir nichts

aus. Es ging mir jedoch plötzlich auf, daß sie recht hatte, und das beunruhigte mich. Es beunruhigte mich höllisch. War ich dabei, Hellie zu verlierten? Gestern abend, das wußte ich, war ich nahe daran gewesen. Diesen Zustand mußte ich ändern. Schnell.
Susie sah immer noch verängstigt und elend aus und mied meinen Blick.
»Susie, ich bin Ihnen dankbar, daß Sie das gesagt haben. Väter, ich glaube, alle Väter vergessen hin und wieder, wenigstens so zu tun, als hätten sie etwas für die Interessen ihrer Kinder übrig. Aber ich weiß heutzutage meist gar nicht, wovon Hellie spricht. Hören Sie zu: Es scheint, meine Tochter muß ein Springpferd für Turniere haben. Sie muß es haben, denn sonst wird ihr das Herz brechen. Jetzt sagen Sie mir bitte: Gibt es einen Grund, warum sie nicht wie Sie ein Pferd für zweihundertfünfzig Dollar nehmen kann?«
»Eine Schülerin von Wolfgang von Roetz bei AHSA-Turnieren auf einem Zweihundertfünfzig-Dollar-Pferd?« Susie war entsetzt über einen so seltsamen Einfall. »Aber Mr. Bolton, bevor er so etwas geschehen läßt, gibt er ihr lieber selbst ein Pferd.«
»Keine schlechte Idee, wenn's zum Äußersten kommt. Wieviel, glauben *Sie,* müßte sie für ein Pferd zahlen, auf dem sie vielleicht in AHSA-Turnieren gewinnen kann? Was ist das überhaupt?«
»American Horse Shows Association, Amerikanische Nationale Pferdeschau-Vereinigung. Die großen Turnier-Verbände. Für ein Springpferd? Es müßte wahrscheinlich ein Pferd mit viel Blut sein, aber ein Vollblut wäre zu feurig für sie.« Ihre Kinnladen bewegten sich beim Nachdenken, als kaute sie an einem Strohhalm. Es wirkte geradezu bäuerlich. »Ich würde sagen, zwischen zwei- und viertausend Dollar. Wenn es mehr ist, würden die Richter nur ›passiv‹ auf ihre Karte schreiben, und dann wäre sie draußen.«
Ich knirschte mit den Zähnen. »Susie, was meinen Sie mit ›passiv‹?«

»Genau das, was es sagt. Die Kinder brauchen weiter nichts zu tun, als dazusitzen. Alles andere macht das Pferd.«

»Ich verstehe. Jetzt erklären Sie mir, was haben Pferde an – in der Öffentlichkeit, meine ich?«

»Sattel- und Zaumzeug.«

Das paßte nicht in meinen großen Plan. Ich dachte laut und sagte:

»Könnte man ihnen nicht ihre Namen aufs Hinterteil malen? Wie bei Booten? Vielleicht in Blattgold?«

Susie schluckte ein paarmal, wollte sprechen, erinnerte sich daran, daß ich ihr Chef war, und sagte: »Also, Mr. Bolton, *ich* habe noch nie davon gehört.«

»Was würde ein Turnierrichter von der Idee halten? Dadurch könnte er die Pferde doch viel leichter unterscheiden.«

Susie schien sich nur schwer beherrschen zu können. »Ich – ich glaube nicht, daß Wolfgang von Roetz viel davon halten würde, Mr. Bolton. Wenn Sie mir sagen, was Sie im Sinn haben, kann ich Ihnen vielleicht helfen.«

»Ich esse mit dem Chef zu Mittag. Ich möchte, daß jemand aus der graphischen Abteilung schnell eine Skizze hinwirft, die ich ihm und den Leuten von den Vereinigten Arzneimitteln zeigen kann. Kann einer von den Graphikern ein Pferd zeichnen?«

»Sicher. Und wenn sie es nicht können, kann ich's. Ich zeichne ziemlich gut – war mal eine Zeitlang auf der Kunstakademie.« Sie lächelte. »Wenn ich Ihr Pferd zeichne, wird natürlich ein Gebrauchspferd daraus.«

Ich sah sie an. In den letzten zehn Minuten hatte sie sich zu einem auffallend hübschen Mädchen entwickelt. Ich war nur erstaunt, daß ich das vorher nie bemerkt hatte.

»Susie.«

»Ja, Mr. Bolton?«

Es lag mir auf der Zunge, sie zu fragen, wo sie wohne. Mir war eingefallen, daß es vielleicht eine lohnende Erfahrung wäre, all die Trophäen anzusehen, die sie beim Faßreiten gewonnen hatte. Dann fiel mir ein, daß ich vielleicht selbst eine werden könnte.

»Gehen wir in die graphische Abteilung.«

5

Solange ich es aushielt, blieb ich im Büro und wurde von Sekunde zu Sekunde nervöser. Gegen elf verspürte ich starkes Herzklopfen – es war ungeheuerlich, den Chef zum Mittagessen einzuladen, noch ungeheuerlicher, zu glauben, ich könnte meine Idee bei den Vereinigten über die Runden bringen. Ich war sicher, daß ich bei dem Versuch, mit einem Riesensprung aus der Tretmühle herauszukommen, den Bogen überspannt hatte. Ich war außer mir vor Angst, entlassen zu werden – dann wäre ich in weniger als einer Woche finanziell erledigt.

Um Viertel nach elf stand ich auf, steckte den Kopf in Susies Zimmer, sagte: »Mittagessen mit Tomes, University Club«, und ging. Als ich auf die Straße hinauskam, schlug ich schnell den Weg in Richtung Central Park ein. Ich spazierte im Frühlingssonnenschein umher und betrachtete die heimatlosen Vagabunden auf den Bänken und Tauben und Eichhörnchen, die herumlungerten und auf Futter warteten. Das beruhigte mich, und als ich beim Klub ankam, war ich wieder in Ordnung. Das war auch gut so, denn Harry Tomes wartete gleich hinter der Eingangstür auf mich.

Harry war als Leiter einer Werbeagentur eine Fehlbesetzung. Einmal war er ein Gentleman der alten Schule, und zum anderen sprach er englisch, was es seinen Angestellten oft etwas schwer machte, ihm zu folgen. Er zog sich auch nicht der Rolle entsprechend an. An Stelle der messerscharfen, formvollendeten Anzüge, die seine Vizepräsidenten trugen, hatte er ein schlotterndes, sackartiges grünes Etwas

aus Tweed an, das ein Vermögen gekostet haben mußte. Kein Schneider würde einen so scheußlichen Anzug für weniger als vierhundert Dollar anfertigen. Wie Wolfgang müssen auch sie auf ihren Ruf achten.
Wir gingen ins Restaurant und tranken einen Cocktail. Nur *einen* Cocktail, was ihn wiederum von der Menge abhob, denn in unserem Beruf sind es mittags drei. Nach einer Weile bestellten wir und gingen in den großen Speisesaal.
»Ich habe Sie ziemlich lange nicht gesehen, Freddie«, sagte er, »aber ich bin zufrieden mit Ihnen. Ihre letzte Aspercel-Werbesendung – ich gebe es nur ungern zu, Freddie, aber mir ist so übel davon geworden, daß ich tatsächlich aus dem Zimmer gehen und ein paar Pillen nehmen mußte. Wie geht's der Familie?«
»Gut«, sagte ich. »Im allgemeinen.«
Seine ständig bronzefarbene Stirn unter dem welligen weißen Senatorenhaar runzelte sich. »Im allgemeinen? Kein häuslicher Ärger, hoffe ich?«
»Nein, nicht häuslich. Pferde.«
Sein Blick wurde finster, und die Mundpartie verriet, daß er genug von der Härte besaß, die es braucht, um nach oben zu kommen.
»Das höre ich nicht gern. Ich erwarte, daß meine – Mitarbeiter – Schulden haben, ein wenig über ihre Verhältnisse leben, denn das feuert einen Mann an. Der Chef muß ihm nicht auf den Fersen bleiben, sein Gewissen und seine Gläubiger tun es. Aber Schulden bei Rennwetten machen, das kann ich nicht gutheißen. Ich werde es nicht einmal dulden. Vom moralischen Standpunkt aus habe ich nichts dagegen. Ich will aber keine Männer an leitenden Posten haben, die so dumm sind, eines nicht zu erkennen: die Unmöglichkeit, ein System zu schlagen, bei dem man fünfzehn Prozent seines Geldes an den Staat und die Rennbahn verliert, bevor das Rennen überhaupt angefangen hat. Darum *besitze* ich Rennpferde, anstatt auf sie zu wetten. Wie tief stecken Sie drin?«

»Mr. Tomes.« Es war mir herausgerutscht. »Ich meine, Harry. Ich habe nie in meinem Leben auf Pferde gesetzt. Ich habe nie ein Pferderennen gesehen außer im Fernsehen, wo ich sie nur wegen Werbe-Einschaltungen anschaue.«
»Entschuldigen Sie, mein Sohn. Ich muß Sie falsch verstanden haben. Ich dachte, Sie hätten gesagt, Sie hätten Ärger mit Pferden.«
»Das ist schon richtig. Aber vielleicht sollte ich es lieber anders ausdrücken und es Ärger mit Tochter und Pferd nennen. Ich mache es sogar noch eindringlicher und sage, ich habe Ärger mit der Tochter und deren Mutter, kurz: Tochter-Ehefrau-Pferd-Ärger.«
Er lächelte. »Sie wohnen in der Nähe von Westport, nicht wahr?«
Ich nickte.
»Wo das Statussymbol entstand und hochgehalten wird.«
»Mit Statussymbolen werde ich fertig, ich finde sie komisch. Diese Sache ist nicht komisch. Meine Tochter ist anscheinend verrückt nach Pferden. Sie hat für ungefähr einen Tausender Unterricht bei einem Gott gehabt, und der Gott sagt, wenn sie ein eigenes Pferd hätte, würde sie gut genug werden, um im nächsten Herbst im Madison Square Garden etwas zu erreichen. Meine Frau ist auf ihrer Seite, also bekommt Helen jetzt ein Pferd.«
»Sie wollen also doch eine Gehaltserhöhung? Um ein Pferd zu kaufen?«
Ich schüttelte den Kopf. »Sie könnten mir gar keine solche Gehaltserhöhung geben, von der mir die Steuer genug übrigließe, um so ein Pferd zu kaufen, wie es der Gott für Helen vorschreibt.«
»Und der Gott wäre?«
»Wolfgang von Roetz.«
Ich war erstaunt, weil Harry genauso pfiff wie Susie vorhin.
»Da stehen Sie wirklich vor einem Problem.«

»Ich glaube, ich habe es schon gelöst«, erklärte ich ihm.
Seine gutgepflegten Augenbrauen gingen in die Höhe. »Sie haben die Bank, die Sie ausrauben wollen, schon im Auge?«
»Zu kompliziert. Und man muß zu lange warten, bevor man es wagen kann, das Geld auszugeben. Nein, ich habe . . . Nun, Sie werden mir beipflichten, daß die Idee simples Talent überragt und sich einer besonderen Kategorie nähert: Meine Tochter Helen wird ein äußerst bekanntes – vielleicht sogar berühmtes – Pferd namens Aspercel kaufen.«
»Aspercel – Aspercel? Sehr bekannt? *Ich* habe noch nie von so einem Pferd gehört.«
»Nein, Sir, aber Sie werden es sicher tun. Ich glaube, ein paar Millionen Menschen werden davon hören. Hier ist der Entwurf.«
Ich langte in meine Tasche und holte einen Korrekturbogen heraus. Darauf war eine flotte Bleistiftzeichnung zu sehen. Sie zeigte ein Mädchen, ungefähr wie Helen, das breit lachte und in der einen Hand ein Silbertablett trug. Mit der anderen führte sie das schönste Pferd, das Susie und der graphischen Abteilung der Tomes-Agentur eingefallen war. Da es eine ziemlich luxuriöse Agentur war, war es ein ziemlich luxuriöses Pferd. Es trug eine Phantasiedecke, auf der in großen Blockbuchstaben ASPERCEL stand. Im Hintergrund sah man einen ebenfalls luxuriösen Anhänger, auf den ASPERCEL gemalt war.
Harry Tomes betrachtete den Entwurf. Dann sah er auf und durch mich hindurch. »So? Das bedeutet weiter nichts, als daß ich eine ziemlich gute graphische Abteilung habe, die einen hübschen Entwurf anfertigen kann.« Er hielt sein Pincenez wie ein Vergrößerungsglas über das Bild. Sein Ausdruck wurde von Sekunde zu Sekunde verdrießlicher. »Und«, knurrte er, »eine, die nicht zu wissen scheint, daß der Nasenriemen eines Pferdes unterhalb des Backenstückes sein muß, nicht oberhalb.« Er sah wieder

auf und blickte mich an. »Ich würde von Ihnen auch nicht verlangen, daß Sie das wissen. Sie hätten es allerdings nachschlagen können.«
»Ich bin Werbefachmann und kein Forschungsmann.« Ich war wütend über Susie, daher fuhr ich den Chef an. Das war nicht die richtige Art und Weise, eine Karriere aufzubauen. »Entschuldigen Sie, Sir, natürlich hätte ich das selbst nachprüfen müssen. Ich bin Ihnen äußerst dankbar, Sir, daß Sie es bemerkt haben.«
»Wenn ich jetzt eine dumme Frage stellen darf, wofür soll das ein Vorschlag sein?«
Ich führte meine Serviette zur Stirn und wischte diskret ein paar Tropfen kalten Schweißes ab. Noch nie hatte ich dem obersten Chef direkt einen Entwurf unterbreitet. Ich dachte, er wolle mich nur so zum Spaß kleinmachen. Ich wußte nicht, daß er sich für den Moment in den Kunden verwandelt hatte und die Dinge sagte, die der Kunde sagen würde. Ich war ernstlich aus der Fassung gebracht, ich *mußte* dieses Geschäft durchbringen.
Ich riß mich zusammen. »Bitte, stellen Sie sich bildlich vor, was die graphische Abteilung nur andeuten kann.« Ich lächelte ihn schüchtern an. »Etwas ungenau.«
»Verdammt ungenau!« Er sah mich spöttisch an. »Verkaufen Sie Ihre Vorschläge immer auf diese Art, wenn Sie Kunden besuchen?«
Ich mußte grinsen. »Die meisten Kunden sind nicht so schwer zu überreden wie Sie, Boss. Sie nehmen anscheinend an, daß ich Sie nicht besuchen und Ihre Zeit beanspruchen würde, wenn das, was ich zu verkaufen habe, nicht verdammt gut wäre.«
Zu meiner unendlichen Erleichterung lachte er. »In Ordnung, Freddie, weisen Sie mich nur ordentlich zurecht. Ich will nicht mehr an Ihnen herumnörgeln. Fangen Sie noch einmal an.«
»Ja.« Ich zeigte auf die Zeichnung. »Ihre Frau und ein paar Millionen weitere Damen der Gesellschaft haben, sagen

wir, ›Town & Country‹, ›Harper's Bazaar‹ oder sogar ›Paris Match‹ abonniert. Sie sehen ein Foto des Pferdes auf den Bildseiten dieser Illustrierten – nicht unter den Anzeigen – mit folgender Überschrift: ›Aspercel gewinnt wieder. Miss Helen Bolton führt ihr berühmtes Pferd von der Bahn, nachdem sie die John-Q.-Gedächtnis-Trophäe gewonnen hat.‹ In der nächsten Woche oder im nächsten Monat sieht man in einer anderen Illustrierten ein neues Bild. Das Pferd hat den Pferdemantel an, oder wie man das Ding hier auf dem Bild nennt, und in der Überschrift heißt es: ›Miss Helen Bolton und Aspercel, nach dem Sieg im Turnier um den Status-Gedächtnis-Pokal in Fairfield.‹ Solches und ähnliches Gewäsch. Mein Gott, Harry, können Sie sich vorstellen, wie auf diese Art der Begriff ›Aspercel, *das* Produkt‹, dem Unterbewußtsein der Konsumenten eingeprägt wird? Ohne einen Dollar Reklamekosten wird dieser Feldzug das Wort Aspercel gleichsetzen mit Gesundheit, Reichtum, auffallender Eleganz, Sportlichkeit, Jugend – was Sie wollen! Können Sie mir einen besseren Weg nennen, wie man den Snob-Markt für ein Produkt erschließt, das im Grunde nichts weiter ist als eine Tablette gegen Blähungen? Und wenn bekannt wird, daß der Snob es gutheißt, erobert man automatisch den Massenmarkt. Mit bezahlter Reklame kann man das nicht erreichen. Man *kann* es aber, indem man Aspercel zur Sensation macht.« Ich hielt inne, um Atem zu holen. »Nun, Sir?«

Er sah mich mit einem so ausdruckslosen Blick an, daß mir das Blut in den Adern erstarrte. Der Blick dauerte vielleicht zwei Minuten. Da ließ er mich nun in seinem netten Klub eines langsamen Todes sterben. Ich überlegte, ob er, wenn ich in der nächsten Minute wirklich starb, meine Leiche hinaustragen helfen oder es den Kellnern überlassen würde.

»Nun, mein Sohn«, sagte er – ich fuhr zusammen und wandte mich aufmerksam ihm zu –, »mir scheint, Sie und ich und die Vereinigten Arzneimittel werden bald eine

ganze Menge Geld miteinander teilen. Zu höchst ungleichen Bedingungen natürlich. In diesem Fall brauchen wir keine Rakete darunter anzuzünden, um zu sehen, ob es losgeht. Ihre Idee halte ich für großartig. Wenn auch ein großes Hindernis dabei ist.«
»Und das wäre?«
»Ganz einfach das: Wie können Sie Ihre Tochter nur dazu bringen, ein Pferd mit einem so – Gott vergib mir – albernen Namen zu reiten? Man wird sie entsetzlich aufziehen.«
»Sir«, sagte ich, »meine Tochter würde ein Pferd mit dem Namen Lyndon B. Goldwater reiten, wenn das die einzige Möglichkeit für sie wäre, eins zu bekommen. Soweit ich Hellie kenne, wird sie Aspercel sogar für einen verdammt guten Pferdenamen halten. Es kann natürlich sein, daß ich sie ein bißchen bearbciten muß.«
»Darauf möchte ich wetten. Also gut, wie stellen Sie sich das weiter vor?«
»Nun, mit der Erlaubnis des Kunden zweigen wir genug Geld von sciner Radio- und Fernsehwerbung ab, um die Kosten für das Pferd und den Anhänger zu decken. Kleinigkeit. Ich nehme an, um zehntausend herum, plus Spesen, um einen Teil der Auslagen für Heu, Hafer, Hufeisen und Nenngebühren bei den Turnieren bestreiten zu können. Oder ich könnte das Pferd bei der Weston-Bank beleihen lassen.«
Nachdenklich sah er vor sich hin. »Nein, mein Sohn, ich denke, die Vereinigten werden für den Unterhalt und alles übrige aufkommen wollen. Schließlich wird es ihr Pferd sein.«
»Harry.« Mutig sah ich ihm direkt in die kalten Augen – Augen wie Splitter vom steinernen Herz eines Pfandleihers. »Harry, da sind Sie vollkommen auf dem Holzweg. Es wird weder das Pferd des Kunden sein noch Ihr Pferd noch meines. Es wird meiner Tochter Helen gehören. Nur unter der Bedingung mache ich mit. Vielleicht haben Sie das

Wesentliche noch nicht ganz erfaßt. Keine Zeitung oder Zeitschrift würde freie Reklame für ein Pferd namens Aspercel machen, das, wenn auch nur indirekt, dem Aspercel Hersteller gehört. Nicht einmal unter Druck. Das könnten sie nicht, es wäre zu auffällig. Etwas anderes ist es, wenn das Geschäft in Ordnung ist. Bei den Unsummen, die wir ihnen jährlich für Anzeigen zukommen lassen, können wir ein Dutzend Zeitschriften und alle New Yorker Zeitungen taktvoll dazu drängen, einen Haufen Bilder von einem Pferd zu bringen, das einem jungen Mädchen gehört und Aspercel heißt. Es gibt aber noch einen wichtigeren Grund, warum das Pferd Helen gehören wird.«

»Ja?«

»Ich habe es ihr versprochen.«

Sein Mund entspannte sich, und das Eis in seinen Augen schmolz.

»Es freut mich, daß Sie das erwähnt haben«, meinte er. »Die alten Wahrheiten werden heutzutage so mit Füßen getreten, daß es erfrischend ist, auf echte Gefühle zu stoßen. Übrigens, Sie müssen *mich* heute nachmittag zu den Vereinigten gehen und das Geschäft für Sie abschließen lassen.«

»Aber sie erwarten mich. Ich habe die Besprechung angesetzt.«

»Mein Sohn, ich versichere Ihnen, ich bin durchaus in der Lage, damit fertig zu werden.«

»Und Sie glauben, ich bin es nicht?«

»Ich glaube nicht, daß Sie ihnen mit ehrlichem Gesicht erklären könnten, Sie hätten sich überwunden, ein kostenloses Pferd für Ihre Tochter anzunehmen. Auf mich hätte das jedenfalls keine sehr große Wirkung. Wenn ich ihnen aber sage, daß einer unserer Vizepräsidenten eine Tochter hat, die Turnierreiterin ist, und daß ich ihn überredet hätte, ihr neues Pferd Aspercel zu nennen, so daß wir auf diese Weise einen gesetzlich vertretbaren Schleichwerbefeldzug starten können, der x Dollar kostet . . . Übrigens, Freddie, Sie haben doch nichts dagegen, wenn ich von

Ihnen als einem unserer Vizepräsidenten spreche, nicht wahr? Es stärkt die Argumente im – äh – Verkaufsgespräch.« Zehn Sekunden lang war ich wie vor den Kopf geschlagen. Aber Harry hatte gesagt, daß er gern alte sentimentale Wahrheiten hörte, also setzte ich ihm noch eine vor. »Ich habe sehr viel dagegen, wenn es nicht die Wahrheit ist.«

Er grinste. »Sagen wir so. Wenn sie auf Ihre neue Idee einsteigen, wird es die Wahrheit sein. Weil Sie es verdient haben.«

Danach aßen wir – bis jetzt hatten wir nur im Lunch herumgestochert.

6

An diesem Abend fuhr ich nicht im Barwagen nach Hause. Ich wollte allein sein, was in einem Zug mit Pendelverkehr bedeutet, daß man mit ein paar Hundert Unbekannten zusammensitzt, anstatt sich mit den paar Dutzend Bekannten zu treffen. Ich ging durch bis zum letzten Wagen und auf die hintere Plattform hinaus. Ich wollte allein sein, weil es ein bewegter Tag gewesen war.

Ich fuhr langsam vom Bahnhof durch die Frühlingsdämmerung heim. Es war eine Freude, die winzigen grünen Blätter an den Bäumen sprießen zu sehen. Hin und wieder kommt ein Tag – ich glaube, nur dann, wenn man um die Vierzig herum ist –, dessen Dauer man verlängern möchte. Heute war so ein Tag, und das langsame Fahren schien die Zeit irgendwie aufzuhalten. Ich bog in unsere Auffahrt und hielt einen Augenblick an, um die vier Morgen Unkrautacker zu bewundern, die einen briefmarkengroßen Rasen und das Haus umgaben. Dann dachte ich an Helen und Mary, die atemlos auf Neuigkeiten über den Schlachtverlauf warteten, die ihr Herr und Meister vom Kriegsschauplatz brachte. Ich

fuhr zur Garage. Leer. Ich ging zum Haus. Schon ehe ich es erreicht hatte, kam es mir leer vor.
Ich knallte die Tür von innen zu, drehte das Licht an und ging in die Speisekammer. An der Wodkaflasche steckte ein Zettel.

»Liebling, ich wußte, daß du es sofort findest, wenn ich es hier anbringe. Helen und ich sind mit Jack Gardner und Wolfgang Pferde anschauen. Wir treffen uns bei ihnen zu Cocktails. H. & M.
P.S. Hier ist ein Plan.«

Irgendwie hatte ich keine Lust mehr, den Tag zu verlängern. Ich war verärgert und verdammt enttäuscht. Ich goß mir einen Drink ein, spritzte etwas Wasser hinein und kippte ihn hinunter. Dann studierte ich den Plan. Die Jack Gardners. Jack Gardner, Judys Vater. Das machte ihn zu einem Leidensgenossen. Ich trank noch einen, diesmal pur, und sah mir den Zettel an. Nein, Mary und Helen waren mit Jack Gardner die Pferde ansehen, von einer Mrs. Gardner stand nichts da. Das bedeutete, daß er der Verrückte in der Familie war.
Ich ging hinaus in die Garage, setzte mich auf eine leere Coca-Cola-Kiste und starrte mein Boot an. Aber eine Mauer schien zwischen uns zu sein, und die Fischträume wollten nicht kommen. Also stieg ich in den Wagen und fuhr in der fälschlichen Annahme los, ich hätte den Plan zu Gardners Haus genau im Kopf. Ich hatte mich in Minutenschnelle verfahren. Es war fast sieben, als ich bei ihrem niedrigen weißen Farmhaus ankam. Daneben lag eine eingezäunte Koppel, ein kleiner Turnierplatz mit Hürden und, in einem Gehölz, ein Stall. Die Eingangstür öffnete sich, und eine Frau in Hosen kam auf die Veranda. Ihr Lächeln war sehr sympathisch.
»Ich bin Ellinor Gardner. Sie sind Freddie Bolton, und Sie brauchen wahrscheinlich einen Drink.«

»Um ehrlich zu sein«, sagte ich, »ich brauche keinen, aber ich würde mich freuen, wenn ich einen bekäme.«
»Kommen Sie herein.« Sie ging voran in eine geräumige Diele, deren Wände mit alten, wahrscheinlich sehr wertvollen Stichen von Pferderennen und Fuchsjagden bedeckt waren. »Mary hat vor ein paar Minuten angerufen. Sie und Jack und Wolfgang sind auf dem Rückweg von den Sheridans.«
Wir gingen zwei Stufen hinunter in ein großes geschmackvolles Wohnzimmer. In einem Erker stand ein Tisch mit einer großartigen Auswahl von Flaschen, Gläsern und Eiswürfeln in einer Silberschale.
»Sie sind der Mann hier und daher für die Getränke zuständig, nicht wahr? Ich möchte einen Whisky-Soda mit Eis. Ziemlich stark.«
Ich mixte die Drinks, gab ihr den ihren und merkte, daß sie mich anstarrte. In ihren Augen lag ein Ausdruck freundlicher Anteilnahme, jener amüsiert-nachsichtige Blick, den die Frauen haben, wenn sie die besten Stücke anderer Frauen begutachten.
»Sie sind aus irgendeinem Grund verärgert, nicht wahr?« Es war eigentlich keine Frage. »Ist heute in der Stadt etwas Schreckliches passiert?«
Wahrscheinlich hätte ich nun den Beleidigten spielen sollen, da sie mich so etwas fragte, obwohl sie mich noch keine fünf Minuten kannte – aber ich tat es nicht. Einmal war sie eine von den Frauen, bei denen man schon beim ersten Treffen das Gefühl hat, man kenne sie bereits das ganze Leben. Zum anderen mußte ich *irgend* jemandem sagen, daß ich befördert worden war. Also erzählte ich ihr die ganze Geschichte. Danach war sie enttäuschter darüber als ich, daß Mary nicht zu Hause gewesen war.
Ich erzählte ihr sogar, daß ich hinaus in die Garage gegangen sei und mein Boot besucht hätte.
»Ich habe früher viel geangelt, aber dann fischte ich« – sie unterdrückte ein Lachen –, »dann fischte ich Jack. Viel-

leicht könnten wir im Herbst einmal angeln gehen, wenn einem dieser Pferderummel mal fünf Minuten Zeit läßt. Offen gesagt, ich will froh sein, wenn Judy einmal achtzehn ist und zu den verdammten Juniorenspringreiten nicht mehr zugelassen wird. Wenn sie sich nur einmal für Jungen interessieren könnte! Bisher habe ich geglaubt, sie wäre nur nach Pferden verrückt. Aber jetzt schöpfe ich neue Hoffnung. Ich habe festgestellt, daß eine erstaunliche Anzahl von ihnen schließlich doch heiratet und Kinder bekommt und so – daher glaube ich, daß es vorübergeht, wie Masern.«

Ich kam mir vor wie ein Mensch, der in der Wüste Sahara ausgesetzt wurde und nun auf jemanden trifft, dem das gleiche passiert ist. »Ich habe schon gedacht, ich wäre vielleicht nicht ganz normal, weil ich Hellie für abnormal halte.«

Wir lachten, und mit einem Schlag waren wir gute Freunde.

»Wenn ich recht verstehe, Mrs. Gardner, sind Sie selbst auch nicht gerade ein Pferdeliebhaber?«

»Sie haben richtig verstanden. Ich war es einmal, aber jetzt nicht mehr. Und das entsetzliche daran ist, daß ich zu jedem einzelnen verdammten Turnier gehen muß, das irgendwo stattfindet.«

»Wenn es Ihnen nicht gefällt, warum gehen Sie dann?«

»Nun, theoretisch gehe ich, um mich um Judy zu kümmern. In Wirklichkeit aber darum, weil ich den Anhänger mit dem Pferd fahren kann und Jack nicht. Er hat einen Komplex. Und weil ich ihn liebe, gehe ich also, jedes Wochenende, von jetzt an bis Ende Oktober. Genauso, wie Sie es tun werden.«

»Ich? Ich werde nichts mit den Turnieren zu tun haben – außer daß ich das Geld beschaffen muß.«

Sie legte ihre linke Hand auf meine Schulter. Sie hatte einen erstaunlich kräftigen Griff.

»Mein Junge, mein Herz blutet ob Ihrer Unschuld. Nach dem, was ich weiß, werden Sie, Kamerad Pferdefreund,

diesen Sommer ebenfalls jedes verflixte Turnier zwischen der Hölle und Neufundland besuchen, und zwar praktisch ab sofort. Spielen Sie Gin, Canasta, Casino oder Puff?«
»Manchmal.«
»Dann sind Sie ein großer Trost für mich.«
»Es ist ein Witz, nicht wahr? Daß ich zu all den Turnieren gehen muß?«
»Nein, mein Lieber. Nehmen Sie sich jetzt zusammen, und ich werde Ihnen erzählen, woher ich es weiß. Heute vormittag hat Ihre Frau nur so zur Übung auf Jacks Vorschlag hin versucht, unseren Anhänger zu fahren. Ohne Pferd, Gott sei Dank.«
»Und?« Ich brauchte ja gar nicht zu fragen. Also erkundigte ich mich nur, wieviel ich ihr schuldig war.
»Nichts. Er war ab fünfzig Dollar versichert, und Ihre Frau bestand darauf, die fünfzig gleich zu bezahlen.«
Ich zuckte zusammen. »Aber glauben Sie mir, Freddie Bolton, wenn Sie den hübschen Zweitausend-Dollar-Anhänger bekommen, den Ihre Frau für Sie ausgesucht hat, wird es besser sein, wenn Sie fahren.«
»Zweitausend!«
»Sie sind jetzt ein großes Tier bei Tomes, denken Sie daran.«
Das hatte ich schon ganz vergessen. Sie reichte mir ihr Glas, und ich ging zurück zu der beruhigenden Ansammlung von Flaschen. Eine Minute später öffnete sich die Eingangstür. Mary wankte ganz erschöpft ins Zimmer.
»Hallo, Ellinor. Wir haben ein Pferd gefunden. Es war reizend von Jack, mitzukommen.«
Ich wollte »Hallo« sagen, aber Ellinor Gardner kam mir zuvor. »Mary, ich möchte Ihnen einen Freund vorstellen. Einen Mr. Bolton.«
Mary lächelte mir zu und knickste.
»Guten Tag, Mr. Bolton.«
Ich winkte. Ellinor fuhr fort. »Mr. Bolton ist bei der Tomes-Agentur. Sie wissen, Werbung.«
»Oh?«

»Ja. Und man hält dort sehr viel von ihm.«
»Wie schön.«
»Er ist sogar einer der Vizepräsidenten.«
Das Spiel endete mit einem Schrei. »Was? Freddie, ist das wahr?«
Ich nickte. »Aber Liebling, warum hast du mir das nicht erzählt?«
»Ich wollte es, Mary.«
Eins muß man Mary lassen, sie ist nicht auf den Kopf gefallen. Ich meine in den kleinen Dingen des täglichen Lebens – wie es die Gehirnmenschen eben manchmal sein können.
»Wie schrecklich, daß wir nicht zu Hause waren«, rief sie. »Aber ich hätte mir nie träumen lassen . . . Wie ist es dazu gekommen?«
Ich lachte. »Der Chef hat einmal im Leben eine Zusage gemacht, und ich habe ihn festgenagelt.«
Bevor ich nähere Einzelheiten erzählen konnte, ging die Eingangstür wieder auf, ich sah ein Paar wirbelnde Füße, und Sekunden später hing mir ein Etwas aus Armen, Beinen, fliegendem Haar und strahlenden Augen am Hals.
»Oh, Vati! Ich habe *das* Pferd gefunden!«
»Nur wenn dein Vater es genehmigt, Helen«, erinnerte Mary sie.
»Ich bin mit ihm in der Reithalle bei Sheridans über einszwanzig hoch gesprungen, und Wolfgang sagt, er sei gerade richtig für mich. Bitte, Vati, sag, daß ich ihn haben kann.«
Das war zu plötzlich. Ich blickte über Helens Schulter zu Mary hin. »Liebling, warst du nicht etwas – eh – voreilig?«
»Ich habe Helen gesagt, daß wir eigentlich warten sollten, bevor wir damit anfangen, uns auch nur Pferde anzuschauen, aber – darf ich ihm erzählen, was du gesagt hast, Helen . . .? Freddie, deine Tochter hat erklärt: ›Mein Vater hat gesagt, er will dafür sorgen, daß ich ein großartiges Pferd bekomme. Und ich vertraue meinem Vater mehr als

sonst jemandem auf der Welt, darum ist es in Ordnung, wenn wir uns gleich nach einem Pferd umsehen.‹ Also taten wir's.«

Ich mußte plötzlich daran denken, daß ich mir noch nie die Mühe genommen hatte, Helen beim Reiten zuzusehen. Und so dachte mein Kind von mir! Ich drückte sie fest an mich, so fest, daß sie nach Luft schnappen mußte. Dann beugte ich mich zu ihr herunter und flüsterte ihr ins Ohr: »Ich muß zwar noch entscheiden, ob du das richtige Pferd ausgesucht hast, aber es wird schon das richtige sein, Helen.«

Ich dachte, sie würde ohnmächtig werden.

Statt dessen machten sich Gott weiß wie viele Monate geheimer Hoffnungen, Ängste und Zweifel in einem Strom von Tränen Luft, und sie klammerte sich noch fester an mich als ich an sie.

Wiederum flüsterte ich ihr ins Ohr.

»Hellie, Hellie, hör mir zu. Es geht um den Namen des Pferdes.«

Sie hörte sofort auf zu weinen. »Wie immer er jetzt heißt, wenn du ihn haben willst, *du* mußt ihn Aspercel nennen. Es – es ist etwas Geschäftliches. Macht es dir nichts aus?«

»Aspercel?« flüsterte sie. »Aber das ist doch ein wunderschöner Name für ein Pferd, Vati. Viel schöner für ein Pferd als für – und ich kann ihn abkürzen und Aspie sagen. Oh, Vati, ich könnte dich vor Liebe gleich auffressen.«

Sie wollte wieder in Tränen ausbrechen, aber Ellinor Gardner erklärte uns, wir sollten uns zusammenreißen. »Da kommen Judy und Jack und der gute alte Wolfgang.«

Ich blickte zur Tür. Gott in Person wollte ich kennenlernen.

7

Judy Gardner kam ins Zimmer, gab mir die Hand und sagte: »Oh, Mr. Bolton, wir hatten einen zauberhaften Nachmittag. Und es ist herrlich, daß Sie Hellie dieses wunderbare Pferd kaufen wollen. Ist es nicht ein schöner Abend?«
Wieder ein Beispiel der gesellschaftlichen Gewandtheit. Ich antwortete im gleichen Stil: »Danke schön, es war – ich meine ist – ein schöner Abend, und es freut mich, daß ihr einen so zauberhaften Nachmittag hattet.«
Sie kicherte etwas verlegen, dann küßte sie ihre Mutter und machte sich mit Hellie davon. Da sie erst acht oder neun Stunden lang zusammengewesen waren, hatten sie natürlich einen Haufen ungelöste Probleme zu besprechen.
Als nächster trat Jack Gardner mit einem warmen, freundlichen Lächeln ins Zimmer. Sowohl seiner Kleidung – Tweedjacke und graue Hose – wie seiner rötlichen Gesichtsfarbe sah man den erfolgreichen Grundstücksmakler an. Er begrüßte mich, küßte seine Frau und sagte, hoffentlich sei ich während seiner Abwesenheit gut versorgt worden. »Ich nehme an, Helen hat Ihnen erzählt, daß wir ein wirklich nettes Pferd für sie gefunden haben. Es war natürlich schon spät, als wir zu den Sheridans kamen. Waren vorher in vielen anderen Ställen. Und Tim Riley, ein Berufshändler, der die Ställe dort benutzt und dafür den Betrieb für die Sheridans verwaltet, hatte das Pferd schon gezäumt und gesattelt auf der Reitbahn stehen. Wir nahmen uns daher nicht mehr die Zeit, es abzusatteln und genau zu prüfen. Aber es ist großartig unter der kleinen Helen gegangen, einfach großartig.«
»Sie hat gesagt, sie sei einszwanzig gesprungen. Ist das hoch? Für ein Pferd, meine ich? Ich frage, weil *ich* im College über einsneunzig gesprungen bin.«
Jack Gardner lachte. »Für ein gutes Pferd ist es nicht hoch, aber für ein Kind auf einem Pferd wohl.«

»Was ist hoch für ein Pferd?«
»Für die meisten Pferde ist alles über einssechzig zu hoch. Unsere besten Springpferde machen etwas über zweidreißig. Der Rekord liegt bei zweivierzig.«
»Glauben Sie, daß es das richtige Pferd für Helen ist?«
»Ich weiß es nicht, Freddie. Ich habe gesagt, daß er auf der Reitbahn großartig unter Helen ging, und das stimmt. Aber es gibt außerdem noch vieles zu bedenken. Eine Menge hängt davon ab, *was* für ein Pferd es ist.«
»Ich dachte, es wäre ein Jagdpferd.«
»Sicher, aber technisch gesehen ist das nur ein Typ. Bei einem Menschen fragen wir: ›Was für ein Kerl ist das?‹ Das gleiche wollen wir über ein Pferd wissen.«
»Und Sie konnten nicht herausfinden, was für ein Kerl dieses Pferd ist?«
Gardner sah mich mit einem Blick an, den ich von Mary und manchmal von Harry Tomes gewöhnt war. Gelinde verzweifelt: »Wolf muß in einer Sekunde hier sein. Er brennt darauf, Sie kennenzulernen.«
Ich wollte gerade andeuten, daß er das wahrscheinlich darum tat, weil ich ihm neunhundertsechzig Dollar schuldete, als Wilhelm Wolfgang Heinrich von Roetz durch die Halle und die Stufen herunter ins Zimmer schlenderte. Ich hatte erwartet, daß er bei dem Namen, dem Ruf als Pferdespezialist und als weiß Gott was wie ein Ulan des alten Kaisers anmarschieren würde, ihm voran vielleicht eine deutsche Kapelle, die Hacken zusammenschlug, sich bis zur Taille hinunter verbeugte und in Gutturallauten sprach. Ich fühlte mich schwer enttäuscht, als er sich als ziemlich klein und schlank, mit ordentlich gestutztem hellen Haar und blauen Augen entpuppte. Er sah so aus wie irgend jemand.
»Wolfgang, ich möchte Ihnen gern Freddie vorstellen, Freddie, das ist Oberkommandant von Roetz von den Ulanen.«
»Hallo, Mr. Bolton.« Wir schüttelten uns die Hände. »Ich

wünschte, Jack würde die Leute nicht ständig mit diesem Unsinn vom preußischen Kavallerieoffizier einschüchtern. Manche glauben es ihm.«

Zu meinem Entsetzen entdeckte ich, daß mir der Kerl gefiel. Wenn ich nicht aufpaßte, würde ich ihm in ein paar Minuten geradezu mit Vergnügen einen Scheck über neunhundertsechzig Dollar ausstellen. Er hatte verdammt viel Charme.

»Wissen Sie, Freddie«, warf Jack ein, »nach dem Krieg ist er in Europa geblieben und hat seine G.I.-Darlehen dazu verwendet, Reitschulen zu besuchen, zum Beispiel Saumur und die Spanische Hofreitschule in Wien. Er hatte Unterricht bei einer Reihe von deutschen Kavallerieoffizieren, die erstklassig in der Dressur waren. Dort hat er sich auch den Akzent zugelegt.«

»Der«, erwiderte Wolfgang, »sozusagen künstlich ist. Wie die Piaffe in der Hohen Schule. Der echte Akzent ist Wyoming, aber das würde nicht passen – nachdem ich mich entschlossen hatte, als Importgut zu gelten.« Er lachte in sich hinein. »Mr. Bolton, Ihre Tochter könnte sehr begabt sein. Ich habe große Pläne mit ihr. Große Pläne!«

Ich glaube, er sah, wie sich mein Gesicht spannte, denn er fügte schnell hinzu: »Vorausgesetzt, daß Sie einverstanden sind, natürlich.«

Jack reichte Wolfgang und Mary Drinks. Mary sagte: »Als Helen heute nachmittag das fremde Pferd über diese hohen Hindernisse ritt, sagte mir Wolfgang, wenn sie mit ein paar wirklich guten Pferden arbeiten könne, sei sie mit achtzehn reif für das nationale amerikanische Reiterteam.«

Das war selbst für mich und meine abgrundtiefe Unwissenheit zu dick aufgetragen. »Ich wette, das erzählt er allen Mädchen«, sagte ich liebenswürdig.

Die ärgerliche Röte, die in Wolfgangs glatte sonnengebräunte Wangen stieg, machte mir klar, daß er es tatsächlich allen sagte. Natürlich war das auch nicht viel schlimmer, als wenn ich die Waren unserer Kunden leicht übertrieben

anpries. Wolfie verkaufte eben seine eigene Ware so teuer wie möglich. Als Kollege sank er dadurch nicht in meiner Achtung – im Gegenteil, er stieg höchstens. Aber er rückte mit einem Alibi heraus.
»Natürlich fängt sie gerade erst an«, sagte er, »und selbst ich kann mich irren. Erwarten Sie nicht, Mr. Bolton, daß Helen wie ein Starreiter aussieht, wenn Sie sie das erstemal in einem Turnier sehen.«
»Was ich wissen möchte, bevor ich mich zu sehr für Pferde begeistere, wie gut ist sie im Augenblick?«
Er schien die Frage nicht beantworten zu wollen, und sein Zögern schlug mir auf den Magen.
»Also«, sagte er, »mit dem richtigen Pferd sollte sie Ende des Sommers so weit sein, daß sie blaue Schleifen in Juniorenprüfungen gewinnt. Mit genug Glück könnte sie sich sogar für die Maclay- oder die Medaillenendausscheidung im Garden qualifizieren – wie ich Mrs. Bolton bereits gesagt habe.«
Ich hatte keine Ahnung, was dieses Maclay- oder Medaillenzeug bedeutete, im Augenblick war es mir auch vollkommen gleich. Mir drehte es den Magen um. So hatte mir Mary seine Prognose nicht dargestellt. Auf keinen Fall paßte es in das Überredungsmanöver, das ich auf Harry Tomes und er an diesem Nachmittag auf die Vereinigten Arzneimittel angewendet hatte. »Aber *jetzt* kann sie keine blauen Schleifen gewinnen?«
Er lächelte mich überlegen an. »In kleinen A-Turnieren, ja. Da hat sie es bereits getan.«
»Aber in richtigen AHSA-Turnieren? Dem großen Verband?«
»Vielleicht.«
Ich spürte, daß meine Augen einen harten Schimmer bekamen, wie die von Harry Tomes. Und wenn ich meine Wut darüber hinzurechnete, daß man mich angeschwindelt und ich deshalb Harry und die ganze Agentur hereingelegt hatte, so kam ich mir wie ein Riese vor.

»›Vielleicht‹ genügt mir nicht, Mr. von Roetz. Sie haben ihr gesagt, sie wäre so weit, daß sie in den großen Turnieren reiten könne. Als Teilnehmerin, nicht als Zuschauerin auf einem teuren Pferd, das den anderen auf dem Turnierplatz nachreitet und dann leer ausgeht, wenn die Schleifen verteilt werden.«
»Sie ist Anfängerin, Mr. Bolton. Um die blauen Schleifen in den großen Turnieren zu gewinnen, braucht man Schliff, Schliff und noch mal Schliff.«
»Von heute an«, sagte ich, »verdoppeln oder verdreifachen Sie die Stunden und geben ihr Schliff, Schliff und noch mal Schliff. Wie lange brauchen Sie, um sie dahin zu bringen, wo sie angeblich jetzt schon sein sollte?«
»Sagen wir sechs Wochen?«
Ich konnte Harry Tomes oder die Vereinigten Arzneimittel nicht so lange hinhalten. »Einen Monat.«
Er zuckte die Achseln. »Wir können es versuchen.«
Es tat mir leid, daß ich in dem Schweigen um uns herum eine fast entsetzte Spannung fühlen konnte. Ich hatte eine Szene gemacht, schön – aber ich hätte sie nicht in Ellinor Gardners Wohnzimmer machen dürfen. Ich wollte mich entschuldigen, aber es gab einen besseren Weg. Ich legte eine Hand auf Wolfgangs Schulter.
»Etwas haben Sie für mich getan, Mr. von Roetz, und ich werde Ihnen ewig dafür dankbar sein. Sie haben meiner Tochter einen neuen Lebenssinn gegeben, und zwar gerade zu einem Zeitpunkt, als sie es am nötigsten brauchte. Sie haben auch mir einen neuen Lebenssinn gegeben.«
Erleichterung spiegelte sich auf seinen Zügen. Er sah aus wie jemand, der eben einem Kavallerieansturm mit knapper Not entkommen war. »Oh? Interessieren Sie sich jetzt auch für Pferde, Mr. Bolton?«
Ich lachte. »Nein, nur für die Bezahlung. Ich schreibe Ihnen sofort einen Scheck aus. Hätte ich schon längst tun sollen. Sie waren verdammt nachsichtig mit meiner – Vergeßlichkeit.«

»Das eilt nicht. Ich schätze es natürlich, aber . . .«
Ich ging hinüber zu einem Ecktisch und schrieb einen Scheck aus. Mary, Wolfgang und Jack bildeten eine kleine Gruppe und fachsimpelten über Pferde. Ellinor Gardner verschwand, wahrscheinlich, um das Essen herzurichten. Ich saß ganz einsam in meiner Ecke und lauschte. Zuerst kam ich mir vor wie bei einem Dinner mit Marys Freunden vom Gartenklub (sie *ist* gesellschaftlich ein Streber, aber auf nette Art), die jeden Winter an die Riviera fahren. Mitten im Gespräch fallen alle (einschließlich Mary) unbewußt ins Französische und täuschen damit vor, daß es für so hochkultivierte Leute natürlicher ist, französisch zu sprechen als englisch. Gewöhnlich bin ich bei diesen Gesellschaften der einzige, den sie gehörig beeindrucken können. Diese Pferdegesellschaft hätte jedoch, was mich betrifft, ebensogut homerisches Griechisch sprechen können. Nur zum Beispiel sagte Jack an einem Punkt des Gesprächs: »Haben Sie bemerkt, daß Dee letzten Samstag in Simsbury die Acht auf der falschen Hand geritten hat?«
»Selbstverständlich«, antwortete Wolfie. »Und haben Sie gesehen, daß sie den Handwechsel so sorgfältig durchführte, daß sie bei der zweiten Hälfte immer noch auf der falschen Hand war?«
»Nein«, sagte Jack. »Ich sah, daß sie abwendete, aber ich dachte, sie wolle wechseln, um auf die richtige Hand zu kommen. Ich glaube, Joe hat es nicht gesehen, denn er gab ihr die beste Bewertung. Was war denn bloß mit Potter los bei dieser Prüfung?«
»Sie meinen, weil er plötzlich so herumzuwetzen begann?«
»Herumarbeiten würde ich es nennen.«
»Es ist das Pferd«, sagte Wolfgang. »Der Junge ersetzt die Schenkelhilfe durch unruhige Gewichtshilfe oder Herumarbeiten, wenn Sie wollen. Er hat keine Schenkelarbeit . . .«
Es war fast elf, als wir uns verabschiedeten. Helen fuhr mit mir in dem alten Kombiwagen, den Kopf an meine Schulter gekuschelt. Mary war mit ihrem Wagen früher zu Hause als

wir und wartete vor der Garage. Sie platzte fast vor Neugierde. Sie scheuchte Helen in größter Eile hinauf ins Bett, dann stellte sie sich mir in den Weg. »Also, wenn ich noch eine Minute warten muß, bis ich höre, wie du das bei Tomes durchgedrückt hast, dann – dann . . .«

»Es war wirklich nichts dabei, Liebling. Schiere Genialität.«

»*Frederick!*«

Ich lachte. »Es hing alles von meiner Fähigkeit ab, für ein Zucht- und Turnierpferd einen passenden Namen zu finden, durch den es in die Zeitungen kommt: das habe ich getan.«

»Was getan?«

»Einen geeigneten Namen ausgesucht – so geeignet, daß bestimmte Leute direkt gebettelt haben, ich sollte mir von ihnen ein Pferd *schenken* lassen. Ich dachte, der allerbeste Name, den ich finden könnte, wäre Aspercel.«

»Die Vereinigten Arzneimittel!«

»Natürlich, und ich habe mich damit einverstanden erklärt, daß sie mir ein Pferd schenken – und einen Stall – und einen Anhänger und . . .«

»Und die Sache mit dem Vizepräsidenten? Ist das auch wahr?«

»Sicher. Wenn du jemanden in deiner Firma hättest, der sich solche Geschäfte ausdenken kann wie ich, würdest du ihn nicht auch zum Vizepräsidenten machen?«

»Ich? Nein, ich würde ihn heiraten.«

»Na ja, das konnte Harry nicht gut tun, also hat er mich zum Vizepräsidenten gemacht. Geh rauf und sag Helen gute Nacht, dann komm und trink ein Glas mit mir.«

Ich ging in die Stube, um mir einen Nachttrunk zu genehmigen. Ich wollte eigentlich gar keinen. Ich wollte nur ruhig dasitzen und mir vorstellen, wie ich als Vizepräsident der Tomes-Agentur ruhig in der Stube meines Landhauses im eleganten Bezirk Fairfield sitze und meinen Whisky-Soda schlürfe. Alles hat heutzutage sein öffentliches Image. Als Reklamefachmann mußte ich natürlich einen Schritt weiter-

gehen und ein privates Image haben. Um ehrlich zu sein, ich *hasse* Whisky, aber er paßte in das Bild, das ich mir von mir selbst machte, also trank ich ihn.
Ich saß geruhsam und vergnüglich und sann ungestört ganze zehn Minuten lang über mich selbst nach. Dann rief Mary: »Komm herauf. Helen will mit dir sprechen.«
Ich nehme an, es ist das Schicksal eines Vizepräsidenten, gestört zu werden. Mary wartete auf der Treppe. »Sie ist so aufgeregt, daß sie stundenlang nicht einschlafen wird. Meinst du, ich soll ihr ein Beruhigungsmittel geben?« Mary fragte *mich* um Rat! Junge, war es mit mir über Nacht bergauf gegangen!
»Sie plappert in einem fort von Aspercel«, sagte Mary.
»In diesem Haus ist das kein Verbrechen.«
»Von dem Pferd. Und von Siegen in Maclay- und Medaillenprüfungen. Ich glaube, im Augenblick sieht sie sich auf jenem Pferd im Nationalen Reitturnier in Madison Square Garden.«
Das konnte ich verstehen. Ich hatte jenen Vizepräsidenten gesehen, der ruhig in seiner Stube Whisky-Soda schlürft.
»Laß sie. Wahrscheinlich wird sie in Wirklichkeit ohnehin nie so weit kommen.«
»Aber es ist nach Mitternacht. Sie muß um sieben aufstehen, weil sie morgen früh eine Stunde bei Wolfgang hat.«
»Gut. Auf die Art wird sie Ausdauer entwickeln. Champions müssen Ausdauer haben. Wenn sie aufwacht, gib ihr das Frühstück für Champions – mit etwas Aspercel zur Verdauung.«
Mary betrachtete mich prüfend. »Du bist wohl leicht beschwipst?«
Ich nickte. »Aber nicht vom Alkohol.«
»Oh, Freddie, du hast so lange auf den heutigen Tag gewartet, nicht wahr?« Sie küßte mich. Vielleicht war es diesmal die richtige Zeit im Monat.
Ich ging die kleine Treppe hinauf zu Hellies Zimmer. Die Nachttischlampe warf ihr weiches Licht auf ein so glückli-

ches Gesicht, daß es den Schein doppelt zurückstrahlte. Da sie sich in Madison Square Garden befand, ungefähr fünfzig Kilometer entfernt, hatte sie mich natürlich nicht heraufkommen hören. Also konnte ich ein paar Minuten an der Tür stehenbleiben, sie nur anschauen, sie liebhaben und mit Sehnsucht daran denken, was wir früher alles miteinander angestellt hatten. Aus irgendeinem Grunde fiel mir plötzlich ein, wie ich sie das erste Mal zum Fischen mitgenommen hatte. Sie war so klein, daß ich meine Finger um ihre legen mußte, damit sie die Angelrute halten konnte. Ich wünschte, ich wünschte – nein. Ich wollte wirklich nicht, daß Hellie ein Kind blieb – und doch . . .

Ich knipste mein Feuerzeug an, um eine Zigarette anzuzünden, und das Geräusch brachte sie in die Wirklichkeit zurück.

»Hallo, Vati. Ist es wirklich wahr, daß dieses schöne Pferd mir ganz allein gehören wird?«

»Oder ein gleiches.« Das Strahlen verschwand aus ihrem Gesicht. »Hellie, mein Liebling, in dieser Sache kann ich mich nicht blindlings entschließen. Das Pferd muß gut sein, oder ich bin verloren. Ich würde mich gerade bei dem Kunden zum Narren machen, bei dem ich es mir durchaus nicht leisten darf. Im Interesse von uns allen.«

»Aber Aspercel *ist* gut, Vati. Wolfgang sagt, er ist einfach das perfekte Pferd für mich.«

Ich setzte mich auf die Bettkante und nahm ihre Hand. »Baby, ich verstehe dich. Besser, als du ahnst. Aber dieses Pferd wird viel Geld kosten, und eine einzige Meinung genügt nicht, nicht einmal, wenn es Wolfgangs Meinung ist.«

»Mr. Gardner und Mami haben gesehen, wie ich ihn geritten habe. Sie finden ihn auch großartig. Bitte, Vati, sag, daß ich ihn haben kann.«

Ich wollte ihr schrecklich gern den Gefallen tun, aber irgend etwas hielt mich zurück. Die Ahnung eines Spielers vielleicht. Weiß Gott, die ganze Angelegenheit war ein einziges

Vabanquespiel – vom Augenblick an, wo sie mir eingefallen war. »Das kann ich nicht, Baby. Ich muß morgen nach Chicago, aber wenn ich Freitag zurückkomme . . .« Ich sah die Tränen aufsteigen.
»Und wenn jemand anders ihn kauft, während du fort bist?«
Ich nahm mein Scheckbuch aus der Tasche, schrieb einen Scheck über einhundert Dollar aus, zahlbar an das Sheridan-Gestüt, und reichte ihn Helen. Sie nahm ihn und starrte entsetzt auf die Summe. »Dreh ihn um.«
Auf die Rückseite hatte ich geschrieben: »Die Annahme dieses Schecks gewährt eine Option von einer Woche auf den Kauf eines Pferdes, das meiner Tochter Helen Bolton heute für viertausend Dollar angeboten und von ihr ausprobiert wurde.«
Ihre Augen glänzten wieder. Sie hob das Gesicht zum Gutenachtkuß. Ich küßte sie, ging zurück in die Stube und betrank mich vergnügt mit Mary.

8

Am Freitag war ich wieder zurück. Vormittags um zehn kam ich auf dem Flughafen an und nahm ein Taxi zu meinem Büro. Wenigstens hatte ich das gedacht. Ich stieg im üblichen Stockwerk aus dem Lift, ging den Korridor an den Glaskäfigen mit Gittertüren entlang, wollte in meinen eigenen einbiegen und hielt inne. Ein Mann, der ganz offensichtlich nicht ich war, saß darin, und im Käfig nebenan war das falsche Mädchen. Ich sah prüfend den Korridor hinauf und hinunter. Alle anderen Büros waren von denselben alten Leuten besetzt, also hatte ich mich nicht verlaufen. Ich ging zu dem fremden jungen Mann hinter dem Schreibtisch und fragte vermeintlich schlau nach Miss Clemens und Mr. Bolton. »Freddie Bolton«.

»Meinen Sie den Kerl mit den Pferden? Der gerade Vize geworden ist?« Ich nickte. »Er ist einen Stock höher bei den anderen hohen Tieren. Netter Einfall, aber Hiiimmel«, er schüttelte den Kopf, »ist der Mensch verrückt nach Pferden.«
»›Verrückt‹ ist milde ausgedrückt«, sagte ich und schleppte meinen Koffer und die Aktentasche einen Stock höher zum »Torfmoor«, das seinen Namen den dicken Teppichen verdankte. Hier gab es keine Glaskäfige, nur glasverkleidete Sekretärinnenbüros, die zu den Privatgemächern der Vizepräsidenten führten. Und sie waren tatsächlich privat, denn sie hatten Türen, die man schließen konnte.
Ich kam mir ganz verloren vor, als auf einmal eine bekannte Stimme »Hallo« schrie. Es war Susie, der man die Freude anhörte. Sie lief auf mich zu, griff nach meiner Aktentasche und versuchte, auch meinen Koffer an sich zu bringen. »Susie, was ist denn mit Ihnen los? Wieso wollen Sie meinen Koffer tragen?«
»Es ist Ihr neues Büro, Mr. Bolton. Sie haben keine Ahnung, wie wichtig es Sie macht, Sir.«
»Wenn Sie meinen Koffer tragen, komme ich mir nicht wichtig vor, sondern wie Ihr Großvater. Und zufällig möchte ich mir nicht wir Ihr Großvater vorkommen, Miss Clemens.« Sie hob ihr keckes kleines Gesicht mit einem jammervollen Ausdruck zu mir auf. »Bitte, fangen Sie nicht an, mich Miss Clemens zu nennen. Ich fühle mich hier schon einsam genug. Ich kenne keines der Mädchen, und sie sind alle tausend Jahre älter als ich und – oh, Mr. Bolton, ich bin so froh, daß Sie wieder da sind.« Impulsiv wie ein Kind packte sie meine freie Hand und zerrte daran. »Jetzt zeige ich Ihnen unser wunderbares neues Büro.«
Sie ließ mich los und sauste mir voran den Korridor hinunter. Unter ihrem engen schwarzen Rock zeichneten sich abwechselnd die kleinen Hinterbacken ab. Sie bog in ein Büro ein, das offensichtlich das ihre war – beträchtlich größer als meines in der Vor-Torfmoor-Zeit –, durchquerte

es, öffnete eine Tür, trat zurück, rief: »Bitte!« und wartete, daß ich mich überrascht stellte.
Ich brauchte mich nicht überrascht zu stellen. Außer daß es eine Art Schreibtisch hatte, wenn er auch aus Satinholz zu sein schien, glich es überhaupt nicht einem Büro. Es war, mit einem Wort, prachtvoll. Abgesehen von der feudalen Einrichtung, war eine Wand bemerkenswert: Sie war mit Fotografien von Pferden buchstäblich bedeckt. Eine ganze Gruppe bestand aus Bildern eines Kindes. Sie waren in Serien angeordnet und zeigten es zuerst auf einem Shetlandpony, dann als größeres Kind auf einem größeren Pony, dann beim Überspringen von Hürden auf einem noch größeren Pony, schließlich auf einem Pferd. Pferde, Kind und Hürden wurden immer größer, je weiter die Serie fortschritt. Ich trat näher heran. Das Kind war Helen – Helen in glänzenden schwarzen Reitstiefeln und einer Art Jockeikappe, wie sie die Jäger auf den Fuchsjagdbildern an der anderen Wand trugen! Ich blinzelte.
»Mr. Bolton.« Susies Stimme klang entschuldigend. »Mr. Tomes wollte es so haben. Ich bin zu Ihrem Haus hinausgefahren. Mrs. Bolton kramte ein paar Bilder von Helen hervor, und die graphische Abteilung hat das übrige getan. Es – es ist großartig, wie sie das Gesicht den Körpern anpaßten, finden Sie nicht?«
»Verdammt, Susie, es ist eine Fälschung.«
»O nein, denn es *könnte* Helen gewesen sein. Mrs. Bolton hat mir erzählt, das höchste, was Helen gesprungen sei, wäre einszwanzig gewesen. Daher habe ich bei den Leuten, von denen wir die Bilder bekamen, nachgeprüft, daß auch kein Hindernis höher war. Der Fotograf war eben gerade nicht da, als Helen sprang, das ist alles.«
»Es ist trotzdem eine Fälschung.«
»Und wenn Sie in Ihren Werbesendungen im Fernsehen Rasiercreme anstatt Tortenglasur benutzen, weil sie mehr wie Tortenglasur aussieht als richtige Tortenglasur, ist das etwa keine Fälschung?«

Ich hätte den Chef herauskehren können. Ich hätte es können, aber ich wäre ja dumm gewesen. Ich lachte und sagte: »Sie sind eine grausame junge Dame . . .«
In dem Augenblick entdeckte ich das größte Foto. Es zeigte einen Mann in schwarzen Stiefeln und weißen Reithosen, der einen langen schwarzen Reitrock und einen verkümmerten Zylinder trug. Er ritt ein schwarzes Pferd über eine so hohe Hürde, daß ein Stabhochspringer kaum drüber hinweggekommen wäre. Ich ging näher hin, aber ich wußte, wer es zu sein hatte. Er war es. Wolfie – leibhaftig. Und auf dem besten Platz in *meinem* Büro. Unter dem Bild stand eine sehr aufwendige Unterschrift: »Wilhelm Wolfgang Heinrich von Roetz«, dann allerhand in Deutsch, von dem ich gerade so viel verstand, daß er in dem oder jenem Turnier reite und daß der Sprung soundsoviel Meter hoch sei, was gewiß stimmte. In der unteren linken Ecke der weißen Umrandung stand:

»Für Herrn Frederick Bolton, Vater meiner Lieblingsschülerin, mit den allerbesten Wünschen, Wolfgang von R.«

»Wo haben Sie denn das her?«
»Ach, Mr. Tomes hat ihn angerufen und gesagt, er hätte gern ein Bild von ihm für das neue Büro – um Sie zu überraschen.«
»Ich bin es!«
»Wolfgang ist ein sehr charmanter Mann, finden Sie nicht auch, Mr. Bolton?«
»Wieso? Sie haben mir noch nie erzählt, daß Sie ihn kennen.« Ein unangenehmes, unreifes Gefühl stieg in mir auf. Es wurde noch unreifer, als sie sagte: »Oh, ich kenne ihn erst seit gestern abend, als ich bei ihm war und das Bild holte. Er hat wirklich ein paar schöne Pferde, wenn es auch Jagdpferde sind. Ich glaube, ich bin über eine Stunde dort gewesen und habe sie angesehen und mit Wolfgang geplaudert. Finden Sie ihn nicht auch charmant?«

»Nein.«
Ich hörte sie kichern. Ich war ein Narr – sie mußte ja glauben, ich sei eifersüchtig. Aber es wurde immer unbehaglicher.
»Mr. Bolton, ich habe etwas getan, was ich nicht hätte tun sollen.«
»Ich will es nicht wissen«, fuhr ich sie an.
»Es hat doch gar nichts mit Wolfgang zu tun. Es ist – ach, ich konnte alle diese Jagd- und Springpferde einfach nicht mehr ertragen. Ich kam mir Queenie gegenüber so treulos vor. Sehen Sie.«
Unten an der Wand hing eine Reihe Aufnahmen, sieben auf zehn, von einem anderen Mädchen mit Pferd. Das Mädchen war Susie Clemens, in hautengen Hosen, Cowboyhemd und -hut auf einem Palomino, der Queenie sein mußte. Auf einigen Bildern hielt sie riesengroße Silberpokale oder -tabletts, auf anderen galoppierte sie geradeaus oder in scharfen Wendungen um hellackierte Ölfässer herum. Sie waren eindrucksvoll, diese Bilder, und so echt wie die von Helen gefälscht. Ich war erschüttert von der sichtlichen Geschicklichkeit des Mädchens, ihrer Treue zu dem wildaussehenden Tier, ihrem Wagemut – auf den Bildern –, ganz zu schweigen von ihrem Wagemut, sie hier in meinem Büro aufzuhängen. »Wenn Sie etwas dagegen haben, nehme ich sie sofort herunter, aber . . .«
Obwohl ich dergleichen im Büro nicht billige, legte ich meinen Arm um ihre Schultern. »Susie, ich habe nicht das geringste dagegen. Ich finde sie großartig. Natürlich lasse ich sie hängen, besonders, da ich Sie um einen ziemlich großen Gefallen bitten möchte.«
»Betrifft es uns oder Pferde?«
Ich hätte nur zu gern gewußt, was sie mit dieser Frage meinte, aber ich fragte nicht. Erstens traute ich mich nicht. Und zweitens sah ich, daß Harry Tomes plötzlich in der Tür stand.
Ich nahm den Arm mit so viel Würde wie nur irgend

möglich von Susies Schultern und bereitete mich innerlich darauf vor, sie aufzufangen, wenn sie Harry Tomes sehen und in Ohnmacht fallen würde. Sie mußte gespürt haben, daß ich mich in höchstem Alarmzustand befand, denn sie drehte sich um und sagte seelenruhig: »Hallo, Mr. Tomes, ich habe Mr. Bolton gerade unser Werk gezeigt. Ich habe mich entschuldigt, daß ich auch ein paar Bilder von Queenie aufgehängt habe, und Mr. Bolton war furchtbar nett zu mir.«

Harry Tomes ließ den Blick von ihr zu mir, dann zurück zu ihr wandern. Sein Gesicht war ausdruckslos.

»Ist er sehr oft furchtbar nett zu Ihnen?«

»Nein«, sagte Susie. »Er ist noch nie nett zu mir gewesen.«

»*Wie* behandelt er Sie denn?«

»Als ob ich eine IBM-Maschine wäre.«

Sein Gesicht wurde plötzlich menschlich, und ich sah, daß er sich das Lachen verbiß. »Das ist natürlich keine Art, ein hübsches Mädchen zu behandeln. Kein Wunder, daß der arme Kerl zehn Jahre gebraucht hat, um Vizepräsident zu werden. Susie, jetzt möchte *ich* Sie um einen Gefallen bitten. Können Sie irgendwo an der Wand noch ein Bild unterbringen?«

Er fragte nicht mich, er fragte Susie!

»Natürlich, Mr. Tomes. Wie groß ist es?«

»Oh, nicht sehr groß. Ungefähr so wie das von Roetz.« Dann, zu mir gewandt: »Bild von einem meiner Rennpferde. Jonah, als er letztes Jahr den Hampton Gold Cup in Saratoga gewann. – Susie, laufen Sie in die graphische Abteilung und holen Sie es, ja? Sie ziehen es nur neu auf.«

»Jawohl, Sir, Mr. Tomes.«

Sie verschwand. Innerlich zitternd, beobachtete ich, wie Harry Tomes mit Nachdruck die Tür schloß, zu einem der Armsessel ging und hineinsank. Es war einer jener teuren Sessel, *auf* dem man nicht, sondern *in* dem man sitzt. Vielleicht zwei Minuten lang war das alles, was er tat. Er gebrauchte das Schweigen als Waffe, so wie andere Männer

Worte gebrauchen. Er wußte nur zu gut, daß ich mir selbst weit schlimmere Dinge vorwarf, als er je zu mir sagen würde; und indem er mich nicht anschnauzte, sondern es mir selbst überließ, bekam er keine Magengeschwüre.

»Ich habe nicht gehorcht«, sagte er. »Sie waren ein Tölpel, die Tür offenzulassen. Sie können den Vorfall jedoch als erledigt betrachten, bis auf eins.«

»Ja, Sir!«

»Was war das für ein großer Gefallen, den Susie Ihnen tun soll?«

Ich atmete erleichtert auf. »Dieser . . .« Ich zeigte mit dem Daumen auf das Bild an der Wand. »Der Knabe dort, dieser Wolfgang, ging mit Mary und meiner Tochter Pferde ansehen, am Tag bevor ich nach Chicago fuhr. Sie haben eins gefunden, es gehört dem Sheridan-Gestüt. Wolfgang sagt, es sei das ideale Pferd für Helen – Aspercel in Person. Ich kann mich zwar irren, Harry, aber ich traue Wolfie nicht ganz. Daher wollte ich Susie fragen, ob sie heute nachmittag mit mir nach Mount Kisco fahren könnte, um das Pferd unter die Lupe zu nehmen.«

»Warum nehmen Sie keinen Tierarzt?«

»Ich kenne keinen«, sagte ich. »Außerdem wäre jeder Tierarzt in der Gegend ein Freund von Wolfie. Ich wäre der Außenseiter. Und Sie machen sich keinen Begriff, *wie* weit draußen. Susie kennt sich offenbar mit Pferden genau aus. Zum Teufel, sie hat ihr eigenes, das sie von klein auf großgezogen hat. Und bei ihr wäre nicht ich der Außenseiter. Wolfie und seine Leute wären es.«

»Wieso? Es sind Pferdeliebhaber, und Susie ist es auch.«

»Sie hält es mit Gebrauchspferden«, sagte ich. »Sie sieht auf die Leute mit Jagdpferden verächtlich herab.«

Er dachte ein paar Sekunden lang nach. »Ich glaube, Sie haben recht. Das Aspercel-Pferd muß in Ordnung sein. Wenn es sich herausstellt, daß es blind ist oder drei Beine hat oder sogar fünf, verlieren wir den Kunden. Nehmen Sie sie auf jeden Fall mit.«

»Danke.« Ich deutete auf das Pferdezeug in meinem Büro. »Wem wollen wir etwas vormachen? Ich habe das Gefühl, ich hätte einen fremden Anzug an.«
»Nichts könnte mir gleichgültiger sein als Ihre Gefühle. Zufällig kommt Tom Dugan um elf her. Er will mit mir darüber sprechen, ob wir Ihre Schleichwerbungsidee nicht auch auf ein paar ihrer anderen Produkte anwenden könnten. Er hat gesagt, wenn er schon hier ist, würde er Sie gern kennenlernen. Verstehen Sie?«
Ich verstand nur zu gut. Tom Dugan war *der* maßgebende Mann der Vereinigten Arzneimittel. Aspercel war natürlich nur eins der Produkte, mit denen sie groß Geld verdienten. Tom Dugan war einer der »unsichtbaren Männer« – wie der Präsident der Vereinigten Staaten. Wenn man nicht reicher war als er – was beinahe unvorstellbar war –, mächtiger, gesellschaftlich höherstehend, konnte man nicht näher als bis auf drei Sekretärinnen an ihn herankommen. Ausgenommen, er wollte etwas von einem. Tom Dugan wollte *mich* kennenlernen.
»Gott!«
Harry lachte wieder in sich hinein. »Ja, beinahe. Mindestens Petrus.« Er hielt inne, dann: »Ich – hm – habe gute Arbeit geleistet vorige Woche, beim Verkaufsgespräch. Ich sagte, ich hätte Sie soweit überredet, das neue Pferd für Ihre Tochter Aspercel zu nennen. Dabei gab ich ihnen zu verstehen, daß man mir das hoch anrechnen könne. Sie hätten solche Scheu vor der Öffentlichkeit, daß niemand außer der Familie und Ihren engsten Geschäftsfreunden wüßte, was für ein Pferdenarr Sie wären.«
Das war zuviel. Bevor ich antworten konnte, ertönte es gedämpft aus dem Lautsprecher – auch Satinholz: – »Mr. Tomes, Mr. Dugan wartet hier auf Sie.«
In zwei Sekunden hatte er das Zimmer durchquert. Er drückte einen Knopf und sagte: »Danke, Katherine. Ich bin sofort da.« Dann zu mir: »Sie und Susie kümmern sich um das Bild des Rennpferdes. Hängen Sie es direkt neben das

von Roetz. Wenn ich hinausgehe, sage ich ihr, daß sie Sie begleiten soll, wenn Sie das Pferd anschauen gehen. Und sie soll sich bereithalten, um uns zu decken, falls Dugan sich mit Turnierpferden auskennt. Sie weiß die Fachausdrücke.«

»Aber es sind Spezialausdrücke der Westernreiterei«, rief ich ihm nach, als er durch die Tür ging. »Was machen wir, wenn er auf den Turniersport schwört?«

»Dann soll sie ihn täuschen – aber kräftig.«

9

Zu meinem Erstaunen stellte es sich heraus, daß Susie in Easton wohnte, nur zwanzig Minuten von dem Semi-Demi in Weston entfernt, und sie hatte es nie erwähnt. Ich kam nicht darüber hinweg. Ich überlegte, ob ich wohl ein lausiger Chef sei, weil ich mich nicht einmal darum gekümmert hatte, wo meine Sekretärin wohnte. Sie hätte ja mal krank sein können oder so etwas. Aber Susie hatte sich erst vor einer Woche in ein Mädchen verwandelt, und IBM-Maschinen sind im allgemeinen nicht krank.

Wir verließen den Zug in Westport und holten meinen schäbigen Kombiwagen. Dann fuhren wir zu ihr nach Hause, denn sie sagte, sie würde sich in den Ställen nicht wohl fühlen, wenn sie ihre Bürokleider anhätte. »Die Pferde spüren es, wenn man sich nicht behaglich fühlt bei ihnen«, sagte sie, »und sie nutzen das aus.« Das wollte ich gern glauben. Ich hatte sowieso eine schlechte Meinung von Pferden.

Ich hatte mir vorgestellt, daß Susie bei irgend jemandem ein Zimmer hätte oder höchstens eine Zweizimmerwohnung. Auf ein Häuschen mit vier Räumen war ich kaum vorbereitet. Ein hübsches kleines Haus weit draußen auf dem Land, weiß mit roten Fensterläden. Um die Eingangstür wuchsen

Rosen, und ein gepflasterter Weg mit Blumenbeeten zu beiden Seiten führte zum Haus. Es gab noch etwas zu sehen: etwa hundert Meter entfernt war eine Pferdekoppel, auf der vier Pferde umherwanderten, stampften und nach Fliegen schlugen. Auf ein paar ausgedehnten Feldern direkt dahinter weideten ein Dutzend oder mehr Pferde. Neben der Koppel stand ein baufälliger, grauer, heruntergekommener Stall, der aus zwei oder drei Reihen ineinandergehender Schuppen bestand. Pferde, wo man nur hinsah! Als wir vor ihrem Haus hielten, schluckte ich wie wahnsinnig eine Antihistamintablette.

»Das ist die J-Ranch«, sagte sie. »Das J bedeutet Joe McMillen. Das Haus, in dem ich wohne, gehört ihm. Er hat natürlich sein eigenes Bauernhaus auf der anderen Straßenseite drüben, wo er mit seiner Familie wohnt. Es ist eine sehr günstige Gelegenheit für mich, ich gebe am Wochenende Reitstunden für ihn und habe dafür das Haus und Queenies und Lambies Unterhalt frei.«

»Sie haben *zwei* Pferde?«

»Ja, ich habe gerade ein zweites gekauft. Queenie ist für die Rennen, und Lambie ist für die Western-Kurse.« Sie hüpfte aus dem Wagen. »Sie wollen wohl kein Abonnement für zehn Unterrichtsstunden zu fünfzig Dollar kaufen, oder?«

Eine Sekunde war ich in Versuchung. Nicht wegen der Cowboystunden.

»Ich würde Sie hineinbitten, Mr. Bolton, damit Sie meine Trophäen anschauen können, aber dann würden wir anfangen zu erzählen, und ich würde nie fertig werden. Wenn Sie wollen, können Sie sie sehen, wenn Sie mich heimbringen. Ich bin in einer Minute wieder da.«

Ich saß im Wagen, drehte das Radio auf volle Lautstärke und hörte mir die Werbesendungen an. Ich hatte mich so erzogen, daß ich die Musik oder die Nachrichten gar nicht mehr wahrnahm – nur die Werbesendungen. Einem Yehudi Menuhin geht es wahrscheinlich ähnlich. Ich wette, er hört nur die Geigen, wenn er einem Symphonieorchester

lauscht. Zwischen den Werbesendungen überlegte ich, in was für einem seltsamen Aufzug Susie wohl erscheinen würde. Ich konnte mir nicht vorstellen, daß der Cowboyhut, das Phantasiehemd mit den Rüschen und all das Zeug, das sie auf den Bildern in meinem Büro trug, an einem Ort wie dem Sheridan-Gestüt großen Eindruck machen würde. Es ging dort offensichtlich recht elegant zu. Sie war in weniger als fünf Minuten zurück. Das Make-up war verschwunden und vom Lippenstift nur ein Hauch übriggeblieben. Sie war genauso angezogen, wie Helen es meistens ist. Nur waren Susies Blue jeans und das blaue Wollhemd maßgeschneidert, Helens natürlich nicht.
»Wollen wir nicht meinen Wagen nehmen? Es ist so ein herrlicher sonniger Tag.«
»Natürlich, warum nicht?«
»Er ist hinten im Schuppen. Ich hol' ihn.«
Sie lief ums Haus, und ich kletterte aus dem Kombi und zündete mir eine Zigarette an. Einen Augenblick später hörte ich einen Motor aufheulen. Ein hellroter offener MG schoß um die Ecke und hielt rutschend. Am Steuer saß Susie mit einer riesigen Schutzbrille. Ich hielt mir beide Daumen und kletterte neben sie. »Hier!« sagte sie und reichte mir eine zweite Brille. »Los geht's! Ho – hopp! Entschuldigen Sie den Schrei, Mr. Bolton. Damit sporne ich Queenie in den Faßrennen an.«
»Erschreckt es sie auch?«
Sie strahlte mich mit einem glücklichen Kinderlachen an.
»Das soll's auch. Und, Junge, es wirkt! Machen Sie Ihren Sicherheitsgurt um, Mr. Bolton.«
Ich tastete nach dem Gurt und blickte aus dem Augenwinkel auf den Kilometerzähler. Ihn voll anzusehen wagte ich nicht. Er schien so etwas wie hundertfünf anzuzeigen. Vor mir sah ich eine Kurve auftauchen und ließ meinen Sicherheitsgurt eilig zuschnappen. Susie schaltete in den dritten, ließ die Maschine mit voller Kraft aufheulen, die Reifen schrien blutdürstig nach Vernichtung, und der Geruch ver-

brannten Gummis lag in der Luft. Aber wir kamen glatt um die Kurve, und ein langes gerades Stück lag vor uns.
»So, jetzt lockere ich die Zügel etwas und lasse ihn laufen.«
Das tat sie. Ich sah Susie an, da ich irgendwo anders nicht hinzublicken wagte. Trotz ihres Eifers und der Konzentration lächelte sie. Der Wind brauste um ihren Kopf und zerzauste ihr Haar, und sie wirkte sehr jung und sehr glücklich. Es schien unmöglich, daß sie je alt werden könnte – der Wind würde immer ihr Haar peitschen, Sonnenlicht und Schatten auf ihren Wangen spielen . . .
Ich ahnte dunkel, daß eigentlich Helen, meine Tochter, solche Gedanken in mir wachrufen sollte, und nicht meine Sekretärin. Aber abgesehen von flüchtigen Augenblicken bestand zwischen Helen und mir seit dem Ball nichts als die Beziehung, die uns zu entgegengesetzten Polen der Menschheit machte: die zwischen Vater und heranwachsendem Kind. Susie und ich hatten eine gemeinsame Ebene gefunden, flüchtig vielleicht wie der Wind, aber dennoch vorhanden. Ich fürchtete mich nicht mehr, ich war heiter. Ich wünschte, daß der Wagen ein wenig schneller fahren, etwas lauter brüllen sollte. Aber eine Viertelstunde später wurden wir langsamer, und ich sah, daß wir in den Außenbezirken von Mount Kisco waren. Ich hätte mit meinem Karren mindestens eine halbe Stunde gebraucht. Susie schob die Brille hoch.
»Hat es Ihnen gefallen?«
»Nach dem ersten Kilometer, ja.«
»Das freut mich riesig, denn mir hat es großen Spaß gemacht, Fred . . .« Dann, als wachte sie gerade aus einem Traum auf, fügte sie hinzu: »Mr. Bolton.«
Ich grinste sie an. »Ehrlich gesagt, mir hat es auch großen Spaß gemacht, Miss Clemens.«
Ihr Mund wollte sich zu einem Lächeln verziehen, es blieb aber bei einer Grimasse. »Nein, ich kann nicht. Aber bitte, fangen Sie nicht mit dem ›Miss Clemens‹ an.«

Die Gemeinsamkeit, an die ich vorhin gedacht hatte, war stärker, als ich es mir vorgestellt hatte. »Okay, Susie.«
»Vielleicht – vielleicht später einmal.«
Ich glaube, wir waren uns beide vollkommen darüber im klaren, daß wir eigentlich nicht davon sprachen, ob sie den »Mister« weglassen dürfe, wenn wir nicht im Büro waren.
»Dort ist das Schild zum Sheridan-Gestüt.« Sie schaltete durch die Gänge bis zum dritten. »Ich möchte einen Vorschlag machen, Mr. Bolton, wenn Sie nichts dagegen haben.«
»Schießen Sie los.«
»Wenn wir zum Gestüt kommen, stellen Sie sich dumm, ja? Lassen Sie mich reden.«
»Wenn ich irgendwo in die Nähe eines Stalles komme, brauch' ich mich nicht dumm stellen. Ich nehme nur eine Antiniestablette und versuche mir einzubilden, ich wäre woanders.«
»Ach, gehen Sie!« Sie grinste mich an, und wir hatten wieder festen Boden unter den Füßen. Ich fühlte mich großartig und überlegte eine Sekunde, ob ich tatsächlich im Begriff sei, mich in Susie zu verlieben. Nein, das war absurd. Es war nur ein warmes Gefühl, warm wie der Frühlingssonnenschein – ein Gefühl, daß alles hell und klar war, so wie der Frühlingsnachmittag.

10

Das Sheridan-Gestüt war für Pferde viel zu schade. Durch einen Torbogen kam man in einen mit Kies bestreuten Hof, der aussah, als würde jeder einzelne Kieselstein jeden Tag aufgenommen und gescheuert. Über alle vier Seiten zog sich ein breiter Säulengang – eine Art Pferdeveranda. Dahinter befanden sich die Luxusschlafgemächer für die Tiere. Überall gab es Messing, wo man nur

einen Vorwand für Messing finden konnte. Und es wurde jeden Tag poliert, wahrscheinlich, wenn die Bodenmannschaft mit dem Scheuern der Kieselsteine fertig war – vielleicht kam das Messing aber auch zuerst dran.
Wir wanderten durch den Bogen. Niemand war zu sehen.
»Es sollte eigentlich eine Art Büro geben«, sagte Susie.
»Mit Pagen, falls die Pferde nach Eiswasser läuten.«
Sie entdeckte ein Schild, auf dem Büro stand, und ging darauf zu. Als ich folgen wollte, wies sie lächelnd mit dem Zeigefinger auf mich. »Sitz!« Ich bellte. Sie kicherte und sagte: »Du bleibst! Sitz!« Ich gab ein ziemlich gutes Hundewinseln zum besten. Ich hatte es intus, denn unser früherer Hund, ein Yorkshire-Terrier, hatte immer gewinselt, wenn man ihm irgend etwas befahl. Susie lachte.
»Gehört es sich, so mit Ihrem Chef zu sprechen?« sagte ich. »Sitz?« Sie wurde knallrot. »Sind Sie böse auf mich? Sie bellen wirklich sehr nett, Mr. Bolton.«
»Sie wissen, daß ich nicht böse bin«, sagte ich und bellte vergnügt noch einmal.
Ein Mann mit Reithosen und Rollkragenpullover kam aus dem Büro. Er blickte den Gang hinauf und hinunter.
»Haben Sie irgendwo einen kleinen weißen Terrier gesehen? Ich dachte, ich hätte ihn gerade gehört.«
Susie drehte sich um, damit der Mann sie nicht lachen sah.
»Nein, habe ich nicht«, sagte ich, »außer Sie rechnen mich mit. Ich bin manchmal ein ziemlich fideler Hund.«
Der Mann in Reithosen – er sah genauso schlank und sehnig aus wie Wolfgang – starrte mich fest an. »Sehr witzig. Suchen Sie jemand?«
Susie ging auf ihn zu. Ich blieb, wie befohlen, wo ich war.
»Ja. Sind Sie Tim Riley, der Verwalter?«
»Persönlich.«
»Hallo, ich bin Sue Clemens.«
Das sonnengegerbte Gesicht verzog sich zu einem Lächeln.
»Oh, das Mädchen mit den Gebrauchspferden! Freue mich, Sie kennenzulernen, Sue.« Sie schüttelten sich die Hände.

»Hab' Sie letzten September bei den Eastern States reiten sehen. Wisssen Sie« – er wies mit dem Daumen auf die Luxusställe –, »ich sollte es ja nicht zugeben, aber ich habe richtig Spaß an diesen Viehpferden.«
»Gebrauchspferden.«
»Verzeihung. Jedenfalls gefällt es mir großartig. Was tun *Sie* denn hier? Haben Sie und Ihr bellender Freund sich etwa verlaufen? Hier gibt es nur Jagd- und Springpferde.«
»Es handelt sich um das Pferd, das Wolfgang hier hat.«
»Welches? Im Augenblick hat er drei hier.«
Und Wolfgang verkaufte nie ein Pferd an seine Schüler! Kein Wunder, daß Susie gesagt hatte, ich solle mich im Hintergrund halten. Die Pferdeburschen würden sie gelten lassen und sie nicht zu täuschen versuchen. Ich hörte sie sagen: »Ich würde gern das sehen, das die kleine Bolton angezahlt hat.«
»Was für ein Interesse haben Sie an der Sache, Sue?«
»Ihr Vater ist mein Chef. Ich soll ihm den Gefallen tun und nachprüfen, ob es ein gutes Pferd für seine Tochter wäre.«
Riley kratzte sich am Kopf und sah zum Himmel hinauf. Er sprach leise, wie zu sich selbst. »Es gibt eine Kommission von dreihundert Dollar, wenn Sie sagen, es ist das richtige Pferd, Sue.«
»Ich könnte es nicht annehmen, Tim, ehrlich. Nicht in diesem Fall. Wenn ich es täte, würde ich es nur an meinen Chef weitergeben.«
»Oh, er ist ein guter Kerl, hm?«
»Nun, ja«, sagte Susie nach einer kleinen Pause. »Er ist ein wunderbarer Kerl – glaube ich.«
Riley, der ungefähr in meinem Alter war, lächelte amüsiert.
»Aber Sie sind nicht sicher?«
»Ich – ich kenne ihn noch nicht sehr lange.«
»Sie kennen ja die alte Redensart – immer langsam voran und aufgepaßt.«
»Ich bin aber nicht langsam.«

»Dann müssen Sie eben aufpassen. Was für ein Interesse hat denn Ihr Freund da an der Sache?«
»Ach, der interessiert sich nur für meinen Wagen. Sie müssen ihn gehört haben, als ich damit hereinfuhr.«
»Meine Ohren klingen noch davon. Also, sehen wir uns das Pferd an. Wollen Sie es reiten?«
»Wenn ich es angeschaut habe.« Sie winkte mich herbei. »Tim, das ist Freddie. Freddie, Tim.«
»Tag, Freddie. Sie mögen Autos, eh?«
»Und Boote und Fische.«
»Ich werde seekrank.«
»Und wenn ich Pferden zu nahe komme, muß ich niesen.« Ich nieste und nahm noch eine Antihistamintablette.
»Nur gerecht«, sagte Tim. Dann fuhr er fort: »Hören Sie, Freddie, hm, das ist offiziell nicht Wolfgangs Pferd. Es ist besser für seinen Ruf, wenn die Leute meinen, es sei mein Pferd. Sie verstehen. Okay?«
»Klar, ich verstehe schon. Ich bin selbst Verkäufer. Man muß bei allen Verkäufen seine Methode haben.«
»Was verkaufen Sie?«
»Reklame.«
»Wo? New York?«
»Ja, ich arbeite für dieselbe Firma wie Susie.«
»Oh.« Nachdenklich ging er ein paar Schritte weiter. »Kennen Sie ihren Chef?«
Ich sah Susie an, dann die schönen Ställe, aus denen die geschmeidigen Köpfe auf uns gerichtet waren und um Leckerbissen bettelten. Ich amüsierte mich, aber ich wußte, daß es unrecht war. Jedenfalls in dieser Umgebung.
»Ich bin ihm schon begegnet«, sagte ich. »Eigentlich sehe ich ihn sogar ziemlich oft, aber ich habe gerade nachgedacht und festgestellt, nein, in Wirklichkeit kenne ich ihn überhaupt nicht.«
»Ein rätselhafter Mann?«
»Sie haben es erraten.«
»Hier sind wir. Der nächste Stall«, sagte Tim Riley.

Ein neuer Kopf mit einem diamantenförmigen Abzeichen spähte nach uns. Selbst ich konnte erkennen, daß es für einen Pferdekopf ein hübsches Exemplar war. Susie ging auf die Stalltür zu. Die Ohren gingen zurück, und die großen Lippen, schwarz und gepolstert wie Boxhandschuhe, öffneten sich.
»Er ist ein wenig bissig bei Fremden«, sagte Riley. »Gehen Sie nicht zu nah an ihn heran, Freddie.« Der Rat war überflüssig. Ich hatte nicht die Absicht, näher als bis auf sechs Meter an ihn heranzugehen. Als Sue sich näherte, legte er die Ohren flach, die Oberlippe hob sich und zeigte eine Reihe der größten Haferzermalmer, dich ich je gesehen hatte.
»Aufpassen!« rief Riley.
»Zum Teufel mit ihm«, sagte Susie. »Laß das, Pferd!«
Das Pferd wollte sie angreifen. Blitzschnell versetzte sie ihm mit der Faust einen Hieb direkt in den weichen Teil seiner Nase. Die Ohren kamen wieder vor, er stieß einen fast traurigen Laut aus und ließ den Kopf hängen. Ohne nur um Erlaubnis zu fragen, schob Susie den Riegel an der Stalltür zurück, machte auf und sagte: »Geh zurück, du großes hübsches Stück Hundefutter. Zurüüück!«
Das Pferd ging gehorsam rückwärts.
»Okay, Tim, nimm ihm die Decke ab.«
Tim trat in den Stall, öffnete die Schnallen der leichten Decke, die das Pferd trug, und zog sie herunter. Sein Leib sah genauso hübsch – und genauso gefährlich – aus wie sein Kopf. Ich konnte mir unmöglich vorstellen, daß Helen mit einem solchen Tier allein fertig werden sollte. In Gedanken sah ich schon, wie sich die riesigen, wilden Zähne in ihre kleinen Arme gruben, und mir wurde übel. »Ich verstehe ja nicht viel von diesen Dingen«, sagte ich, »aber ehrlich, das kann doch nicht ein Pferd für ein Kind sein, oder?«
Riley sah zu mir auf. »Oh, doch. Er hat Kinder gern und benimmt sich ordentlich bei ihnen. Er hat sich neulich bei

der kleinen Bolton tadellos verhalten, obwohl sie nicht mit Pferden umgehen kann. Sie reitet zwar gut – erstklassig für die kurze Zeit, die sie Unterricht hat.«
»Nehmen Sie ihn raus, und legen Sie ihn an die Longe, Tim, bitte. Ich möchte mir ihn richtig ansehen.« Susie war nach hinten in den Stall gegangen, und ihre Augen wanderten prüfend über das Pferd.
»Wollen Sie irgendwas Besonderes sehen, Sue?«
»Ja. Wenn ich es von hier aus betrachte, so muß ich sagen, es ist allerhand, viertausend Dollar für ein Pferd zu verlangen, das viel springen soll und hinten nicht tadellos in Ordnung ist.«
»Meinen Sie das eine Hinterbein?«
Sie nickte. »Zum Teufel«, sagte er. »Natürlich, bis jetzt ging er einwandfrei, und der Spat ist erst im Anfangsstadium. Aber Wolfgang sollte schließlich eines wissen: Jemand, der gerissen genug ist, so viel Geld zu verdienen, daß er ein solches Pferd bezahlen kann, ist auch so schlau, es von einem Fachmann gründlich untersuchen zu lassen.«
Er starrte auf das saubere Stroh am Boden, und seinem Gesichtsausdruck nach kämpfte er mit sich selbst. Nach kurzer Zeit blickte er auf. »Ich tue Wolfgang das nicht gern an. Es ist sein Täubchen, aber er hat sich das Geschäft selbst verdorben. Wie wäre es, wenn wir hinüber zu den anderen Ställen gingen und uns eins von meinen Pferden ansähen? Er hat Papiere, er kommt aus Kanada, und er hat voriges Jahr in der Juniorenprüfung für Jagdpferde im Royal in Toronto gesiegt. Er hat einem Mädchen gehört, das auch die Reiterprüfung auf ihm gewonnen hat. Sie hat ihn gegen ein anderes Pferd getauscht. Für Dressur ist er nicht gearbeitet.«
Das erschien mir als guter Ansatzpunkt, um den Preis zu drücken.
»Nicht für Dressur gearbeitet, eh?« Ich schüttelte den Kopf und schnalzte geringschätzig.
»Was geht das *Sie* an, Freddie?« Tim Riley wirkte beunru-

higt. »Die Tochter von diesem Bolton kann auch nicht Dressurreiten, oder? So, wie sie geritten ist, würde ich auf jeden Fall sagen, sie kann's nicht.«
Ich drehte mich zu Susie. »Kann sie's?«
»Nein. Natürlich nicht, Freddie.«
Das »Freddie« war herausgerutscht. Es gefiel mir.
»Es geht mich ja nichts an«, sagte ich, »da Boltons Tochter auch nicht Dressurreiten kann, würde ich aber meinen, es sollte den Preis eigentlich nicht um mehr als – sagen wir – tausend Dollar drücken.«
Susie blitzte mich fröhlich – und bewundernd – an. Tim schoß mir einen scheelen Blick zu. Ich amüsierte mich köstlich.
»Übrigens, Tim, bevor wir ihn anschauen, ist Ihr Pferd auch so ein Menschenfresser wie dieses hier?«
»Jungchen, das Pferd, das ich Ihnen zeigen werde, ist so sanft, daß es Bolton als Babysitter verwenden könnte.«
»Wieviel?« fragte Susie.
»Sechstausend Dollar, mit Papieren.«
»Dreitausendfünfhundert ist das höchste. Das weiß ich zufällig«, sagte Sue. Was, wie sie zufällig auch wußte, eine schwarze Lüge war.
»Fünftausendfünfhundert.«
»Vier«, sagte Sue. Sie sah mich an. Ich spreizte die fünf Finger, und zwar so, daß nur sie es sehen konnte.
»Nicht einen Groschen unter fünf«, sagte Riley.
»Zuviel«, sagte Susie.
Ich war ganz aufgeregt, was lächerlich war, da ich nicht die geringste Ahnung hatte, was wir erhandelten und ob ich es überhaupt einhandeln wollte.
»Viertausendfünfhundert!« Es war mir einfach herausgeruscht. Auktionsfieber.
»*Verkauft!*« schrie Riley und winkte mit einer Hand. »An den Herrn im blauen Fischgrätenanzug.«
Sue sah erschreckt aus.
»Sie Clown!« rief Riley vergnügt aus. »Verdammt, Sie haben

mich hereingelegt wie vorhin mit dem Bellen.« Lachend warf er die Decke wieder über den Braunen, schnallte sie fest und richtete sich auf. Sein Gesicht hatte sich in ernste Denkerfalten verzogen. »Sie haben dieses Angebot doch nicht ernst gemeint, oder?«
Ich wurde gerissen. »Oh, das war kein Angebot, das war ein – ein sondierender Verhandlungsvorschlag. Ich wollte damit nur andeuten, daß ich ihn nicht einmal ansehen würde, wenn Sie ihn nicht für viertausendfünfhundert verkaufen wollen. Und nur zu Ihrer Information. Ich belle vielleicht, aber ich bin kein Clown. Das möchte ich klarstellen . . .«
Tim wurde rot. »Entschuldigen Sie, Sir. Ich habe nur Spaß gemacht.«
»Tim«, warf Susie ein, »ich glaube, es ist Zeit, daß ich Ihnen – hm – Freddies Familiennahme sage. Das ist Mr. Bolton, mein Chef.«
»Gnade mir Gott!« rief Tim.
»Was Sie da von Ihrem Pferd erzählen«, sagte ich, »gefällt mir. Sehen wir es uns einmal zu viertausendfünfhundert an.«
»Gut, Mr. Bolton. Hier entlang.«
Er führte uns aus dem Hof und einen Kiesweg hinunter zu einem zweiten Stall. Auch hier sahen die Köpfe aus den offenen Oberteilen der Stalltüren heraus, und die Pferde beobachteten uns mit zurückgelegten oder nach vorn gestellten Ohren, je nach Charakter der Viecher. Tim und Susie sprachen die fremde Sprache, an die sich meine Ohren langsam gewöhnten, obwohl ich sie noch lange nicht verstand. Ich ging an den Ställen entlang, hielt mich in sicherer Entfernung und spielte mit dem Tablettengläschen in meiner Rocktasche. Ich war ungefähr in der Mitte der Reihe angelangt, als ich ein leises Wiehern vernahm. Ich drehte mich um. Aus der Box hinter mir sah ein kohlschwarzer Kopf heraus mit einem winzigen weißen Stern mitten auf der Stirn. Das Pferd wieherte, und die großen

wässerigen Augen starrten mich mit unmißverständlichem Vorwurf an. Ich verstand ihn sofort. Er ärgerte sich, weil ich nicht stehengeblieben und ihm was zu naschen gegeben hatte. Ich lachte und ging zu ihm hin. Die Ohren blieben nach vorn gerichtet, das leise Wiehern hörte sich sehr flach an.

»Na, du großer dicker Kerl!«

Ich vergaß, daß ich einen Arm verlieren konnte, und streichelte zaghaft das seidige Maul. Er reckte den Hals weit heraus und beugte sich herunter, um an meinen Taschen zu schnuppern, offensichtlich hatte er Lust auf Zucker. Als er keinen fand, stieß er mich sanft mit dem Kopf an, was ungefähr so war, als kriegte man einen leichten Stoß mit einem Dampfhammer. Ich faßte nach oben und zupfte an seinen Ohren. Er hob den Kopf, legte das Kinn auf die Kante der Stalltür und blies mir heiße Luft ins Gesicht.

»Na, na, na«, sagte ich. »Endlich habe ich also jemanden gefunden, der mich zu würdigen weiß.«

Das Pferd stieß einen gewaltigen Seufzer der Zufriedenheit aus. Er begann mit einem Stoß heuduftender Luft, verwandelte sich in ein Pfeifen und endete dann in einem atemlosen Grunzen. Ich drehte mich um und ging einen Schritt vorwärts, um Susie zu rufen. Das große törichte Vieh packte meinen Ärmel mit den Zähnen und zog mich zurück. Obwohl seine Zähne genauso mächtig waren wie die von Wolfs Kannibalenpferd, jagten sie mir aus irgendeinem Grund keine Angst ein. Ich glaube, es war wegen der großen vorwurfsvollen Augen. Nachdem ich wieder vor ihm stand, stützte er sein Kinn erneut auf die Türkante, schloß die Augen und wartete darauf, daß ich sein Maul streichelte.

Das, dachte ich glücklich, ist das Pferd für mich. Etwas beschämt flüsterte ich: »Ich meine, wenn ich überhaupt ein Pferd haben muß.«

Tim und Susie kamen heran, und ich hatte das Gefühl, Susie lachte innerlich über mich.

»Was ist das für einer?« fragte ich Tim. »Er gefällt mir. Das heißt, es scheint mir, er würde ein gutes Pferd für ein Kind abgeben.«
»Das ist genau der, den ich Ihnen zeigen wollte. Killarney.«
Ich grinste Tim an. »Nein«, sagte ich, »ich glaube, er heißt Aspercel.«
»Manchmal wäre es mir fast lieber, Sie würden bellen und nicht sprechen, Mr. Bolton, Sir. Sie sagen Dinge, die mich aus der Fassung bringen. Ich werde doch den Namen meines eigenen Pferdes wissen, nicht wahr?«
«In dieser Welt, Tim, können wir niemals einer Sache ganz sicher sein. Susie, prüfen Sie ihn auf Herz und Nieren.«

11

Es war sechs Uhr, als ich Susie absetzte. Ich fuhr nach Westport, hielt bei dem kleinen Einkaufszentrum im Norden der Stadt und rief zu Hause an. Gott sei Dank war Mary am Apparat.
»Liebling, ist Helen zu Hause?«
»Ja, freilich«, sagte sie verwirrt. »Möchtest du mit ihr sprechen?«
»Nein, darum ruf' ich ja an. Ich möchte sehr gern erst dann mit ihr sprechen, wenn ich mit dir gesprochen habe.«
»Oh?«
»Wir haben ein Problem, das wir gemeinschaftlich lösen müssen. Schick Helen weg, oder laß dir was einfallen, weshalb du weggehen und dich mit mir treffen mußt.«
Sie senkte ihre Stimme. »Es hat mit ihrem Pferd zu tun, nicht wahr?«
»Ja.«
»Haben etwa die Aspercel-Leute abgesagt?«
»Nein, Mary. Ich kann nicht mit dir darüber am Telefon flüstern.«

»Wo bist du?«
»In einer Telefonzelle bei unserer Tankstelle.«
»Warst du dort und hast dir das Pferd angesehen, oder hattest du keine Zeit?«
»Ich war dort. Darum will ich mit dir sprechen.«
Marys Stimme klang immer gereizter. Es war wohl verständlich – ich redete in Geheimnissen, und Frauen, die meisten wenigstens, können das nicht ertragen.
»Eine Minute.« Ich hörte sie mit Helen sprechen. Es klang, als ob sie durch einen Pelzmuff spräche. Ich wußte, daß sie das Telefon gegen die Brust hielt und glaubte, ich würde sie nicht hören. »Hör zu, Süßes. Vati tut schrecklich geheimnisvoll und treibt Scherze. Er möchte, daß ich ihn zu einem Drink treffe. Er ist gerade von einer langen Reise zurück, und ich denke, wir sollten ihm den Gefallen tun, meinst du nicht? Was? Ja, er hat sich das Pferd angesehen. Ob er es gekauft hat? Ich fürchte, nein, Süßes, aber . . .«
Obwohl sie das Telefon gegen die Brust gedrückt hielt, klang der Schrei tiefster Qual keineswegs gedämpft. Als Mary wieder am Apparat war, explodierte ich.
»Gottverdammt, Mary, ich habe alles gehört. Gerade das wollte ich vermeiden. Diesmal hast du einen Bock geschossen. Ich komme nach Hause. Schick Helen hinauf in ihr Zimmer, gib ihr ein Beruhigungsmittel und laß sie ihre Aufgaben machen – dann komm herunter in die Stube. Ich gebe dir zehn Minuten Zeit, um den Aufruhr zu beruhigen. Auf Wiedersehen.«
Ich hängte ab. Einfach so. Ich hätte nie gedacht, daß ich es wagen könnte, je mit Mary so umzugehen. Ich stieg in den Wagen, drehte den lokalen Sender an, hörte drei nette Werbesendungen und machte mich auf den Weg nach Hause. Es schien unmöglich, daß ich vor weniger als einer Woche langsam diese Straße entlanggefahren war, weil ich den Abend verlängern wollte. Ich bog bei uns ein und blinzelte verblüfft. Das Feld links neben der Einfahrt war von einem neuen Gatterzaun umgeben. Auf derselben Seite

des Hauses, symmetrisch zu der Garage auf der anderen Seite, stand ein niedriger weißer Stall. Sie hatten hier ganze Arbeit geleistet, während ich in Chikago war, das war sicher. Zu meiner Überraschung gaben Zaun und Stall dem Semi-Demi einen gewissen Pfiff, so daß es nicht mehr nur eins von den vielen war. Besänftigt , wenn auch nur leicht, fuhr ich zum Haus, parkte und ging hinein.
Ich ging direkt in die Stube – mehr aus Großtuerei, als weil ich erwartete, Mary dort zu finden. Mary war dort. Sie saß auf dem schmalen Sofa, und auf dem Rauchtisch standen Getränke bereit. Mary war eine Dame im wahren und altmodischen Sinn des Wortes. Damen aber, richtigen, wie Mary, hatte man noch nie einen Mangel an Mut vorwerfen können.
»Ich hoffe, du wirst dich sofort entschuldigen. Hier ist dein Drink.«
»Danke. Hör mich zuerst einmal an. Ich bin durchaus bereit, mich zu entschuldigen, wenn du dann noch glaubst, daß es nötig ist. Erstens tat ich nicht geheimnisvoll, weil ich Scherze treiben wollte. Ich wollte weiter nichts als meine Tochter vor einer Enttäuschung bewahren.«
»Wenn das wahr ist, brauchst du dich nicht zu entschuldigen.«
»Gut, lassen wir das. Aber ich brauche deine Hilfe, Mary. Was ich dir zu sagen habe, wirst du nicht gern hören. Darum betone ich gleich vorab, daß ich genau weiß, was das Reiten für Helen bedeutet, und ich bin ganz und gar dafür. Leider weiß ich aber auch, daß Wilhelm Wolfgang Heinrich von Roetz, ihr Gott und ihr Idol, ein Lügner und nach meinem und deinem Maßstab ein Gauner ist. Wenn Helen das herausbekommt, hinterläßt es vielleicht Spuren, über die sie nie hinwegkommen wird.«
Wir tranken beide. Das Schweigen dauerte sehr lange, und als Mary schließlich sprach, war ihre Stimme nicht ganz fest. »Es ist nicht sehr nett, so etwas über jemanden zu

sagen, wenn man es nicht beweisen kann. Bist du nicht nur ein bißchen eifersüchtig auf ihn wegen Helen?«
»Mary, hat er dir erzählt, daß er niemals Pferde an seine Schüler verkauft?«
»Ja.«
»Und er hat dir gesagt, daß Tim Rileys Pferd im Sheridan-Gestüt wirklich ideal für Helen wäre?«
»Ja.«
»Dann halt dich fest, Liebling. Dieses Pferd gehört weder Tim Riley noch dem Sheridan-Gestüt, sondern niemand anderem als Wilhelm Wolfgang Heinrich von Roetz. Überdies ist ihm zuzutrauen, daß es fremden Erwachsenen, die ihm in die Nähe kommen, den Arm ausreißt.«
»Ach, hör auf!«
»Nein, es ist Tatsache, aber das nur nebenbei. Viel wichtiger ist, daß es Spat hat – das ist so eine Art Knochen an seinem linken hinteren Knie oder wie man das nennt – und daß es zweifellos lahmen wird, wenn man ihm nicht Kokain oder dergleichen gibt. Jeder Richter würde es beim Turnier disqualifizieren, wenn es um das Gebäude geht – wie es gebaut ist und all das – du weißt schon.«
»Du meine Güte.« Mary seufzte. »Und du wolltest, daß ich dir helfe, es Helen beizubringen, ohne daß ihr Idol von seinem Sockel herunterstürzt?«
Ich nickte.
»Würdest du mir wohl nun sagen, wo du plötzlich all deine Weisheit über Pferde herhast?«
»Gleich. Vorher sollst du nur noch eins wissen. Ich habe ein Pferd gekauft, ein wunderschönes Pferd. Wenn ich gewußt hätte, daß der hübsche Stall schon steht, hätte ich es sofort mit nach Hause gebracht.«
Mary ließ ihr Glas fallen. Ein Glück, daß es schon fast leer war. »Freddie! Willst du mir wirklich erzählen, daß du auf eigene Faust losgezogen bist und ein Pferd gekauft hast, nur weil du dachtest, es sei schön? Oh, lieber Gott, gib mir Stärke! Wieviel hast du dafür bezahlt?«

»Also«, sagte ich ruhig. »Tim Riley wollte sechstausend Dollar dafür haben. Ich habe es für viertausendfünfhundert gekauft. Und er ist nicht nur schön, er ist auch nett. Für ein Pferd, meine ich. Ich mag ihn. Das war entscheidend für mich.«

»Nett? Was soll das heißen?«

»Das heißt, er wollte niemanden beißen. Nicht einmal mich. Er wollte nur seine Nase in meine Tasche stecken und nach Zucker suchen. Hier, sieh ihn dir an.«

Ich nahm ein Kuvert aus meiner Brieftasche, in dem Aspercels Papiere und ein halbes Dutzend Fotos waren, die ihn beim Springen und als Sieger verschiedener Prüfungen zeigten.

Sie nahm das Zeug aus dem Kuvert und betrachtete sich lange Zeit die Bilder, Stück für Stück, dann alle noch einmal von vorn. Schließlich sagte sie: »Aber, Freddie, das Pferd ist großartig! Es ist einfach großartig. Ich kann nicht glauben, daß du das alles allein getan hast.«

»Hab' ich auch nicht. Ich habe dir etwas unterschlagen.« Ich grinste. »Ich hatte ein sehr hübsches Mädchen mit, deren Metier Faßreiten ist. Harry Tomes wollte, daß sie mitkommt.«

»Ein sehr hübsches Mädchen, deren Metier Faßreiten ist? Wieviel hast du getrunken auf dem Nachhauseweg?«

»Nur zwei Gläser«, sagte ich, »mit Tim Riley und Susie.«

»Susie? Meinst du das angemalte Flittchen, deine Sekretärin? Was hat sie damit zu tun?«

»Du weißt sicher, daß sie Reiterin ist. Sie muß dir doch davon erzählt haben, als sie hier die Bilder von Helen abgeholt hat.«

»Aber das ist doch nicht die gleiche Susie. Die hier hatte Blue jeans an und flache Schuhe. Ich glaube, sie hatte nicht einmal geschminkte Lippen. Ich meinte die Susie, die in dem Käfig neben deinem an der Schreibmaschine sitzt, zwei Zentimeter dick Make-up aufgetragen hat, meiner Ansicht nach nicht hübsch ist und deren Metier, wenn sie überhaupt eins hat, bestimmt nicht Faßreiten ist.«

»Mary, ich sitze nicht in einem Käfig«, sagte ich genießerisch langsam. »Ich habe ein riesiges Büro für mich allein, das aussieht wie das von Alfred Vanderbilt. Du bringst wirklich alles durcheinander, Liebling, denn die Susie, die hier war, *ist* die Susie, die im Privatbüro meiner Sekretärin sitzt.«

Dann machte ich einen Fehler. »Und wenn du gesehen hättest, wie sie ihren roten MG mit hundertfünfunddreißig Kilometern um die Kurven lenkte, dann würdest du sie auch hübsch finden.«

»Ich glaube, ich brauche noch etwas zu trinken«, sagte Mary. »Pur, bitte. Und dann erzählst du mir am besten alles schön der Reihe nach. Nur damit ich nicht auf falsche Gedanken komme.«

Nachdem ich meine Geschichte beendet hatte – um des lieben Friedens willen hatte ich hier und da etwas weggelassen – gab mir Mary ein Beispiel dafür, wie raffiniert der weibliche Verstand arbeiten kann. Ohne lange nachzudenken, griff sie nach dem Telefon, wählte eine Nummer, und als sich jemand meldete, sagte sie: »Wolfgang . . .? Gut. Haben Sie irgendwo Licht in Ihrem Haus? Dann drehen Sie es aus . . . Warum? Weil mein Mann Hauptmann im Schützenbataillon war. Was das mit Ihnen zu tun hat? Eigentlich nichts, aber als ich ihn vorhin sah, ging er gerade sein Gewehr holen – dann wollte er Sie suchen. Ich glaube, er will Sie erschießen.«

Ich schnappte nach Luft. Sie lächelte mich an und zog die Nase kraus. Eine Minute lang hörte sie noch zu, dann antwortete sie: »Sie müssen wirklich ein schlechtes Gewissen haben, Wolfgang. Sie sagen nur immer, ich solle ihn zurückhalten, und wundern sich überhaupt nicht, daß er Sie erschießen will. Nicht ein bißchen neugierig, weshalb er das wohl tun möchte. Also muß ich annehmen, Sie kennen den Grund. Ich habe doch recht, nicht wahr . . .? Oh, Sie glauben, vielleicht . . . Halt, warten Sie einen Moment. Hier ist Freddie, er kommt gerade vom Keller herauf. Freddie, *bitte*, leg dein Gewehr hin, und sprich mit Wolfgang. *Bitte*, Freddie!«

Ich sah sie wütend an. Sie nahm es nicht zur Kenntnis, sondern stampfte kräftig mit dem Fuß auf. Im Telefon konnte es sich leicht so anhören, als werfe ein ärgerlicher Mann den Gewehrschaft hin. Sie gab mir das Telefon. Ich hielt es eine Weile weit von mir weg, als wäre es ein ekliger Gegenstand. Ich hasse Streitereien. Dann mußte ich plötzlich an Helens schmerzvollen Aufschrei denken. Vielleicht würde es eine Auseinandersetzung geben, die mir nicht zuwider wäre. Ich nahm den Hörer auf.

»Von Roetz? Hier ist Bolton.« Er begann zu sprechen, aber ich unterbrach ihn und gab's ihm ganz gewaltig. Jedenfalls kollerte er. Nachdem ich mir Luft gemacht hatte, sagte ich: »Sagen Sie ihr, Sie hätten mich im Büro angerufen und mir vorgeschlagen, ein anderes Pferd anzuschauen, das sogar noch besser für sie wäre, und Sie riefen jetzt an, um zu fragen, wie es mir gefallen hätte.«

»Wie Sie meinen, Mr. Bolton. Soll ich ein bestimmtes Pferd erwähnen?«

Ich hatte das Telefon so gehalten, daß Mary das Gespräch mithören konnte. Wir grinsten uns an.

»Ja, Mr. von Roetz. Ein kanadisches Pferd mit Namen Killarney. Je von ihm gehört?«

Es war ganz still, dann stieß er ein paar Worte in gedämpftem Deutsch hervor, die so instinktiv kamen, daß ich überlegte, ob der Akzent wirklich unecht sei. Er lachte gekünstelt. »Das ist ein hübsches Pferd, Mr. Bolton. Aber ich fürchte, Helen kann es nicht haben.«

»Warum nicht?«

»Weil ich es für mich selbst kaufen und in der Hohen Schule ausbilden werde. Das Pferd hat Talent. Zuviel, um es an ein Kind zu verschwenden. Es tut mir leid.«

»Wolfie«, sagte ich zuckersüß, »ich glaube nicht, daß Sie sich das Pferd leisten können. Es kostet augenblicklich zwanzigtausend Dollar. Wollen Sie das bezahlen?«

»Jemand hat sich mit Ihnen einen Scherz erlaubt, Mr. Bolton. Ich kaufe es für viertausend Dollar.«
»Nein, mein lieber Freund, das tun Sie nicht.«
«Wer sagt das?«
»Ich. Denn *ich* habe es heute nachmittag für viertausendfünfhundert gekauft.«
Das Schweigen war abgründig. Ich brach es.
»Sie haben ein Pferd verloren, aber Sie haben noch eine Chance, Ihren Ruf zu retten. Ich lege jetzt auf, damit Sie Helen anrufen können. Bis gleich.« Ich hängte ab.
Einen Augenblick später läutete das Telefon wieder.

12

Das Pferd sollte am Sonntagvormittag gebracht werden. Tim Riley hätte es jederzeit herübergeschickt, und Helen war ganz wild darauf, es schon am Samstag zu bekommen, aber diesmal blieb ich fest. Es mußten bestimmte Dinge in Betracht gezogen werden. Ich meine, Aspercel konnte ja nicht einfach ankommen, seine Koffer auspacken, zu der Familie ins Haus spazieren und mitessen, was es gerade gab. Einmal würde er keinerlei Gepäck haben; außer seinem Halfter war er splitterfasernackt. Noch schlimmer – wenn wir nicht sofort handelten, müßte er in ein leeres Haus einziehen, und in diesem Fall hätten wir es mit einem sehr übelgelaunten Pferd zu tun.
Diese Situation trug mir, dem Nicht-Pferdebegeisterten in meiner plötzlich pferdebegeisterten Familie, Ruhm ein wie keine zweite in diesem Sommer. Ich war ja bekanntlich auf dem Bauernhof meines Vaters aufgewachsen. Bis zu meinem zwölften Jahr und bis mein Vater den Vorläufer des elektrischen Rasierapparates erfand, der uns vorwärtsbrachte, hatte ich meinen Teil Bauernarbeit geleistet. Ich hatte zu viele Heuballen und Getreidesäcke aufgeladen und

zuviel Pferde- und Kuhställe ausgemistet, um nicht zu wissen, was in eine Kuh oder ein Pferd hineinging. Nach dem Frühstück am Samstagmorgen räusperte ich mich herausfordernd.

»Also, Helen«, sagte ich und tat so wichtig, wie ich konnte – man wußte ja nie, ob ich noch mal so eine Chance bekam –, »hol dir Bleistift und Papier. Wir notieren uns die Sachen, die noch vor Sonnenuntergang in der Scheune verstaut sein müssen.«

Helen hetzte hinauf in ihr Zimmer. Mary machte vor Überraschung den Mund auf. »Warum vor Sonnenuntergang?«

»Nur ein alter Bauernausdruck.«

»Hattet ihr kein elektrisches Licht auf eurem Bauernhof?«

Ich hatte plötzlich meinen Vater vor Augen, wie er schwitzend über seinen Abrechnungen saß, und meine Mutter, die unsere Kleider wieder und wieder flickte.

»Petroleum war billiger als Strom, Mary.«

Helen kam mit Papier und Bleistift zurück.

»Wir fangen mit den Eisenwaren an. Also schreib: zwei verzinkte Abfalltonnen für Hafer oder Kleie oder was Luxuspferde heutzutage sonst fressen. Eine Heugabel. Ein Korb mit zwei Henkeln, um den Mist wegzubringen. Zwei verzinkte Eimer. Eine Heuraufe. Ein Sattelbock für die Wand. Ein Haken für die Decke, um den Zügel daran zu säubern. Ein Sägebock zum Sattelreinigen. Eine Schaufel, Hufreiniger, Striegel, Schweißmesser, Rektalthermometer, Pferdegröße. Kadätsche, Wurzelbürste, ein halbes Dutzend Geschirrtücher, eine Tonne Heu, zwei Hundertpfundsäcke besten Hafer, Huffett . . .«

Mir kam eine Erinnerung nach der anderen, und die Liste wurde immer länger. Als sie vollständig war, dachte ich, ich müsse den Lieferanten von Pferdeartikeln direkt gottgesandt vorkommen. Außerdem war mir klar, daß die Tomes-Agentur noch ein wenig mehr vom Radio- und Fernsehgeld der Vereinigten Arzneimittel auf das Schleichwerbekonto abzweigen mußte. Eine rasche Kalkulation sagte mir, daß

Aspercel jemanden schon jetzt um fast fünfundzwanzigtausend Dollar ärmer gemacht hatte, wenn man die Kosten für ihn selbst, den Anhänger, den Stall und das Zeug auf unserer Liste zusammenrechnete. Ich hoffte inbrünstig, daß der Jemand nicht ich sein würde.
Vom späten Nachmittag an herrschte im Semi-Demi eine Spannung wie am Heiligen Abend, wenn man auf den Weihnachtsmann wartet. Gegen zwei Uhr früh gelang es Mary endlich, Helen zum Schlafen zu bringen. Um halb sieben hatte sie uns schon alle wieder munter gemacht, und um halb acht rannte sie hinunter zum Ende der Auffahrt, um auf die Ankunft ihres Pferdes zu warten, obwohl sie wußte, daß Tim Riley erst gegen elf Uhr damit ankommen würde.
Um halb zehn fing ich an, mir Sorgen um Hellie zu machen, und ging hinaus, um nachzusehen, ob sie vor Aufregung ohnmächtig geworden sei. Sie saß im Gras am Straßenrand, die Arme um die angezogenen Knie geschlungen, und starrte geistesabwesend die Straße hinunter nach Westport, obwohl sie wissen mußte, daß Tim aus der anderen Richtung kommen würde. Ich sagte kein Wort. Ich hatte das Gefühl, es wäre ein unerlaubter Einbruch eines Erwachsenen in die eigene Welt eines Kindes gewesen, denn Hellie war wieder zum Kind geworden. Ich streckte mich im Gras aus, und als ich so neben ihr lag, tat sie mir leid, weil die Qual des Wartens endlos schien, gleichzeitig beneidete ich sie von ganzem Herzen. Ungewollt sprach ich meine Gedanken aus: »Es muß herrlich sein, sich etwas so sehr zu wünschen und zu wissen, daß man es bekommt.«
Sie sah nicht von der Straße weg, aber ein Arm sank herunter, und ihre Hand tastete im Gras, bis sie meine gefunden hatte. Ich drückte die Hand, und sie erwiderte den Druck. Fast eine Stunde blieben wir so, rührten uns kaum und sprachen kein Wort, bis Motorengeräusch sie auf die Füße brachte. Es waren die Gardners. Ein paar Minuten später brauste Susie heran, und kurz danach zwei Männer

in Reitkleidung, die mit den Gardners befreundet waren. Noch ein wenig später brummten ein windzerzauster Junge und ein Mädchen in Shorts auf einer Vespa herbei, die wir alle nicht kannten. Bis zu diesem Augenblick hatte ich nicht gewußt, daß ich ein so berühmtes Pferd gekauft hatte. Diese Leute waren alle nur gekommen, um sich die Ankunft von Aspercel anzusehen. Als das Warten unerträglich wurde, lud ich die ganze Gesellschaft zu Drinks ein und ließ Hellie – und Judy natürlich auch – auf ihren Wachtposten. Die Erfahrung war herzerfrischend. Kein Zweifel, das Pferd Aspercel war eine glänzende Reklame. Ich fühlte mich etwas erleichtert wegen der fünfundzwanzigtausend.

Eben wollte ich die Getränke verteilen, da rief Ellinor: »Der Lastwagen! Er kommt die Auffahrt herauf!«

Ich nahm eine Flasche Bier unter den Arm – es schmeckt mir zwar besser in Dosen, aber ich mach' die Werbung für dieses Flaschenbier – und folgte den anderen hinaus auf den Parkplatz, wo ein riesiger, niedrig gehängter Transporter für neun Pferde gerade knirschend zum Stehen kam. Aus dem Innern drang ein höchst alarmierendes Geräusch von Metall, das auf Metall schlägt. Der Fahrer, ein gedrungener rotgesichtiger Mann, hielt sich die Ohren zu. »Den ganzen Weg von Mount Kisco!« sagte er. »Den ganzen Weg von Mount Kisco! Ich frage euch, Leute, woher sollten wir denn wissen, daß es dem kanadischen Hurensohn nicht gefällt, einen hübschen Fünfzigtausend-Dollar-Transporter ganz für sich allein zu haben? – Oh, Verzeihung, meine Damen!«

Der Amboßgesang aus dem Innern des Transporters ertönte ununterbrochen weiter.

»Also«, sagte der Fahrer und kletterte vom Sitz herunter, »holen wir den – holen wir ihn heraus, solange noch etwas von dem Transporter übrig ist.«

Er öffnete die Doppeltür, und wir versammelten uns alle davor und spähten hinein. Aspercel, der in einer Art Gummizelle stand, spähte heraus. Sein Ausdruck war unver-

bindlich. Hellie, die die Laderampe hinaufgerannt war, sagte: »Darf ich ihn herausführen?«
»Hast du einen Kran? Wir mußten vorn einen Brusthaken verwenden, und hinten haben zwei Mann geschoben, sonst hätten wir ihn gar nicht hineinbekommen.«
Aspercel hob den Kopf und witterte. Ob er die Luft forschend einzog oder verächtlich ausstieß, ließ sich unmöglich sagen.
»Ich möchte es wenigstens versuchen.«
»Ganz wie du willst, kleines Fräulein.«
Helen betrat den Transporter, ging auf Aspercel zu und sprach girrend mit ihm, als wäre er ein zwölfhundert Pfund schweres Kätzchen. Es gefiel ihm. Ich konnte es daran erkennen, daß er an ihrem blonden Haar knabberte. Wenn es ihm nicht gefallen hätte, hätte er ihr den Arm abgebissen. Sie löste die Leinen, die an beiden Seiten seines Halfters befestigt waren, steckte die Hand durch das Halfter und sagte: »Komm, Aspie. Komm, Junge.« Sie zog. Nichts geschah. Sie zog fester. Es geschah immer noch nichts. Sie zog so fest, daß sie ganz rot im Gesicht wurde. Aspercel war so groß und stark, daß er sich nicht einmal dagegenstemmen mußte, um völlig bewegungslos zu bleiben. »Ich glaube, er will nicht heraus«, sagte Ellinor.
»*Ich* werde das schon schaffen«, sagte Susie. Sie wollte in den Transporter steigen, aber ich hielt sie zurück. »Davon bin ich überzeugt, Susie, aber ich fürchte, Sie werden nicht immer da sein, wenn er bockt.«
»Ihr solltet alle ein bißchen von der Tür weggehen. Vielleicht mag er kein Gedränge«, empfahl der Fahrer.
Alle gingen ein paar Schritte zurück. Ich fand, daß ich als Besitzer des Pferdes das Recht hatte stehenzubleiben. Da ich nichts anderes beizusteuern hatte, nahm ich einen tüchtigen Schluck Bier. Als ich die Flasche absetzte, sah mich Aspercel aus seinen großen Augen an. Ich hielt die Flasche hoch.
»Hast du Durst?«

Er stieß ein gurgelndes, wieherndes Geräusch aus. Ich ging in den Transporter, und er hob den Kopf, öffnete das Maul und kräuselte die Lippen. Ich schob den Flaschenhals dazwischen. Er leerte die Flasche, schüttelte sich, sah mich durchdringend an und besprühte mein Gesicht mit Schaum.

Ich ging zur Tür. Aspercel rührte sich von dem Fleck, wo er wie angewurzelt gestanden hatte, und folgte. Ich trat hinaus, Aspercel direkt hinter mir her. Nicht Helen führte ihn, er führte Helen, aber darauf wollte ich eigentlich nicht hinweisen.

»Wo sollen wir ihn hinbringen, Liebling? In seinen Stall?«

»Ich ließe ihn ein bißchen auf der Koppel herumlaufen«, sagte Jack, »damit er sich von der Fahrt abreagiert.«

Ich lief zum offenen Gatter der Koppel hinüber, und Helen und Aspercel folgten mir so dicht, daß ich seinen heißen, feuchten Atem im Nacken spüren konnte. Die kleine Menge kam uns bewundernd nach. Ich hörte den Fahrer sagen: »Dieser Mr. Bolton hat eine prima Art, mit Pferden umzugehen. Wenn wir im Gestüt wieder mal ein schwieriges Pferd haben, hol' ich ihn.«

»Würde ich auch tun, wenn ich Sie wäre«, erwiderte Susie. »Aber erinnern Sie ihn ja daran, daß er seine Flasche mitbringt.«

Ihre Stimme hatte eine Schärfe, die ein Mann eigentlich nur von seiner Frau erwartet.

13

Den Tag meines ersten Turniers, das gleichzeitig Hellies erstes Turnier vom Hauptverband war, werde ich nie vergessen. Einmal war ich vor diesemTag nur früh aufgestanden, wenn ich zum Fischen wollte. Es war das erstemal in meinem Leben, daß ich mich um fünf Uhr früh zu einem anderen Zweck aus dem Bett jagen ließ. Allerdings wurde mir das Aufstehen wesentlich erleichtert. Hellie mußte vor Aufregung brechen, Mary schrie beruhigend auf sie ein, und Aspercel gebärdete sich wie toll in seinem Stall. Unter diesen Umständen war es weniger unangenehm aufzustehen, als im Bett zu bleiben.

Während der zwei Wochen, die er bei uns war, hatte ich gemerkt, daß Aspercel selbst für ein Pferd eigenartig war. Trotz seiner großartigen Papiere war er, wenn er nicht sozusagen die Uniform anhatte, ein ausgesprochenes Familienpferd. Womit ich sagen will, daß er es in seinem hübschen neuen Fertigstall nur eine gewisse Zeit lang aushielt, dann fing er an zu schlagen und zu lärmen. Einer von uns – nur zu oft war ich es – mußte hinuntergehen und ihm Karotten, Zucker oder eine Halbe Bier bringen.

Es war reine Ironie, daß er eine ausgesprochene Zuneigung zu mir gefaßt hatte. Wenn er auf seiner Koppel war und ich draußen zu tun hatte oder mit einem Drink im Liegestuhl auf der Terrasse lag, sprang er so leicht über das hohe Koppelgatter wie ich über eine Pfütze. Dann trottete er auf die Terrasse, stand, das Kinn auf die Lehne des Liegestuhles gestützt, hinter mir und blies warme, nach Hafer riechende Luft über mich hin. Er war, wie ich zu Mary gesagt hatte, ein nettes Pferd. Der Fehler war nur, daß er es übertrieb. Ich hatte Angst vor dem Tag, an dem er sich auf meinen Schoß setzen würde.

Sowie er jedoch sein Bühnenkostüm zu Gesicht bekam – seinen Sattel, den Zügel und all das Zeug –, ging sofort eine vollkommene Wandlung mit ihm vor. Er bäumte sich, schlug aus, stampfte und schnaubte: mit einem Wort, er versuchte auf seine Art, wie viertausendfünfhundert Dollar auszusehen – mit Erfolg. Darum duldete ich ihn. Er stellte nicht nur viertausendfünfhundert Dollar dar, was er wahrscheinlich wußte – sondern auch die Gehaltserhöhung von fünfzehntausend Dollar im Jahr und die Beförderung zum Vizepräsidenten, was er nicht wußte und auch gar nicht

wissen sollte. Ich wollte nicht, daß er mich zu sehr in der Hand hätte, sonst würde er noch Sekt verlangen statt Bier. Danke sehr.
Gut, ich duschte, rasierte mich, zog Hosen und ein Sporthemd an und ging in die Küche zum Frühstück. Helen war dort, mit bleichem Gesicht und Augenringen. Sie hatte eine weiße, kragenlose Bluse an, in einer Hand trug sie ihre neuen schwarzen Reitstiefel, mit der anderen hielt sie ihre neuen ledernen Reithosen, die nur halb hochgezogen waren.
»Papsile, du mußt ziehen.«
Sie reichte mir das Gürtelband der Reithosen, die natürlich für sie angefertigt worden waren ($ 72.50) und die so knapp saßen, daß sie den Bund unter dem Knie zuknöpfen mußte, bevor sie sie hochzog, da sie sich hinterher nicht mehr bücken konnte. Ich tat einen Ruck, und sie saßen oben. Sie gab mir einen Kuß und hielt mir die Stiefel hin.
»Bitte?«
»Bitte was, Baby?«
»Bitte polier sie ein wenig, ja? Ich muß Aspercel das Frühstück geben.«
Sie war völlig durcheinander. Ich *hatte* sie poliert, bevor ich zu Bett gegangen war. Ich tat raffiniert. »Natürlich, du wirst sie gar nicht mehr wiedererkennen, wenn du zurückkommst.«
»Liebes Papsile!«
Sie küßte mich noch mal und lief fort. Ihre Nervosität war ansteckend. Ich wedelte mit meinem Taschentuch ein paarmal über die Stiefel und entfernte drei, vielleicht vier Stäubchen. Dann stellte ich sie an die Wand. Mary kam in einem blauen Morgenrock herein. Im Haar hatte sie wieder die Wickler, und ihr Gesicht glänzte von Seife, Morgenfrühe und fehlendem Make-up.
»Freddie, du glaubst doch nicht, daß das Pferd zu viel für sie sein wird?«
»Ich hoffe es nicht, bei Gott, aber woher soll *ich* es wissen?

Ich habe so viel zu tun gehabt, daß ich sie immer noch nicht reiten sah.«

»Wenn ihr etwas zustößt, ist es mein Tod.«

Ich wußte, wie mir zumute wäre, wenn etwas passieren würde. Als sie noch klein war, hielt sie jeden Abend am Fenster nach mir Ausschau, wenn ich von der Arbeit heimkam. Wir gingen ganze Tage lang miteinander in den Wald und suchten Höhlen, die ich einen Tag vorher mühevoll aufgestöbert hatte. Wir fuhren hinaus mit dem kleinen Außenbordmotor, den ich damals hatte; manchmal fischten wir, manchmal ließen wir das Fischen sein, segelten zusammen um die Welt und besuchten alle möglichen aufregenden Länder. Eines Tages jedoch, ganz plötzlich, verschwand das bezaubernde, großäugige, lachende, mir so vertraute Kind, und ein fremdes Schulmädchen, das zwischen Tränen und Kichern, Selbstbetrachtung und einer milden Form von Exhibitionismus hin- und herschwankte, nahm seinen Platz ein.

»Warum sagst du das verdammte Essen im Gartenklub nicht ab und kommst mit uns?«

»Weil ich nicht kann, Freddie. Harriet Whitehouse ist nicht da, und als Vizepräsidentin kann ich sie nicht im Stich lassen. Ich muß für sie die Gastgeberin spielen.«

»Oder sie wird dafür sorgen, daß du im nächsten Jahr nicht Präsidentin wirst? Natürlich, das ist wichtig, aber ich fürchte, Hellie ist heute wichtiger. Bist du dir darüber im klaren, was ich über Reitturniere weiß?«

Was ich über Reitturniere wußte – abgesehen davon, daß sie für Pferde da waren –, beschränkte sich darauf, was ein Jugendlicher zu tun hatte, um sich für das Nationale Reitturnier im Madison Square Garden zu qualifizieren. Es gab nur zwei sogenannte Jagdspringen im Madison Square Garden. Das eine war die Endausscheidung in der AHSA-Medaillenprüfung. In fast allen von der AHSA zugelassenen Turnieren gab es diese beiden Prüfungen. Wenn ein Junge oder Mädchen dreimal entweder in der Maclayprüfung oder in der Medaillenprüfung siegte, hatte er oder sie sich für die Endausscheidung im Garden qualifiziert. Und ich wußte das aus dem Grunde, weil mein Erfolg oder Mißerfolg als großes Tier und Vizepräsident davon abhing, daß Hellie drei von diesen elenden Prüfungen bestand.

»Freddie, du brauchst gar nichts zu wissen. Wolfgang ist dort, er hat alle Nennungen für sie eintragen lassen. Du brauchst weiter nichts zu tun, als sie hinzubringen. Und für alle Fälle lege ich das Buch mit den Satzungen in den Wagen.«

»Es gefällt mir nicht. Es gefällt mir ganz und gar nicht.« Ich seufzte. »Wenigstens wird das Pferd für sie sorgen.«

»Wie kommst du darauf? Er ist kein Bernhardiner, er ist ein Vollblut.«

»Ich weiß. Aber ich weiß auch, daß Aspercel, so wie ich ihn jetzt kenne, ein höchst selbstsüchtiges Tier ist. Aspercel paßt schon auf, daß Aspercel nichts passiert. Solange Helen daher fest auf ihm klebt, wird auch ihr nichts geschehen.«

Ich sah sie an. »Du würdest dich sicher besser fühlen, wenn du die verdammten Wickler aus dem Haar nehmen und dich ein wenig schminken würdest . . . Ich täte es jedenfalls.« Manche Leute denken vielleicht, daß diese Bemerkung unklug war. Ja und nein. Unklug, weil sie so wütend wurde, daß ich schon dachte, sie wolle mir eine langen; klug, weil es ihre Gedanken vollkommen von Hellie ablenkte. Als sie wieder herunterkam und wie ein menschliches Wesen aussah, hatte ich inzwischen ein erstklassiges Frühstück, bestehend aus Würsten, Eiern mit Speck, Tomatensaft und Milch zusammengebraut. Helen konnte natürlich keinen Bissen essen.

Mary packte uns Mittagessen ein – verstohlen steckte ich eine Flasche Wodka in den Eßkorb –, und als ich den Korb und eine Menge Pferde-Utensilien im Wagen verstaut hatte, fuhr ich zum Stall. Dann hängten wir den glänzenden dunkelblauen Pferdetransporter an, auf dem in roten Buchstaben ASPERCEL stand. Dunkelblau und rot waren durch

einen merkwürdigen Zufall die Farben der Schachteln, in denen die Aspercel-Tabletten verkauft wurden. Unsere ganze Stallausrüstung – Eimer, Heugabeln, Decken, Stirnband des Zaumzeuges –, alles war dunkelblau und rot, außer Aspercel selbst.
Der nächste Schritt war, das Pferd in den neuen Anhänger zu verladen, der erst am vorigen Abend gekommen war. Es war sechs Uhr und ein wundervoll warmer Morgen, als wir mit dieser Operation begannen. Es war sieben und ein heißer Tag, als ich einsah, daß Herr Wolfgang Wilhelm Heinrich von Roetz eines seinen Schülern nicht beibrachte – wie man Vollblutpferde dazu überredet, in einem Transporter zu gehen, wenn sie keine Lust dazu haben. Es war dasselbe wie bei seiner Ankunft, nur daß diesmal Bier nichts half. Ich glaube, der Transporter roch ihm zu neu. Aspercel ließ sich tänzelnd am Zügel hinführen. Wenn wir dann dort waren, tänzelte er davon. Nach hundert Versuchen (ich hatte mitgezählt) waren wir so verzweifelt, daß ich meinen Lieblingsliegestuhl von der Terrasse holte, ihn im Transporter aufstellte, meine Flasche aus dem Korb nahm, mir einen Drink zurechtmachte und mich im Stuhl ausstreckte. Mit der vertrauten Umgebung, die ich ihm so schuf, hätte ich auch Erfolg gehabt, wenn nur sein Hals nicht so lang gewesen wäre. Er kam von allein die Rampe herauf, bis er mit beidenVorderbeinen oben stand, aber von da konnte er den elenden Hals weit genug vorstrecken, um mich anzublasen. Sowie Mary am Zügel zog, fiel ihm ein, was er nicht tun wollte, er bäumte sich aus dem Transporter hinaus, stieß sich dabei den Kopf an, riß sich los, galoppierte einmal mit hängenden Zügeln über den Rasen und ließ dabei Explosionsgeräusche aus seinem Hinterteil ertönen. Dann segelte er über das Koppelgatter, fiel in Schritt und begann zu grasen.
Helen war offen in Tränen ausgebrochen, Mary war nahe daran, und ich hatte den Wodka ausgetrunken, als ich erlöst das hohe, heulende, unverkennbare Getöse eines Sportwa-

gens vernahm, der mit irrsinniger Geschwindigkeit fährt. Es gab eine Chance von eins zu tausend, daß es der richtige Wagen war. Einen Augenblick später hörte ich Gänge schalten, das Getöse wurde zwei Oktaven höher, dann das Geräusch von gequaltem Gummi auf Asphalt, und Susie hielt hinter dem Transporter.

»Hallo, allerseits. Die J-Ranch macht heute an der Westernprüfung in Saybrook mit. Es ist mir eingefallen, daß Mr. Bolton heute mit dem neuen Pferd auch dorthin wollte, darum dachte ich – oh!«

Sie hatte mich im Liegestuhl mit dem Glas in der Hand entdeckt.

Ich winkte, aber der eisige Blick, den ich erhielt, forderte eine Erklärung. »Der Wodka war für das Pferd, damit es in den Transporter geht.«

»Mr. Bolton, das dürfen Sie nicht tun. Jede Art von Doping ist strikt gegen die AHSA-Regeln.«

Mary sprang wie immer in die gesellschaftliche Bresche.

»Sehen Sie, Miss Clemens . . .«

»Bitte, Mrs. Bolton, Sue auf dem Land.«

»Also gut, Sue-auf-dem-Land. Aus irgendeinem Grund mag Aspercel meinen Mann sehr.« Und dann versuchte sie, das Unerklärliche zu erklären, aber es half nichts. Diese Stufe der Reitkunst wurde in der guten J-Ranch offensichtlich nicht gelehrt.

»Susie«, rief ich, »ich bin verzweifelt, Hellie ist verzweifelt, wir alle sind verzweifelt. Können *Sie* ihn hineinbekommen?«

Sie sah uns an, als fragte sie sich, wo auf der Welt wir eigentlich herkämen, daß wir nicht einmal ein Pferd in einen Transporter hineinbekämen. Dann bat sie Hellie um sein Halfter. Helen krabbelte in den Wagen und brachte das Halfter zum Vorschein. Susie ging damit auf die Koppel, öffnete das Gatter und schlich sich an Aspercel heran. Er warf den Kopf hoch und schnaubte. Sie sagte: »Hallo, Mistkerl, steh still jetzt, hm? Und mit deiner Schnauberei kannst du bei mir schon gar keinen Eindruck schinden. Ich will das Zaumzeug abnehmen und dafür das bequeme, schöne Halfter umlegen. So, schön.«

Einen Augenblick später führte sie ihn zurück zum Transporter. Ich schlüpfte schnell hinein und holte die Liege und die Flasche heraus. Susie sprach in einem eigenartigen melodischen Singsang mit dem Pferd, führte ihn die Rampe hinauf und hinein, dann wieder heraus. »He!« protestierte ich.

»Ich wollte nur sehen, ob er sich wirklich schlecht verladen läßt, Mr. Bolton. Das ist aber nicht der Fall. Man darf nur Pferde nie am Zügel in den Transporter führen. Wenn sie aus irgendeinem Grund den Zaum umhaben müssen, geben Sie das Halfter darüber. Jetzt werden wir ihn bandagieren.«

Mein Herz setzte aus. Keinem gefällt der Gedanke, daß viertausendfünfhundert Dollar einen Verband brauchen. Ich sah mir Aspercel genau an, konnte aber keine Wunden entdecken. »Warum wollen Sie ihn bandagieren, wenn er nicht blutet?«

»Für die Reise natürlich. Damit er sich nicht weh tut, wenn er während des Bremsens das Gleichgewicht halten muß, und sich den Schweif nicht aufreibt, wenn er sich gegen die Tür lehnt. Wirklich, Mr. Bolton!«

Mir fiel plötzlich die Agentur ein – und daß Susie für mich arbeitete. »Hier macht es ja nichts« – ich senkte die Stimme, um sie nicht in Verlegenheit zu bringen –, »aber auf dem Turnier, überhaupt überall, wo uns jemand aus dem Büro des Kunden zuhören kann, ist es besser, wenn Sie Aspercel nicht ›Mistkerl‹ nennen. Es könnte sein, daß es der Agentur nicht gut bekommt.«

Sie machte ein langes Gesicht, und ihre Ohrläppchen wurden wieder kaninchenrosa. »Oh . . .! Natürlich, Sir.« Ich kann mir wie ein elender Schurke vor. »Ach, lassen wir das. Tut mir leid, daß ich davon angefangen habe. Was zum Teufel, macht es aus, ob Sie das verfluchte Pferd Mistkerl oder Trottel oder sonst was nennen?«

Susie lächelte. »Oder sogar ›Gelusil‹?«

Ich legte den Arm um ihre Schultern, und sie lehnte sich kurz an mich – meine Entschuldigung war angenommen worden. Dann schlenderte sie zu ihrem Wagen, ließ den Motor aufheulen, warf ihren Hut auf den Rücksitz und setzte die Schutzbrille auf. Dann wandte sie sich zurück und rief:

»Willst du mir nicht Gesellschaft leisten, Helen?«

»Darf ich? Vati, bitte!«

Ich zögerte. Das bedeutete, daß Aspercel und ich fast zwei Stunden allein sein würden. Was konnte nicht alles in zwei Stunden passieren! Aber, zum Teufel, schließlich war ich der Mann hier. »Gut.«

Mary kam dazu, Susie und Hellie winkten und knatterten die Auffahrt hinunter.

»Das war ein harter Morgen, Liebling«, sagte sie. »Genehmigen wir uns schnell noch einen, bevor du Mistkerl nach Saybrook fährst?«

Das klang angenehm in meinen Ohren. Ich öffnete den Korb. Wir tranken, dann kletterte ich in den Wagen. Der Anhänger machte einen Ruck, als ich anfuhr, und Aspercel schlug aus Protest mit der Hinterhand aus. Das würde noch ein schöner Tag werden! Ich winkte Mary zu, dann rollten wir aus der Auffahrt hinaus und südwärts in Richtung Autobahn.

14

Sobald wir den Schlagbaum hinter uns hatten, fuhr ich gleichmäßig neunzig. Ich blieb nicht bei neunzig, weil es so vorgeschrieben ist, sondern weil Aspie es so wollte. Jedesmal, wenn ich schneller wurde, bearbeitete er die Ladeklappe mit seinen eisenbeschlagenen Hufen. Es gab mir zu denken. Ein Pferd, das wie er so viel Bier trank, hielt sich bestimmt nicht so streng an die Gesetze. Also mußte es etwas mit seiner Bequemlichkeit zu tun haben, auf die er, wie schon angedeutet, größten Wert legte. Sooft ich daran dachte, wie ich mit allem auf dem Turnier fertig werden sollte, gebärdete er sich wie wild, weil ich dann unwillkürlich den Gashebel durchdrückte. Es war, als hätte man eine nörgelnde Frau auf dem Rücksitz. Als wir Saybrook erreicht hatten und ich nach dem Turnierplatz Ausschau hielt, war ich bedient.

Den Platz zu finden war gar nicht so schwierig, wie ich mir vorgestellt hatte. Ich fuhr einfach der Nase nach ein paar Seitenstraßen entlang, bis ich an einer Kreuzung zu niesen begann. Ich fuhr rechts, und das Niesen wurde stärker, daher wußte ich, daß ich auf dem richtigen Weg war. Ich nahm zwei Antihistamintabletten und drehte damit meinen privaten Wegweiser ab. Ungefähr zwei Kilometer weiter erklommen wir einen Hügel. Im Tal drunten sah man rot-weiß-gestreifte Zelte, einfache grüne Zelte und ungefähr siebzig bis hundert Transporter und Anhänger. Es gab einen großen Turnierplatz, umgeben von einem weißen Plankenzaun, und ein Feld mit vielen Hindernissen aus Gattern oder Steinmauern. Kinder und Erwachsene drängten sich. Und es waren Pferde da – die ganze Gegend war mit Pferden übersät. Ich mußte so stark niesen, daß meine Augen zu tränen begannen und ich am Straßenrand halten und warten mußte, bis die Tabletten wirkten. Ich schloß die Augen, das half. Dann nahm ich mein Taschentuch heraus und hielt es mir vor die Nase, das half noch mehr. Ich sah auf die Uhr. Es war neun, ich war spät dran. Hellie würde vollkommen außer sich und wahrscheinlich entsetzlich aufgeregt sein. Ich konnte nicht auf die Wirkung der Tabletten warten.

Ich fuhr durch den Eingang, und nach ein paar Metern schon stand Hellie vor mir. Sie sah verzweifelt aus.

»Oh, Vater, du hast dich verspätet! Susie mußte zu ihrer Prüfung, ich kann Wolfgang nicht finden, und meine erste Prüfung beginnt in fünf Minuten.«

»Wo schlagen wir unser Lager auf?«

»Ich weiß nicht – ich glaube, irgendwo hier auf dem Feld mit den Transportern. Aber wir haben keine Zeit. Ich muß aufsitzen.«

»Okay.« Ich fuhr ein Stückchen von dem Weg herunter, stellte den Motor ab, zog die Bremsen und stieg aus. Plötzlich war ein Polizist da. »Sie können hier nicht parken, Kamerad.«

»Nur für fünf Minuten. Sie sehen doch, meine Kleine hat's eilig . . .«

»Tut mir leid, Kamerad. Ich habe gesagt, Sie können hier nicht parken.«

»Das denken Sie«, fuhr ich ihn an, ging zur Laderampe und zog die Riegel heraus. »Außerdem«, sagte ich und ließ die Rampe herunter, »parke ich nicht, ich lade aus. Das ist in Ordnung, schlagen Sie's im AHSA-Satzungsbuch nach. Es liegt vor Ihnen auf dem Vordersitz. Helen, hol deinen Sattel. Okay, Mistkerl, raus mit dir und an die Arbeit.«

»*Vater!* Wie kann er herauskommen, wenn Susie ihn festgebunden hat?«

»Wetten?«

Noch während ich sprach, kam Aspercel rückwärts die Laderampe herunter. Ich war meiner Sache verdammt sicher gewesen. Er hatte zwei Stunden nichts zu tun gehabt als meine Fahrkunst zu bekritteln, aus purer Langeweile hätte er jeden Knoten aufbekommen, erst recht den leicht zu lösenden Schlingknoten, den Susie gemacht hatte. Ich nahm ihm die leichte Decke ab, die Helen »Kühler« nannte, was nicht etwa bedeutet, daß sie ihn kühlen, sondern daß sie ihn warmhalten soll, wenn er schwitzt. Helen warf ihm den Sattel über und verschwand unter Aspie, um den Gurt zu suchen, dann kam sie wieder herauf und schnallte ihn fest.

»Du mußt ihn anziehen, Vater, ich habe nicht genug Kraft.«

Die Stimme des Ansagers dröhnte aus dem Lautsprecher direkt über unseren Köpfen. »Klasse vierunddreißig fer-

tigmachen für die Bahn. Klasse vierunddreißig. Mädchen, vierzehn bis achtzehn, Geländereiten ohne Springen, fertigmachen, bitte.«
»Das bin *ich!*« jammerte Helen.
Ich konnte es ihr nicht verübeln, daß sie verzweifelt war. Ich war es selbst. Ich wußte nicht, daß diese jungen Reiterinnen vor Ablauf weiterer zehn Minuten sowieso nicht auf die Bahn kommen würden. Und daß der Ansager viel weniger ansagte als bettelte, denn wie ich später erfuhr, hatte man, obwohl das Turnier erst vor einer Viertelstunde begonnen hatte, bereits eine halbe Stunde Verspätung. Was typisch war.
»Komm, Kind, ich helfe dir rauf.«
»Gewöhnlich reitet man mit einem Zaumzeug. Das *mußt* du doch wissen!«
Ich betrachtete Aspies Kopf. Er hatte immer noch sein Halfter um, das verfluchte Zaumzeug hatte ich ganz vergessen.
»Zaumzeug, natürlich. Hol es.«
Helen kroch in den Wagen, sah einen Teil des Zaumzeugs unter all dem anderen Kram hervorschauen, ergriff es, zog, und das Zaumzeug kam heraus. Nur sah es dank ihrer unerfahrenen Nachlässigkeit so aus, als hätte jemand das Schnurspiel damit gespielt. Sie starrte es an, sichtlich den Tränen nahe, und dann tat sie das Dümmste, das sie machen konnte: sie reichte es mir.
Mit Zaumzeug verhält es sich sonderbar – besonders mit den sogenannten Kandaren, was einfach bedeutet, daß sie zwei Gebisse und zwei Garnituren von Zügeln haben. Zwei Zügel in einem sozusagen. Das sonderbare daran ist, daß sie an einem Pferd einfach, ordentlich und nützlich aussehen – wie ein Zaumzeug. Als Helen mir aber dieses hier gab, sah es nicht aus wie zwei Zügel in einem, sondern wie fünf oder sechs. Die Riemen liefen nach allen Himmelsrichtungen. Riemen, wohin man sah. Es gab verschiedene Ösen, Schnallen und baumelnde Lederstücke, die keinen

Sinn und Zweck zu haben schienen. Ich untersuchte es, hielt es einmal so, dann andersherum und verdrehte es dabei erst recht. Ich war gerade so weit, daß ich es auf den Boden werfen und darauf herumtrampeln wollte, als der Lautsprecher über unseren Köpfen sagte: »Alle Nennungen für Klasse vierunddreißig melden sich beim Eingangstor, bitte.«

»Vater!« Helen war einer Panik nahe.

»Ja?«

»Die Zügel müssen zuerst über seinen Kopf!«

Ich warf sie darüber.

»Jetzt streife ihm das Kopfzeug über.«

Ich hob es hoch und hoffte, daß ich es irgendwie um seinen Kopf und über seine Ohren bringen könnte. Hauptsache, es blieb oben. Ich wußte, daß Hellie es nicht brauchte, denn Aspie würde sowieso tun, was er wollte, gleichgültig, ob es nun ein doppelter, drei- oder vierfacher Zügel war. Aber es hielt nicht. Es geschah weiter nichts, als daß Aspie mich durch das Gewirr von Riemen vorwurfsvoll anschaute.

»Das Gebiß. Zuallererst kommt das Gebiß in sein Maul.«

»Oh, das Gebiß.« Ich sah mir das Zaumzeug an. Es hatte natürlich die beiden Gebisse, ein kleines mit Ringen und ein großes mit, nun, einer Pleuelstange an jeder Seite.

»Weißt du was, Hellie«, sagte ich, denn mir war klar, ich konnte sie unmöglich beide hineinbekommen, »ich schieb' ihm das kleine hinein, und das große lassen wir als Ersatz herunterhängen. Ja?«

In dem Moment spürte ich einen derben Schlag auf der Schulter und drehte mich um. Ich sah zweierlei, eine heulende Helen und den Polizisten, der mir erklärt hatte, ich dürfe hier nicht parken. Er hatte sich einen Weg durch die lachende Menge gebahnt, die ich noch gar nicht bemerkt hatte. »Ihr Schlaumeier, findet ihr es so komisch, wenn ein kleines Mädchen weint? Ihr hättet dem Burschen ruhig helfen können, oder?« Er wandte sich mir zu. »Wenn Sie auch einer von den Obergescheiten sind mit Ihrem Sat-

zungsbuch – ich kann das nicht länger mit ansehen. Geben Sie das Ding her.«
Erleichtert reichte ich ihm das Zaumzeug. Er nahm Aspie die Riemen ab, schüttelte das ganze Durcheinander, drehte es ein paarmal, und schon war es ein Zaumzeug. Mit einem Ausdruck des Selbstvertrauens, für das seine Uniform und das Abzeichen nur teilweise der Grund sein konnten, ließ er die Zügel über den Pferdehals gleiten, nahm das Halfter ab, schob die Gebisse in Aspies Maul und brachte das Zaumzeug mit einer einzigen Bewegung dahin, wo es hingehörte.
»Okay, Miss«, sagte er zu Hellie, »geben Sie mir die Ferse, und ich helf' Ihnen auf die Beine.«
Das war wieder das *Espéranto du monde des chevaux,* aber Helen verstand ihn natürlich voll und ganz. Während noch Tränen über ihre blassen Wangen kollerten, nahm sie die Zügel in die linke Hand, stellte sich dicht ans Pferd und beugte das linke Knie. Der Polizist ergriff ihre Ferse, sagte: »Hopp, hopp, *hopp!«,* hob sie beim dritten »Hopp« hoch, und Hellie saß oben. Sie nahm die Zügel auf und preßte die Schenkel gegen Aspies Flanken. Er stand stockstill. Sie stieß ihn. Er zuckte mit dem Schweif. Der Ansager hatte die Gewinner der vorigen Prüfung vorgelesen. Jetzt sagte er: »Klasse vierunddreißig auf die Bahn, bitte.«
»Vater, was soll ich tun? Er bewegt sich nicht!«
Ich wußte, wie ich ihn in Bewegung setzen konnte. Ich hob schon den Fuß, da trat ein Mann in Khakihosen, einem blauen Hemd und Gummistiefeln hervor.
»Wenn Sie nichts dagegen haben, Mister, hier bei uns nimmt man die Transportbandagen immer ab, bevor man sie auf die Bahn schickt. Bei Ihnen wohl anders, was?«
Mein Hemdkragen war allmählich ganz durchnäßt.
»Ja. Ja, bei uns schon. Bei einem so wertvollen Pferd wollen wir nichts riskieren.«
Ich hockte mich hin und begann, an der Bandage seines linken Vorderbeines zu arbeiten. Sie ging vom Huf bis zum Knie. Ich fluchte über den guten Knoten, den Susie gemacht

hatte, und versuchte ihn mit den Zähnen zu öffnen. Wortlos gab mir der Polizist sein Taschenmesser, ich zerschnitt das Band, und ehe man sich's versah, hatte ich Aspercels Bein in vier Meter weißes wolliges Zeug verwickelt.
Wieder reichte mir der Polizist sein Taschenmesser.
»Bandagen sind billiger als Zeit«, sagte er. »Bandagen kann man *kaufen.*«
Kühn schnitt ich Aspercel aus den Bandagen heraus und ließ die abgeschnittenen Stücke am Boden liegen. Der Mann in den Stiefeln kam hinter Aspercel hervor. »Da Sie zu tun hatten, war ich so frei, Ihnen zu helfen. Hoffe, Sie haben nichts dagegen.«
Er hatte vier säuberlich aufgerollte Bandagen in der Hand, Schweif, Hinterbeine, ein Vorderbein. Helen preßte ihre Schenkel erneut gegen Aspercels Flanken. Er stieg, tänzelte seitwärts und schlug aus, aber sie saß fest. In den zwei Wochen, die sie mit Aspercel verbracht hatte, hatte sie sich an seine Art des Aufbruchs gewöhnt. Er fiel in einen Tanztrott im Cha-Cha-Rhythmus, und sie lenkte ihn auf ein offenes Tor zu, das auf die Bahn führte. Die Menge zerstreute sich, und ich wandte mich an den Mann mit den Stiefeln und an den Polizisten, der neben ihm stand.
»Ihr Burschen habt mir das Leben gerettet. Kann ich euch einen Drink anbieten?«
»Später«, sagte der Polizist.
»Ich komme vorbei, wenn Sie geparkt haben«, sagte der Mann mit den Stiefeln. »Hören Sie zu, Charlie – der Polizist – muß Sie jetzt fortjagen, oder er bekommt Krach mit seinem Chef. Fahren Sie hinüber, und parken Sie neben unserem Transporter – der große grüne da drüben. Ich will Ihnen gern helfen, wenn Sie mich brauchen. Ich heiße Cleve Brown.«
»Freddie, Freddie Bolton.«
»Freut mich, Sie kennenzulernen, Freddie. Ich passe auf Ihre Kleine auf, bis die Prüfung vorbei ist und Sie wieder hier sind. Sie wird keine Schwierigkeiten haben, nicht mit

dem Pferd. Ich nehme ihn sofort ab, wenn Sie ihn verkaufen wollen. Gebe Ihnen fünftausend dafür.«
»Nein«, sagte ich, »aber herzlichen Dank für alles.«
Ich fuhr den Wagen und den Anhänger hinüber auf das Feld, wo der grüne Transporter stand. Natürlich hatte ich vergessen, die Laderampe hochzuklappen, so daß es ganz schön schepperte. Und jetzt begann ich zu grübeln. Das kurze Gespräch über Geld hatte mich wieder daran erinnert, was für ein Wagnis ich eingegangen war. Manche Leute wetten ihre Häuser auf ihre Pferde. Es gab Zeiten, wo die Herren nicht nur ihre Frauen, sondern sogar ihre Geliebten verwetteten. Ich setzte viel mehr als das auf Aspercel. Wenn es sich herausstellte, daß er trotz seines Bäumens, Tänzelns und seiner Angeberei eine Niete war, dann gute Nacht. Ich wäre nichts weiter als eine komische Figur, über die die Leute aus den Werbeagenturen beim Mittagessen oder auf dem Heimweg im Barwagen Witze reißen würden. Aber sogar Lächerlichkeit konnte ich ertragen. Was ich nicht ertragen konnte, war der Gedanke, daß auch Hellie darunter leiden müßte.

15

Fünf Minuten nachdem Hellie verschwunden war, war ich an der Bahn. Dreißig Mädchen saßen in dieser Prüfung auf Pferden in allen nur denkbaren Größen. Da sie teilweise zu zweit oder dritt in einer Reihe standen, schien es mir, als müsse der Richter auf Händen und Füßen unter die großen Pferde kriechen, um die kleinen zu beurteilen. Gerade als ich kam, hatte er diese Frage gelöst, indem er durch den Ansager alle Ponys in die Mitte der Bahn führen und dort stehenbleiben ließ.
Dadurch blieben zwölf Mädchen übrig, die um die Bahn herumritten, und nun entdeckte ich Helen. Ich fand sie

reizend, sie saß steif und gerade da, auch Hände und Beine hielt sie steif. Neben Aspercel sahen natürlich alle anderen Pferde wie nachgemacht aus. Er tat alles, was er tun sollte, gehen, traben und galoppieren, genau auf das Stichwort. Nur eins war komisch. Anstatt darauf zu warten, daß Helen ihm das betreffende Zeichen gab, das Wolfie ihr beigebracht hatte, führte er sofort aus, was der Ansager in dem scharlachroten Rock verlangte. Wenn der Ansager »Wenden, bitte«, schrie, wirbelte er so schnell herum, daß die kleine Hellie fast herunterfiel. Ich hätte auch schwören können, er blinzelte mir zu, wenn er an mir vorbeikam.

Nach fünf Minuten sprach der Richter mit dem Ansager. Dieser rief aus, daß diese und jene Nummer in die Mitte der Bahn kommen sollten, der Rest könne hinausreiten. Hellie war unter den letzteren. Mir sank das Herz. Die Aspercel-Angelegenheit war geplatzt.

Dann fiel mir ein, daß es hier um die Reitkunst ging, daß der Richter bei diesen Prüfungen das Pferd unbeachtet läßt und nur die Leistung des Reiters berücksichtigt. Ich eilte hinüber zum Tor, aber als Helen mit zitternden Lippen und Händen hinausritt, würdigte sie mich keines Blickes.

Als wir zu unserem Anhänger zurückkamen und sie abgestiegen war, ging ich zu ihr. Sie sah mich durch einen Tränenschleier an – wo blieben nun die Selbstsicherheit und die Haltung, die sie durch das Pferd bekommen sollte –, dann vergrub sie das Gesicht am Hals des großen schwarzen Pferdes und weinte.

»Es ist das Pferd«, sagte ich bitter. »Es ist das verdammte Luxuspferd. *Du* hast prima ausgesehen. Glaub mir, Helen, wirklich prima.« Ihre Stimme klang gedämpft und kläglich. »Bitte, Vati, sprich nicht so von Aspie. Er war einfach ein Engel. Ich – ich hoffe nur, daß er es nicht wirklich weiß, daß ich keine einzige Schleife gewonnen habe. Es wäre zu schrecklich für ihn.«

»Natürlich weiß er es nicht.«

»Wenn nur Judy oder Mr. Gardner oder Susie oder Wolfgang hier wären.«

Ich wünschte auch, Wolfgang wäre hiergewesen, damit ich ihm hätte den Hals brechen können. Ich hatte einen glücklichen Gedanken: vielleicht *hatte* er sich den Hals auf der Fahrt hierher gebrochen. Es war völlig klar, daß Hellie für diese Art Prüfung noch nicht weit genug war. Das hier war ein Turnier der Klasse L – nicht ganz so schwer wie die Klasse M, aber doch ziemlich schwierig, jedenfalls viel schwieriger als die einfachen Prüfungen der Klasse A. Die Jugendlichen in diesem Turnier waren in der Reitkunst schon recht weit fortgeschritten. Hellie ritt ernsthaft noch nicht einmal ein Jahr. Sie war gut – wahrscheinlich –, aber so gut konnte sie noch nicht sein. Wolfgang hatte sie irgendwie in dem Glauben bestärkt, daß sie sogar hier Schleifen erringen könnte. Deshalb hatte er sich offensichtlich gedrückt. »Willst du noch eine Prüfung versuchen, Baby? Du brauchst nicht, wenn du nicht willst. Vielleicht bist du noch nicht ganz soweit. Du kannst ruhig aufgeben.«

Sie hob ihr tränenverschmiertes Gesicht, richtete sich auf und sah mich mit Marys Augen an.

»Aufgeben? Niemals. Das wäre ja unfair gegen Aspie.«

So hätte sie sich vor einem Jahr noch nicht verhalten – noch nicht einmal vor zwei Monaten. Mit dem Pferd mußte es doch was auf sich haben.

»Braves Kind.«

Mehr sagten wir nicht. Die zweite Prüfung war eine Wiederholung der ersten, der einzige Unterschied bestand darin, daß sie schon nach glatten drei Minuten hinausflog. Mir reichte es. Cleve stand neben mir, als sie diesmal aus der Bahn ritt. Ich fragte ihn, ob er mit Helen zum Anhänger hinübergehen würde, ich hätte etwas zu erledigen. Als sie fort waren, stöberte ich den Polizisten auf. »Hören Sie«, sagte ich, »wie Sie wissen, bin ich neu bei diesem Zauber. Meine Kleine kommt nicht auf die ersten Plätze. Wäre es möglich, herauszufinden, was sie falsch macht?«

»Klar, Sie können den Richter fragen. Er könnte es Ihnen sofort sagen, aber er hat im Moment zuviel zu tun. Oder Sie könnten zum Steward gehen.«

»Steward?«

Ich muß wohl ziemlich verblüfft ausgesehen haben, denn der Polizist lachte: »Er ist so eine Art Schiedsrichter und allgemeiner Friedensstifter zwischen Richtern, Teilnehmern und Veranstaltern.«

»Wo ist er?«

Mein neuer Freund sah sich um und zeigte auf ein Zelt, wo sie Kaffee und Würstchen und dergleichen verkauften. »Dort ist er, der Kleine mit dem Abzeichen, der gerade Kaffee trinkt. Stewards sind große Kaffeetrinker. Sie vertreiben sich die Zeit damit, wenn's nichts zu schlichten gibt.«

»Danke, Kamerad.«

Ich ging hinüber zu dem Steward. Er war durch und durch ein Pferdemensch – von der rötlichen ledrigen Haut bis zu den leicht gebogenen Beinen.

»Mein Name ist Bolton«, sagte ich und ging auf ihn zu. »Fred Bolton. Ich habe eine Tochter hier, es ist ihr erstes Turnier. Sie kann sich nicht plazieren. Ich möchte gern wissen, was sie falsch macht. Könnten Sie mir helfen?«

Er nickte verständnisvoll. Sein Lächeln war angenehm. »Ich denke schon. Wie alt ist sie?«

»Fünfzehn.«

»Reitet sie schon lange?«

»Nicht ganz ein Jahr.«

»Lehrer?«

»Wolfgang von . . .«

Er hielt die linke Hand hoch und nahm einen Schluck Kaffee. »Das genügt. Ich weiß schon jetzt, was sie wahrscheinlich falsch macht, aber wenn Sie mit mir hinüber zu dem Sekretär kommen, suche ich die Karte des Richters für die letzte Prüfung heraus und sehe nach. Ich würde sie Ihnen zeigen, aber die Teilnehmer dürfen die Karten nicht

sehen.« Er hatte seine Kaffeetasse abgesetzt, und wir gingen jetzt über den Platz. »Was hat sie für eine Nummer?«
»Fünfundvierzig. Sie reitet ein großes schwarzes Pferd . . .«
»Ach, ich weiß. Das kleine Mädchen, das Killarney reitet.«
»Aspercel. Es heißt Aspercel.«
»Ja, Killarney. Ich habe ihn letzten Winter beim Turnier in Toronto als Richter beurteilt. Herrliches Tier.« Er blinzelte. »Was ist los? Magen nicht in Ordnung, weil die Kleine Schwierigkeiten hat?«
»Nein. «
»Ich dachte, Sie hätten etwas von Aspercel gesagt.«
»Das ist jetzt der Name des Pferdes. Wir haben ihn auf Aspercel umgetauft.«
»Komische Idee, ein Pferd nach einem Verdauungsmittel zu nennen. Übrigens, Mr. Bolton, ich nehme an, Sie haben die Namensänderung beim Amerikanischen Hauptverband für Reit- und Fahrprüfungen eintragen lassen?« Mir drehte sich der Magen um. Das konnte eine kapitale Eselei sein. Ich hatte nicht die geringste Ahnung, ob wir es getan hatten. »Meine -- meine Frau tut so etwas im allgemeinen.«
Der Steward legte eine Hand auf meine Schulter. »Sie sehen aus, als hätten Sie heut schon genug Kummer gehabt. Darum werde ich Sie nicht bitten, mir die Eintragung zu zeigen. Wir haben überhaupt nicht über das Thema gesprochen, nicht wahr? Aber wenn es noch nicht geschehen ist, dann tun Sie es sofort, wenn Sie nach Hause kommen.«
»Ja, Sir«, sagte ich und meinte es auch. Ich fragte mich, ob alle Stewards so wären. Ich bezweifelte es. Wir hatten den kleinen weißgestrichen Stand erreicht, wo die Nummern ausgegeben und das Geld für die Nennungen in letzter Minute entgegengenommen wurde.
Der Steward war in zwei Minuten zurück.
»Ich habe mir die Karte angesehen.«
»Herausbekommen, was sie falsch macht?«
Er lachte. »Nichts.«
»Nichts?«

»Gar nichts. Das schlimme ist, sie macht auch nichts richtig.«
»Ich komme nicht mit. Was zum Beispiel?«
»Oh, zum Beispiel die Kreuzeinwirkung, dann ihr starre Hand – der Richter hat neben ihre Nummer ›Posiert, passiv, steif‹ geschrieben.«
»Zum Teufel! Was habe ich von Roetz bezahlt . . .«
»Nicht aufregen. Haben Sie Zeit, eine Zigarette mit mir zu rauchen?«
»Natürlich.«
»Sehen Sie«, sagte er. »Mit Ihrer Tochter ist es so: Wolf Roetz ist bestimmt einer der zwei oder drei besten Reitlehrer im Osten, vielleicht sogar im Land. Seine Stärke ist es, fertigen Reitern den letzten Schliff zu geben. Für jeden, der schon ziemlich gut reitet, ist er *der* Mann. Aber wenn die Kinder neu dazukommen, gibt er ihnen den Schliff, ohne sie zuerst richtig reiten zu lehren – die Grundbegriffe fehlen. Man kann auch nicht ein Paar Schuhe polieren, die noch nicht fertiggeschustert sind.«
»Taugt meine Tochter überhaupt etwas?«
»Wie lange reitet sie schon – ich meine ernsthaft?«
»Sieben Monate.«
»Sie ist großartig. Wenn sie schon zwei Jahre ritte, würde ich sagen lausig.«
Mit gesenktem Kopf ging ich davon. Ich war recht niedergedrückt, hauptsächlich um Helens willen – obwohl mir der Gedanke auch nicht gefiel, Harry Tomes am Montag in der Agentur gegenüberzutreten. Er würde nicht fragen, ob wir Schleifen gewonnen hätten. Er würde fragen, wie viele. Nun ja, damals schien es eine gute Idee gewesen zu sein.
Ein Fotograf mit der Leica auf der Brust kam heran. Es war Frank, einer der Burschen, die für die Agentur Aufnahmen machen.
»Hallo, Freddie. Wann soll ich das Bild machen, du weißt schon welches, das mit der Unterschrift: ›Aspercel gewinnt wieder‹ und all der Schwindel? Wo das Pferd eine Schleife

oder sonst was zwischen den Zähnen hat und sie ein großes Silbertablett trägt? Wie in dem Entwurf der graphischen Abteilung?«
»Ich weiß nicht, wann.«
»Du siehst recht mitgenommen aus, Freddie, als wenn du einen Drink vertragen könntest. Möchtest du einen?«
»Ich möchte schon. Aber jetzt wäre genau der falsche Augenblick, mich vollaufen zu lassen.«
Ich ging auf den Anhänger zu. Frank kam dichter an mich heran. »Sag mal«, meinte er aus dem Mundwinkel heraus, in dem er die Zigarre nicht hielt, »kann man diese Richter nicht kaufen? Nur für eine Prüfung, damit wir das Bild machen können?«
Die direkte Art der Bildberichterstatter hat mir schon immer gefallen. »Ich glaube nicht.«
»Sehr dumm.« Wir gingen ein paar Schritte weiter. »Könnte es wohl sein, daß die ganze Aspercel-Angelegenheit faul ist?«
»Du gefällst mir wirklich. Geh und laß mich in Ruhe, ja?«
»Du meinst, es hat keinen Zweck, wenn ich noch länger hierbleibe? Wir geben es auf mit dem Bild? Teufel, Freddie, das Pferd sieht aus, als wenn es einen Haufen Zaster gekostet hätte. Es muß doch irgendeinen verdammten Preis hier geben, den sogar er gewinnen kann.«
Ich geriet in Aufregung. *Das* war ein Gesichtspunkt, an den ich noch nicht gedacht hatte.
In diesem Augenblick sah ich Cleve auf die Würstchenbude zugehen. Er sah mich und kam herüber.
»Sind Sie böse, wenn ich Ihnen einen Tip gebe?«
»Ich wäre nur zu dankbar, ich wollte gerade mit Ihnen sprechen. Was gibt es?«
»Diese Prüfungen für Ihre Kleine sind nichts. Ich habe sie beobachtet. Die Konkurrenz ist scharf heute, sie ist noch nicht soweit. Wissen Sie, was Sie tun sollten? Streichen Sie sie von den restlichen Prüfungen, und melden Sie das Pferd für Eignungs- und Materialprüfungen der Junioren auf der Außenbahn an.«

»Erklären Sie mir«, sagte Frank, »als einem interessierten Zuschauer: warum sollte sie von außen anders sein als von innen? Oder ist an der Geschichte immer noch etwas faul?«
Cleve blickte ihn finster an. »Bei diesen Prüfungen wird nur das Pferd begutachtet, nicht der Reiter. Bei dem Pferd braucht sie weiter nichts zu tun als draufsitzen und führen. Wenn überhaupt?«
Frank strahlte. Er ging sogar so weit, seine Zigarre aus dem Mund zu nehmen. Cleve konnte nicht wissen, daß das von Frank ein großes Kompliment war. »Fremder,« sagte er, »Sie sind ein Finanzgenie. Freddie, setz diesen Mann auf unsere Gehaltsliste, als Fachberater.«
»Hören Sie zu, Cleve. Nachdem ich mich heute so dumm angestellt habe, als ich Aspie das Zaumzeug anlegen wollte, kann mich Helen kaum mehr sehen. Ich weiß ganz genau, wenn ich ihr sage, daß ich sie von der Liste streichen und in die Eignungsprüfungen der Junioren eintragen lassen will, wird sie sagen: ›Vater, das kannst du nicht tun, Wolfgang hat gesagt‹ – und, nun Sie wissen ja.«
»Klar«, erwiderte Cleve. »Ich weiß. Hab' selbst einen Sohn ungefähr in dem Alter.«
Eine Sekunde sahen wir uns verständnisinnig an. Dann meinte ich: »Helen wird auf Sie hören, und wenn nur darum, weil Sie nicht ihr Vater sind. Sagen Sie ihr, daß Sie mich überredet hätten, sie für die anderen Prüfungen anzumelden.«
»Gern. Und wenn sie mit dem ›Aber Wolfgang sagt . . .‹ anfängt, sag' ich ihr, ich mache es mit Wolfgang aus, er sei ein Freund von mir. In Wirklichkeit kann ich den Kerl nicht riechen. Der und sein falscher Akzent.«
»Verdammt nett von Ihnen!«
»Schlagen Sie ein.«
Wir schüttelten uns die Hände.
Helen – besser gesagt Aspercel – kam mit drei blauen Schleifen und einem mächtigen blau-rot-gelben Band heim, auf dem »Champion, Junioreneignungsprüfung, Saybrook«

in Goldbuchstaben stand, die nicht so leicht abgehen würden wie die damals von der A-Prüfung. Außerdem hatte sie ein Teetablett aus Silber, sechzig Zentimeter im Durchmesser, einen silbernen Aschenbecher, eine silberne Zigarettendose und hundertfünfzig Dollar in bar gewonnen. Ich schlug vor, Aspie zwanzig Kästen kanadisches Bier davon zu kaufen, aber soweit ich mich erinnere, erhielt ich als Antwort nur ein eisiges Schweigen. Als sie und Aspercel – oder umgekehrt – das Tablett erhielten, war glücklicherweise nicht nur Frank auf der Bahn, um Bilder zu machen, sondern auch Burschen von verschiedenen großen Zeitungen und ein U.P.-Mann. Ich hatte eindeutig einen Anfang gemacht.

Es war einfach gewesen – für mich –, all diesen Plunder zu gewinnen. Während der Mittagspause war sie von Cleve kurz, aber umfassend instruiert worden, was sie bei den Eignungsprüfungen tun und was sie nicht tun sollte. Er ging mit ihr über die Bahn, und als sie zurückkamen, faßte er alles in ein paar Sätzen zusammen: »Dein Pferd weiß tausendmal besser als du, wie ein Pferd springen soll, darum zwinge ihn zu nichts, was er nicht tun will. Er weiß bloß nicht, in welcher Reihenfolge er die Hindernisse nehmen soll und wann er aufhören muß – das ist aber auch das einzige. Du mußt ihn führen und im richtigen Augenblick ›Hü!‹ sagen und ihn abspringen lassen. Ist das klar?«

»Ja, Sir«, sagte Helen.

Ich ging zu Aspie, der hinter dem Anhänger angebunden war, und nur zur Sicherheit erklärte ich ihm, in welcher Reihenfolge er die Sprünge nehmen sollte. Dann gab ich ihm verstohlen einen halben Liter Bier. Ungefähr zwanzig Minuten später stand ich nervös am Rand der äußeren Springbahn – die acht Hindernisse wurden auf geheimnisvolle Art immer höher, bis Helen dran war.

Ich sah, wie Aspercel im schnellen Galopp auf die Bahn kam. Ich ballte die Hände zu Fäusten, so fest ich konnte, damit sie nicht zitterten. Helen saß gerade und praktisch

bewegungslos, genauso wie sie nach Meinung des Steward nicht sitzen sollte, was aber jetzt nicht zählte. Ich sah sie am Zügel ziehen, um Aspie zum ersten Gatter zu führen. Dann legte er los. Er war schon ein richtiges Springpferd. Er schien die Hindernisse gar nicht zu beachten und änderte niemals den Rhythmus seiner Gangart. Er legte nur etwas mehr Schwung hinein, wenn er an ein Hindernis kam, so daß er wenigsten einen halben Meter darüber hinsegelte und so glatt landete, als wäre es gar nicht dagewesen. Dann jagte er weiter. Als er über das letzte Gatter sprang, klatschte alles Beifall, was, wie ich mir sagen ließ, bei den Außenbahnprüfungen nicht sehr oft vorkommt.
Nur in der ersten Prüfung hätten wir beinahe Pech gehabt. Anstatt nach dem letzten Sprung zwischen zwei Flaggen abzugehen, die auf hohen Pfosten steckten und das Ende des Parcours anzeigten, wurde er unfügsam und wandte sich dem Rand des Feldes zu, wo ich stand. Nachdem der Mistkerl den Beifall gehört hatte, entdeckte er mich und wollte mir ein Bier abluchsen. Wenn er nicht durch die beiden Flaggen ging, würde er disqualifiziert. Gott sei Dank schaltete ich sehr schnell. Ich sprintete los und erreichte das Ziel gerade noch rechtzeitig. Er trabte mir nach und vollendete den Parcours. Das Ganze war zwar nur eine mäßige Darbietung gewesen, aber wie jeder andere Schmierenkomödiant machte er viel Aufhebens davon. Er schwitzte, atmete schwer und schnaubte, als käme er um. Er schnupperte an meiner Tasche, hob den Kopf und spuckte mich an. Ich klopfte seinen schaumigen Hals und sagte: »Nicht hier, mein Freund, hinten beim Anhänger.« Das schien ihm genehm. Und selbstzufrieden wie immer, gestattete er Helen, ihn durchs Tor hinauszureiten.
Die anderen beiden Siege waren einfacher, weil ich klüger geworden war und mich hinter einen Baum stellte, wo das dumme Tier mich nicht sehen konnte. Das Championat gewann er automatisch, da es für die Siege in allen Prüfungen dieser Gruppe verliehen wurde. Auf der Heimfahrt war

Aspie gerade müde genug, um einigermaßen Ruhe zu geben. Helen schlief fest an meiner Schulter. Wir kamen zu Hause an, als die Dämmerung gerade über das Semi-Demi kroch. Als wir vor dem Stall hielten, wartete Mary dort auf uns. »Wolfgang hatte einen Autounfall. Darum war er nicht beim Turnier.« Einen Augenblick hatte ich ein schlechtes Gewissen. Erschreckt fragte ich: »Er – er hat sich doch nicht das Genick gebrochen?«
Mary lachte. »Natürlich nicht, aber er mußte ins Krankenhaus zum Röntgen. Er hat sich das Handgelenk verstaucht. Freddie, als Wolfgang anrief, war ich ganz unglücklich, weil ich dich allein gehen ließ. War es schrecklich? Wolfgang sagte, er hätte vernommen, daß die Konkurrenz ziemlich scharf sein würde. Habt ihr überhaupt etwas gewonnen?«
Ich reichte ihr Schleife um Schleife, Trophäe um Trophäe. Das Championatsband hob ich bis zum Schluß auf. Ungläubig betrachtete sie die Beute, dann entzifferte sie im Halbdunkel die Gravierungen. Erstaunt sah sie auf. »Aber sie sind alle nicht für Reitkunst, und Wolfgang hat gesagt . . .«
»Je mehr ich im Augenblick davon höre, was Wolfgang gesagt hat, desto eher werde ich ihn umbringen, wenn ich ihn sehe. Er hätte sie niemals zu den Reiterprüfungen auf diesem Turnier anmelden dürfen. Ich sage dir, Mary, das Herz tat mir weh, als man sie hinauswies.«
»Nun, du hast alles wunderbar gemacht.« Sie ging um den Wagen herum und rüttelte Hellie mit der sanften Entschlossenheit eines Eisenbahnschaffners an der Schulter. »Komm, Helen, komm. Wach jetzt auf und steig aus.«
Helen stolperte aus dem Auto. »Ich muß erst Aspie wegbringen.« Sie streckte sich, vollkommen wach. »Oh, du lieber Himmel. Da kommt Wolfgang. Was soll ich ihm nur sagen? Mutter, *ich* habe nicht gewonnen. Ich schäme mich ja so.«
Ich sagte »Blödsinn«, stieg aus dem Wagen und sah Wolfies weißes, leicht verbeultes Kabriolett neben dem Haus halten. Er trug einen Heftverband auf einer Seite der Stirn und eine

Binde um das linke Handgelenk. Er stieg aus und kam in der Dunkelheit auf uns zu.
»Ah!« sagte er, und seine Augen erstrahlten beim Anblick der Beute. »Meine Lieblingsschülerin.« Dann sah er die große Championatsschärpe und die Aufschrift darauf und machte ein langes Gesicht. Natürlich wußte er sofort, was geschehen war. Er setzte ein Lächeln auf. »Wir sind also nicht mit leeren Händen nach Hause gekommen, nicht wahr?«
»Nein«, sagte ich.
»Ich gratuliere.«
»Danke«, sagte ich, als ob er mit mir gesprochen hätte, was nicht der Fall war.
Wolfgang blinzelte. Etwas sadistisch fragte er Helen: »Und die Reitprüfungen?«
Es herrschte ein zähes Schweigen. Helen brach es.
»Ich habe Sie im Stich gelassen, Wolfgang. Ich habe nichts gewonnen, gar nichts.«
»Sie braucht einfach mehr Erfahrung auf Turnieren«, sagte Mary.
Das stimmte nicht. Sie brauchte etwas, was Wolfgang ihr nicht geben konnte. Es war ihm vor so langer Zeit beigebracht worden, daß er schon nicht mehr wußte, daß er es überhaupt gelernt hatte. Plötzlich kam mir ein Einfall. Vor dem Mittagessen hatte ich gerade genug Zeit gehabt, um hinüber zu der anderen Reitbahn zu fahren, wo die Western-Pferde ihre Prüfungen ablegten. Dort hatte ich Susie gesehen. Der Hut war ihr heruntergerutscht und hing am Gummiband, ihr Pferd Queenie jagte im vollen Galopp zwischen einer Menge Stangen hindurch. Susies Körper folgte jeder Bewegung des Pferdes so genau und so anmutig, daß man dachte, Pferd und Reiterin wären eins. Ich wußte jetzt, wo Helen bekommen konnte, was sie brauchte. Ich lächelte Wolfgang zu. Man kann einem Menschen nicht die Schuld geben, wenn das Beste von ihm nicht ganz genügt.

»Kommen Sie zu einem Drink und essen Sie mit uns, Wolf?«
»Sehr gern.«
»Ihr Unterricht läßt an ein paar Punkten zu wünschen übrig. Ich möchte sie mit Ihnen durchsprechen und unsere Reitstunden vielleicht etwas ändern. Um es kurz zu sagen: man kann einfach ein Paar Schuhe nicht polieren, bevor sie noch nicht ganz fertiggeschustert sind.« Wolfgang sah mich gedankenvoll an.
»Das ist sehr gut ausgedrückt, Mr. Bolton. Sie haben den Nagel auf den Kopf getroffen.«
Ich lachte, es war ein geringschätziges Lachen. »Ach, lassen Sie, Wolfgang, alter Junge. Worte sind schließlich mein Beruf.«

16

Am Vormittag nach dem ersten Turnier vereinbarte ich mit Susie, daß Hellie dreimal in der Woche zur J-Ranch hinüberfuhr und dort lernte, wie man ritt. Ich würde sie abholen, wenn ich aus der Stadt kam, und Mary hätte Zeit, sich ihren gesellschaftlichen Pflichten zu widmen und den heimlichen Feldzug zur Erringung der Präsidentschaft im Gartenklub fortzusetzen. Sie wurde immer unruhiger, je näher der Tag der Jahreshauptversammlung kam. Ich machte mir keine Sorgen. Aus achtzehn Jahren Erfahrung wußte ich, daß Mary, trotz ihrer zarten Weiblichkeit, auf ihre Art so zäh war wie Aspie.
Eines Abends erzählte sie mir, daß sie einen Anwalt namens Blitzstein ausfindig gemacht hätte, der auf einem Schloß in unserer Nähe Orchideen züchtete. Da wußte ich, daß sie gewinnen würde. Es handelte sich anscheinend um eine bestimmte seltene Sorte – die einzigen ihrer Art in Nordamerika –, und Mary hatte ihn natürlich überredet, ihr ein

halbes Dutzend der Pflanzen für die große Gartenklubtagung in Pasadena im Oktober mitzugeben. Das war ein Haupttreffer.
Aber ich freute mich gar nicht darauf, daß Mary zwei Wochen oder länger fort wäre. Nach der Tagung fuhr sie zu ihren Verwandten nach Redlands, die sie jeden Herbst besuchte. Noch jedesmal während ihrer Abwesenheit war ich wie ein verlorener Hund umhergelaufen. Aber bis dahin waren noch vier Monate Zeit. Jetzt war es Juni, die schönste Zeit im Jahr. Wenn man draußen auf dem Land wohnt und einen Garten hat, bewundert man die Rosen, die jungen Bäume und alles andere, das aus eigener Kraft den strengen Winter überstanden hat. Und dann denkt man sich, daß man selbst vielleicht auch erreichen wird, was man sich vorgenommen hat.
Die ersten drei Wochen im Juni genoß ich wirklich. Besonders die Abende, wo ich im Zug ein Sandwich aß, anstatt einen Cocktail zu trinken, und mich dann beeilte, zur J-Ranch zu kommen und Hellie abzuholen. Trotz meiner Abneigung gegen Pferde kam ich so weit, daß ich tatsächlich gern an der Koppel stand. Vollgestopft mit Antihistamintabletten, lehnte ich mit Susie am Geländer, und wir sahen Helen beim Reiten zu. Mit sanfter Stimme gab Susie ihre Anweisungen. Noch besser gefiel es mir, wenn wir zusammen auf einer Bank vor den Scheunen in der hereinbrechenden Dämmerung saßen, während Helen die Ponys von der Weide brachte, um ihnen Wasser und eine Handvoll Getreide zu geben. Wir saßen dann still und nahe beieinander, und meistens hielten wir uns die Hände. Es war ein komisches Übereinkommen. Das Händehalten war nicht als Vorspiel zu irgend etwas gedacht, wir taten es einfach zu dieser Stunde. Meine Beziehung zu Susie wurde danach so eng, wie ich es bei einem Mädchen, das mich immer noch Mr. Bolton nannte, nicht für möglich gehalten hätte. Aber Susie Clemens war auch ein höchst bemerkenswertes Mädchen.

Dieses idyllische Zwischenspiel dauerte so lange, bis Hellie das Faßumreiten im Galopp beherrschte. Das war das Ergebnis ihres Unterrichts in den Grundbegriffen, bei dem sie ständig verschiedene ungesattelte Pferde hatte reiten müssen.

Eines Freitagabends zogen Susie und ich uns wie üblich auf unsere Bank zurück, während Hellie die Pferde versorgte. Plötzlich entzog mir Susie ihre Hand.

»Mr. Bolton, ich habe alles getan, was ich für Ihre Tochter tun konnte. Jetzt kann sie zu Wolfgang zurück und den letzten Schliff bekommen.«

Wie ein Tölpel platzte ich mit dem ersten heraus, das mir in den Sinn kam: »Aber das ist ja schrecklich, Susie!«

Sie nickte. »Mir werden diese Abende auch fehlen, Fred – Mr. Bolton.«

Ich lächelte. »Mußten Sie ihr denn das Reiten ganz so schnell beibringen? Es hätte doch den ganzen Sommer dauern können?«

Sie brachte mich in die Realität zurück. »Nicht, wenn Mr. Dugan Mr. Tomes jeden Montagvormittag anruft und fragt, ob Helen sich schon für Madison Square Garden qualifiziert hätte.«

Der Juniabend wurde plötzlich kühl. »Sie machen doch Spaß? Dugan tut das doch nicht wirklich? Und woher sollten Sie es wissen?«

»Von Barbara, Mr. Tomes' Sekretärin. Ich habe Ihnen nichts davon erzählt, Mr. Bolton, da es zu meinen Aufgaben gehört, solchen Ärger von Ihnen fernzuhalten, damit Sie den Kopf für wichtigere Dinge freihaben.«

»Susie, im Augenblick gibt es keine wichtigeren Dinge. Und was gaben Sie Barbara zur Antwort?«

Sie kicherte. »Wollen Sie es durchaus wissen?«

»Natürlich.«

»Ich sagte ihr, sie solle ihm bestellen, er solle sein Maul halten.«

»Oh . . .«

»Ich weiß. Ich schäme mich auch. Aber ich habe deutlich gemacht, daß Helen ihre Medaillen oder Bescheinigungen jederzeit gewinnen könnte; Sie brauchten nur die Turniere und die richtigen Richter auszusuchen. Aber Sie wären ein Perfektionist und wollten, daß sie nicht nur im Garden reitet, sondern dort auch *gewinnt*. Dann habe ich erklärt, sie würde momentan einen Spezialkurs besuchen, der nur für ausgezeichnete Reiter sei. Und sie solle Mr. Tomes sagen, er dürfe Sie nicht merken lassen, daß ich es weitererzählt hätte.«
Und sie hatten es geschluckt! Harry Tomes jedenfalls, denn er hatte sich letzthin immer so benommen, als teilten er und ich ein tiefes Geheimnis. Er hatte mich nicht mit Fragen bedrängt, warum Hellie sich noch nicht qualifiziert hätte oder wann sie es täte. Ich hatte mich schon gewundert, denn Harry konnte einem wirklich zusetzen.
»Susie«, sagte ich voll Hochachtung und Bewunderung. »Sie sind genauso eine Verkaufskanone wie ich.«
»Ja, aber jetzt muß Wolf sie so weit bringen, *daß* sie sich qualifiziert. Was – was tun Sie, wenn sie es nicht schafft, Mr. Bolton?«
»Ich werde mir einfach die Kehle durchschneiden. In der Badewanne wahrscheinlich – ganz nach Knigge –, damit es keine zu große Schweinerei gibt. Aber ich weiß, daß sie sich qualifizieren wird.«
»Wieso?«
»Weil ich sie dazu *zwingen* werde. Sie *muß* es erreichen.«

17

Wenn ich einer von denen wäre, die Tagebuch führen, dann hätte ich die Monate Juli, August und den größten Teil des Septembers einfach ausgelassen. Wenn ich im Juni geglaubt hatte, daß der Juni schön sei, so entdeckte ich erst im Juli, August und September, wie schön er wirklich gewesen war. Kinder, waren diese Monate eine Schinderei. Die einzigen Höhepunkte waren der Tag des Turniers in Lakeville und der Labor Day.

Das Turnier in Lakeville war am Sonntag, dem 1. August. Es war eine Juniorenprüfung für Jugendliche unter achtzehn. In dieser verrückten Pferdewelt, in der ich mich immer mehr zu Hause zu fühlen begann, bedeutet das, daß sie durchaus über achtzehn sein können, vorausgesetzt, sie feiern ihren achtzehnten Geburtstag am oder nach dem ersten Januar. Nach der gleichen interessanten Verordnung ist ein Pferd, das vor Mitternacht am Silvestertag geboren wurde, technisch gesehen am nächsten Morgen bereits ein Jahr alt. Ja, man muß gerissen sein, gerissen und noch einmal gerissen, um mit diesen Pferdeleuten Schritt zu halten.

Als Lakeville an der Reihe war, hatten wir bereits fünf Turniere hinter uns. Ich kam mir schon wie ein Budenbesitzer vor, der von Jahrmarkt zu Jahrmarkt zieht und Dummköpfen ein Vermögen abnimmt, indem er sie überredet, runde Ringe auf gleich große viereckige Pflöcke zu werfen. Nur war ich in dem Fall der Dummkopf. Und während der glückliche Rummelplatzkunde ausgestopfte Löwen, Glasleuchter und Ballons heimbringt, karrte ich silberne Aschenbecher, Cocktailshaker, Pokale und gelegentlich ein Tablett nach Hause – großartig, aber eindeutig die teuerste Art, sich Silberzeug anzuschaffen.

In der Woche zuvor hatten wir auch eine Maclayprüfung gewonnen – damit standen noch zwei weitere zwischen Hellie und dem Garden. In der anderen, der Medaillen-Klasse, standen wir immer noch bei Null.

Seit dem ersten Turnier war mir Mary stets wie die echte Frau eines Fahrenden wacker zur Seite gestanden. Ich weiß nicht, ob das aus einem Treuegefühl heraus geschah oder ob mein Verhalten auf jenem ersten Turnier in Reiterkreisen so zur Legende geworden war, daß sie es einfach nicht mehr wagte, zu Hause zu bleiben.
Über eines war ich mir allerdings klar. Unter keinen Umständen wäre meine Tochter noch einmal allein mit mir zu einem Turnier gegangen. Was ich als völlig ungerecht empfand. Schließlich fand mich Aspercel als den idealen Begleiter. Was Aspie betraf, so hieß es: kein Freddie, kein Turnier. Er setzte sich sonst nicht in Bewegung. Schmeichelhaft, aber sehr lästig für mich. Aus diesem Grund war mein Boot den ganzen Sommer lang nicht aus der Garage herausgekommen. Nicht nur die Turniere hielten mich in Atem, sondern auch die Tatsache, daß mein Arbeitstag bei Tomes immer länger wurde, seit ich Vizepräsident war. Manchmal saß ich mit den Industriekapitänen, den Königen der Bauchweh-, Zahnschmerz- und Achselschweißreiche, bis ein oder zwei Uhr früh zusammen.
Wie gesagt, als Lakeville an der Reihe war, war ich schon ein Veteran. Ich stellte den Anhänger und den Wagen neben ein paar Bäume, öffnete die Laderampe und erklärte Aspie, er solle herauskommen, damit ihm Helen sein Kostüm anlegen könne. Dann machte ich mich daran, mich selbst mit den Annehmlichkeiten des Daseins zu umgeben. Diese bestanden aus einem Zelt, natürlich rot-blau gestreift, das ungefähr drei Meter über das Dach des Wagens hinausging, einer Strohmatte, auf die ich meinen Liegestuhl stellte, drei Armstühlen, einem Eiskasten, einer tragbaren Bar, dem Radio und Fernsehapparat. Dann streckte ich mich im Stuhl aus und schloß die Augen. Ich wußte, von jetzt ab war ich vollkommen überflüssig, bis das Turnier um fünf oder sechs zu Ende sein würde. Außer, jemand wollte Geld von mir, wie der Tierarzt oder der Hufschmied.
Auch in Lakeville, wie überall, erschien Wolfgang, nach-

dem die anstrengende Arbeit getan, das Zelt aufgestellt und das Pferd gesattelt war, und übernahm das Kommando. Und für diese Beleidigung zahlte ich ihm fünfundzwanzig Dollar pro Turnier.
Ich schlief halb, als ich seine Stimme hörte. »Guten Morgen, Mary – und Helen. Wie geht's dem Alten heute, gut?«
Ich setzte mich gerade auf. »Nein, mir geht's gar nicht gut. Ich bin erledigt. Außerdem, Sie Hesse aus Wyoming, möchte ich betonen, daß ich mindestens acht Jahre jünger bin als Sie.«
Ich wußte verdammt gut, daß ich im Moment nicht so aussah. Das komische an Wolfgang war nur, daß er deutsch genug war, um sich gern hin und wieder die Meinung sagen zu lassen. Es gab ihm ein Gefühl der Sicherheit, ähnlich wie es bei Kindern ist.
»Mr. Bolton, Sir, ich habe doch nicht nach *Ihnen* gefragt. Ich meine Aspercel.«
»Der ist auch nicht so verdammt alt.«
»Für ein Pferd?« Wolfgang zuckte die Achseln. »Mittelalter, wie ich. Sie sind wohl etwas gereizt, weil Sie überarbeitet sind und alles so viel kostet, Mr. Bolton? Wissen Sie, das sind die meisten Kunden von mir.« Er lachte. »Also gut, Helen, gehen wir noch einmal deine Prüfungen durch. Dann bring das Pferd zur Außenbahn und mach ein paar Probesprünge.«
Über mich wurde einfach hinweggegangen. Das passierte immer, wenn wir auf einem Turnier waren. Aber heute paßte es mir nicht.
»Eine Minute, Wolf.«
»Ja, Sir.«
Ich hörte, wie Helen Mary zuflüsterte: »Kannst du Vater nicht dazu bringen, daß er aufhört? Bevor er alles verdirbt?«
Ich sagte: »Diese ewigen Probesprünge über kleine Hindernisse, die er mit geschlossenen Augen nehmen könnte –

Sie und die anderen Lehrer und die Schüler scheinen eine Leidenschaft dafür zu haben. Warum? Das Pferd *weiß* doch alles, was es über das Springen zu wissen gibt.«
»Nun – es ist – üblich. Für den Reiter gut, die Bahn kennenzulernen, für das Pferd eine ausgezeichnete Übung.«
»Wahrscheinlich weiß ich nicht, wovon ich spreche . . .«
»Ach, kommen Sie, Mr. Bolton. Sie haben diesen Sommer viel über Pferde gelernt.«
»Dieses eine Pferd jedenfalls – Aspie – kenne ich in- und auswendig. Ich habe das Gefühl, wenn diese Probiererei anhält, wird er sich eines Tages ein wenig langweilen. Und Sie wissen, was geschieht, wenn Aspercel sich langweilt?«
»Ich glaube nicht.«
»Aber ich. Wenn ihn etwas langweilt, wirft er den Kopf in die Luft und sagt sich: ›Ach, zum Teufel!‹ Wie zum Beispiel bei der Verladung in Transporter oder Anhänger. Es fing an, ihn zu langweilen.«
»Sie machen mich nachdenklich«, sagte Wolfgang. »Ich gebe es ungern zu, aber – in diesem besonderen Falle – könnten Sie recht haben.« Er wandte sich an Hellie. »Gut, laß ihn über die ersten drei Hindernisse gehen, damit er warm wird, und dann reite auf der Bahn herum und präg sie dir ein. Eins ist allerdings zu bedenken, Mr. Bolton. Das Verladen langweilt ihn, so daß nur noch Sie und Susie es fertigbringen. Wenn ihn nun auch das Springen zu langweilen beginnt?« Er zuckte mit den Schultern und schlenderte lachend weg.
»Gott behüte«, sagte Mary.
Helen ritt davon. Wir saßen in geselligem Schweigen, bis die Gardners auf eine Tasse Kaffee herüberkamen. Plötzlich ließ uns ein brummendes Geräusch aus der Gegend des Eingangstores aufsehen. Es war ein unwahrscheinlich glänzender schwarzer geschmeidiger, langschnäuziger Jaguar-Zweisitzer mit einer New Yorker Nummer.
»Hübsch«, sagte ich.

»Zweihundertfünfundzwanzig Kilometer pro Stunde hübsch«, sagte Jack Gardner.

»Aber wer will ihn?« fragte Ellinor.

Ich sagte nicht »ich«, was die Wahrheit gewesen wäre, sondern: »Ja, Geldverschwendung. Wo kann man schon zweihundertfünfundzwanzig Kilometer pro Stunde fahren?«

Er kam durchs Tor, und wir alle sahen zu, wie er langsam an der Bahn entlangbrummte, als suchte der Fahrer jemanden. Er hielt an, startete wieder, und als er näher kam, konnte ich den lockigen eisengrauen Haarschopf über dem rundlichen roten Gesicht sehen. Mein Magen drehte sich ein paarmal um. Tom Dugan! Hier im hellen Sonnenschein an einem heißen Augustvormittag.

Man kann sich Tom Dugan gar nicht vorstellen, wenn man ihn nie gesehen und gehört hat. Er wog mindestens zweihundertfünfzig Pfund, ein gut Teil davon Muskeln. Er hatte irreführend sanfte braune Augen, beherrschte den irischen Trick, auf täuschend naive Art über nichts Besonderes zu sprechen und dann plötzlich mit einem verbalen K.o.-Schlag herauszurücken, der genau ins Herz der Sache traf. Das zermürbende war, daß man, besonders bei geschäftlichen Verhandlungen, niemals wußte, wann der Schlag kam – jedenfalls nicht dann, wenn man ihn erwartete, darauf achtete der alte Dugan schon. Wie viele Millionen Dollar er verdient hatte, seit er als Junge aus Irland herübergekommen war, wußte niemand.

Eins war sicher: Er war nicht hier, weil er gern zu Reitturnieren ging.

18

Tom Dugan lehnte am Geländer des Turnierplatzes, hielt die Hand vor die Augen, um die Sonne abzuwenden, und sah sich um – nach mir, stellte ich mir vor. Warum mich sein Auftauchen so beunruhigt hatte, wurde mir in den paar Sekunden klar, die ich brauchte, um zum Turnierplatz zu rennen. Helen war als Reiterin immer noch etwas weniger als hervorragend. Das war aber nicht gerade der Eindruck, den sowohl Harry Tomes wie ich bei Tom Dugan – nun – erweckt hatten. Er mußte glauben, sie hätte angefangen zu reiten, bevor sie laufen konnte. Besonders bei all den gefälschten Bildern von ihr, die Harry Tomes für Dugan in mein Büro gehängt hatte.

Das war ein Tag, an dem wir Boltons, einschließlich Aspie Bolton, auf der Hut sein mußten.

»Oh, Tom, das ist eine freudige Überraschung. Was tun Sie denn hier draußen in der Provinz?«

Ich war auf ihn zugetreten, bevor er mich gesehen hatte, und schwenkte seine Hand.

»Ach, Sie sind's. Ich habe Sie nicht erkannt ohne Ihre Bürokleidung«, sagte er blinzelnd.

»Ja, sicher, ja, ich bin's.«

Er trat einen Schritt zurück und drehte der Sonne den Rücken. »Sie scheinen Ihrer Sache gar nicht so sicher zu sein«, meinte er. »Und es enttäuscht mich, daß Sie im Privatleben ein nervöser, unsicherer Bursche sind und nicht der dreiste, emporstrebende junge Mann, der meine Werbung macht.« Er lachte. Es hörte sich an wie das Knirschen von Kies im Zementmischer. »Sie werden es nicht glauben, Freddie, mein Junge, aber für einen Augenblick habe ich mir gedacht: Dugan, dachte ich, dieser Mann ist verdammt bestürzt darüber, dich hier zu sehen. Er hat dich wohl die ganze Zeit an der Nase herumgeführt und fürchtet sich nun, daß du draufkommst?«

Ich nehme an, daß man ein gerisssener Schurke sein muß,

um die Millionen zu verdienen, die Dugan gemacht hatte, aber diesmal hatte ich den Schlag kommen sehen.
»Sie machen einen Fehler, Tom: Sie sind selbst eine so großartige Verkaufskanone, daß Sie annehmen, jeder andere müßte auch so aalglatt sein wie Sie.«
»Guter Junge, mir ein solches Kompliment zu machen.« Er klopfte mir auf die Schulter. »Hören Sie, ich hatte gerade eine Idee. Sie kennen doch unsere Zahnpasta, die in letzter Zeit nicht mehr so sehr gut gegangen ist? Nun, als ich vorhin auf dem Platz herumfuhr, habe ich ein Pferd gesehen, so groß wie ein Elefant, und es hatte riesige Zähne. Da durchfuhr es mich plötzlich . . .«
»Nein, das werde ich nicht tun. Nicht einmal für Sie, Tom – nicht einmal für Geld werde ich Aspercels Zähne mit Zahnpasta putzen.«
»Sie enttäuschen mich aber wirklich. Wenn das Schule machen würde, mein Gott, Mann, wir könnten sie in Tuben verkaufen, die einen halben Meter lang und so dick wie Ihr Arm sind, und ein schönes großes Pferd wäre trotzdem im Nu damit fertig.« Er schüttelte den Kopf. »Die Größe dieser Zähne!«
»Kommen Sie, Tom, ich stell' Ihnen meine Familie und Aspercel vor, ja?«
»Natürlich, ich freue mich, Ihr berühmtes Pferd kennenzulernen.« Er kicherte. »Ich habe ein persönliches Interesse an ihm, wissen Sie.«
Zum erstenmal dachte ich daran, daß niemand, wirklich *niemand* außerhalb des Büros, abgesehen von Mary und Helen, die leiseste Ahnung hatte, daß Aspercel nur rein technisch das Turnierpferd eines kleinen Mädchens, in Wirklichkeit aber ein Geschäftsprojekt war. Die Gardners – eine Menge Leute – wußten, daß ich die Aspercel-Werbung machte. Ich ließ sie im Glauben, daß ich ihn aus einer – nun – sentimentalen Regung heraus Aspercel genannt hatte, wegen des vieles Geldes, das ich durch den Auftrag verdient hatte.

Keiner wußte, daß das Pferd zu mindestens fünfundsiebzig Prozent von den Vereinigten Arzneimitteln finanziert worden war. Keiner wußte es, da natürlich niemals Bilder von ihm in den Anzeigen oder der Werbung der Vereinigten Arzneimittel erschienen. Außer dem Namen gab es keinerlei sichtbaren Zusammenhang. Aber jetzt – heute – konnte Tom Dugan uns für immer ächten, Mary direkt aus dem Gartenklub herausbefördern, mich zu einem Paria machen. Was es für Helen bedeuten konnte, wagte ich nicht auszudenken. Zum erstenmal kam mir der Gedanke, ob ich wohl etwas getan hatte, was Ellinor »abscheulich unsportlich« nennen würde. Ich hatte sie das verschiedentlich von Leuten sagen hören und wußte, was ich daraufhin von ihnen gedacht hatte. Besorgt stellte ich Tom Dugan den Gardners und Mary vor; Helen war Würstchen essen gegangen. Ich wünschte bei Gott, ich könnte Tom Dugan einen Fingerzeig geben. Er begrüßte Mary und betrachtete sie wohlwollend aus täuschend sanften braunen Augen.
»Oh, meine Liebe«, raspelte er, »ich freue mich so sehr, Freddies liebe Frau kennenzulernen. Wir stehen uns ja so nahe, er und ich.« Jetzt kommt's, dachte ich. »Wissen Sie, ich hätte schon längst einmal herauskommen und mir Aspercel bei der Arbeit ansehen sollen. Ich war ja so gerührt, daß Ihr Mann ihn nach meinem Lieblingserzeugnis genannt hat.«
Ich stieß einen heimlichen Stoßseufzer aus. Dann mischte sich Jack Gardner ein.
»Ich mag ja Gelusil-Tabletten lieber«, sagte er. »Aber wenn Ihnen Aspercel besser hilft, nun, dem einen sein Uhl ist dem anderen sein Nachtigall.«
Tom Dugan starrte ihn an.
»Jack«, sagte ich. »Mr. Dugan gehören die Aspercel-Tabletten. Ihm gehören sämtliche Aspercel-Tabletten auf der ganzen Welt. Er stellt sie her.«
»Er *selbst?*« fragte Ellinor. »Wie reizend. Ich dachte, sie würden von einer der großen Firmen fabriziert.«

»Ellinor, Mr. Dugan *ist* die große Firma. Er ist Aufsichtsratsvorsitzender der Vereinigten Arzneimittel.«

Der Glanz des Goldes imponierte Ellinor nie. »Mr. Dugan, ich mag Ihre Tabletten, auch wenn Jack etwas dagegen hat. Ich serviere sie manchmal sogar zum Nachtisch als Pfefferminzbonbons.«

»Großartige Idee! Wirklich?«

Ellinor lachte. »Ja, einmal irrtümlich. Ich hatte ein englisches Mädchen, das wir für den Sommer mit herübergebracht hatten, und es füllte eine unserer Konfektschalen damit.«

Tom Dugans Nikolausbauch bebte vor unterdrücktem Lachen.

»Und wie war die Reaktion Ihrer Gäste?«

»Nun«, sagte Ellinor, »es blieb nichts übrig, kein einziges Stück. Verschiedene meinten, es sei ihnen noch nie im Leben ein großes Essen so gut bekommen.«

Das Gehirn arbeitete. »Tom«, sagte ich. »Jack hat vielleicht einen neuen Markt für uns entdeckt. Aspercel-Pfefferminzbonbons. Wir könnten die Form etwas ändern und vielleicht ein Jagdpferd, das gerade über ein Hindernis springt, einpressen lassen.«

Tom Dugans Augen blitzten, dann lächelte er mich milde an und schüttelte den Kopf. »Eine gute Idee, aber ohne Pferd. Ich möchte nicht in den Verdacht kommen, daß ich das Pferd eines kleinen Mädchens zu Werbezwecken benutze.«

Hatte ich ihn unterschätzt! Eine Krise war überstanden, aber die nächste kam kurz danach – am Schluß der Maclayprüfung. Heute wurde Hellie nicht hinausgeworfen, sie flog über die acht Hindernisse auf der Bahn und machte auch ihre Vorführungen im Schritt, Trab und Galopp tadellos. Vier Kinder wurden auf die Bahn zurückgerufen, um die Pferde zu tauschen und noch einmal über den Parcours zu reiten. Wenn die besten Reiter ungefähr gleich gut sind, kann der Richter auf diese Art die Spreu vom Weizen trennen. Es ist erstaunlich, daß jemand, der auf seinem eigenen Pferd glänzend aussieht, oft wie ein Anfänger wirkt, sobald er ein fremdes reitet. Seit ihrem Unterricht bei Susie, wo sie jedes Pferd auf der J-Ranch geritten hatte, machte Hellie der Pferdewechsel nicht mehr das geringste aus, bis sie zum fünften Sprung kam. Der große Braune mit der Römernase, den sie ritt, sprang einen Galoppsprung früher ab, als sie erwartet hatte, und sie war noch nicht bereit. Sie fand das Gleichgewicht nicht wieder, der Braune stolperte beim Aufsprung, und sie flog kopfüber auf den Rücken in den Sand. Sie lag dort totenstill. Vielleicht kam ein Stöhnen aus der Menge an der Bahn – oder war es nur der gequälte Laut, der sich mir entrang, als ich über das Geländer sprang und über den Platz lief? Als ich bei ihr war, kniete der Hinderniswart in seinem langen roten Rock auf einer Seite neben ihr, der Richter auf der anderen. Der Lautsprecher rief nach einem Arzt.

Ich fiel auf die Knie. »Hellie! Hellie, mein Liebling!« Unwillkürlich wollte ich sie aufnehmen, aber der Hinderniswart hielt mich zurück. »Fassen Sie sie nicht an, Mr. Bolton. Sie kann sich etwas gebrochen haben.«

Er öffnete ihre schwarze Jacke und lockerte das Plastron. Ihr Gesicht war kalkweiß.

Der Richter hob ihre kleine Reitkappe auf und drehte sie herum. »Sie wird sich erholen«, sagte er. »Kein Erdklümpchen dran. Ich war ziemlich sicher, daß sie auf den Rücken fiel.«

»Ist – ist er gebrochen?«

»Nein, Mr. Bolton«, sagte der Hinderniswart ruhig. »Es hat ihr nur den Atem verschlagen. Wohl auch ein bißchen betäubt, glaube ich. Sehen Sie, Mrs. Bolton, sie kommt zu sich.«

Ich hatte nicht gemerkt, daß Mary neben mir im Schmutz kniete und meine Hand fest umklammert hielt. »Es tut weh, wenn man zu sich kommt«, sagte sie. »Ich weiß es. Hellie hat das Gefühl, als würde sie erwürgt.«

Hellies Augen öffneten und schlossen sich, ihre Nasenflü-

gel arbeiteten heftig. Ein Krankenwagen mit gedämpft heulender Sirene fuhr auf den Platz. Der Richter stand auf und bedeutete ihm, er solle wieder zurückfahren. »Er wird nicht gebraucht und erschreckt alle nur halb zu Tode.«
Mary nahm Hellies Hände. Langsam füllten sich die Lungen, und Hellie versuchte, sich aufzusetzen.
Der Hinderniswart hielt sie sanft zurück. »Nein, Helen« – die Hinderniswarte kennen nach und nach den Namen jedes reitenden Kindes in der Umgebung –, »bevor wir dich aufstehen lassen, mußt du erst jedes Gelenk bewegen. Wenn du willst, kannst du gleich anfangen. Mit den Zehen.«
Er prüfte Knöchel, Knie, Beine und Arme. Sie schien ganz zu sein. »Gut, Liebes«, sagte er. »Geh, trink ein Coca-Cola, und du wirst dich wieder wohl fühlen.«
Hellie setzte sich auf und nickte. Dann schien sie Mary und mich überhaupt erst zu sehen.
»Herrje, Papsile, es tut mir leid. Ich weiß nicht, wie das passieren konnte.«
Wolfgang, der gerade gekommen war, half ihr auf die Beine. Die Menge applaudierte, wie sie es immer tut, wenn jemand gestürzt ist und dann wieder aufsteht.
»Was passiert ist?« sagte Wolfgang. »Du hast Blödsinn gemacht. Du mußt doch bei den ersten vier Sprüngen gemerkt haben, daß es ein Pferd ist, das gern früh abspringt. Du hättest ihn zwischen den Hindernissen besser aufnehmen müssen, das Tempo regulieren. Aber du hast ihn einfach laufen lassen und warst dann nicht bereit, als er zum Sprung ansetzte.«
»Es tut mir leid, Wolfgang.«
Wir gingen alle auf das Ausgangstor zu. Hellie bedankte sich beim Hinderniswart, dann sagte sie: »Mami meint, ich muß mich jetzt hinlegen. Aber zur Medaillenprüfung heute nachmittag bin ich da. Lassen Sie die Prüfung nicht ohne mich anfangen.«
»Nein, bestimmt nicht ohne dich!« Er entschuldigte sich, als

der Ansager schmetterte: »Nächstes Pferd auf die Bahn, bitte«, und ich begleitete ihn noch ein Stück.
Als ich zum Anhänger zurückkam, lag Helen in meinem Liegestuhl und unterhielt sich gemütlich mit Tom Dugan. Sie erklärte ihm, was danebengegangen war. Während ich sie beobachtete, mußte ich plötzlich daran denken, wie skeptisch ich gewesen war, als Mary gesagt hatte, daß der Besitz eines Pferdes sie Haltung lehren würde. Die junge Dame, die ich vor mir sah, hatte im Augenblick so viel Haltung wie ihre Mutter – und das will etwas bedeuten. Die Turniere und das Pferd hatten wenigstens diese Wirkung gehabt.
Nach dem Mittagessen zog mich Tom Dugan hinter den Anhänger – angeblich um zuzuschauen, wie Aspie Bier trank. Aber als wir dort waren, sagte er: »Die Sache mit dem Sturz gefällt mir nicht. Von den anderen ist keiner gestürzt. Wie gut kann Ihre Tochter eigentlich reiten? Oder haben Sie sich das Ganze mit ihrer Qualifizierung für das große Turnier im Madison Square Garden, den Fernsehkameras und allem anderen nur ausgedacht, um mich herumzukriegen?«
»Sie ist eine verdammt gute Reiterin«, sagte ich wahrheitsgemäß. »Wollen Sie hundert Dollar wetten, daß meine Tochter die Medaillenprüfung heute nachmittag gewinnt?«
»Ich habe sowieso schon genug auf sie gesetzt. Wenn sie sich noch ein paarmal so dumm anstellt, wird mich das gar nicht freuen. Mir sind heute Ideen für ein paar große Sachen gekommen. Ich will ihr geraten haben, das Medaillenspringen zu gewinnen – und das nächste und übernächste ebenfalls –, damit sie in das Garden-Turnier kommt. Wenn nicht, dann *weiß* ich, daß Sie mich nur genarrt haben, und das wird mich so wenig freuen, daß es mich nicht wunderte, wenn die Vereinigten Arzneimittel ihre gesamte Werbung einer anderen Agentur übergäben.«
Das hätte mir angst machen sollen. Statt dessen wurde ich wütend. »Seit ich diese Aspercel-Idee hatte, Dugan, haben Sie es so gut gehabt wie noch nie. Soviel Reklame für

sowenig Geld haben Sie noch nie gemacht, und das wissen Sie sehr gut.«
»Ja, das weiß ich. Und wissen Sie, worauf es hinausläuft? Dreck! Wenn Sie nicht bis zum Garden gelangen.«
»Sie sind ein undankbarer irischer Bast. . .«
Er hob die Hand. »Sprechen Sie nicht schlecht von meiner Heimat«, sagte er. »Übrigens, bevor wir unseren persönlichen Streit beenden und uns die Hände schütteln, möchte ich Ihnen eins sagen: Ihre Tochter ist eine junge Dame mit viel Mumm, und nichts, was ich gesagt habe, war gegen sie gerichtet. Nur gegen Sie, Freddie. Sie gefällt mir.«
Er hielt die Hand hin. Ich nahm sie.
»Es kommt nicht sehr oft vor, daß mir jemand widerspricht. Ihre Tochter, die mutige junge Dame, hat einen mutigen Vater.«
»Heben wir einen zusammen.«
»Gemacht.«
Wir schlenderten um den offenen Anhänger herum und waren auf dem Weg zum Zelt, als Helen von drinnen nach mir rief.
Ich trat in den Anhänger, und sie war dabei, frische Reithosen anzuziehen. Ich hielt das Band, während sie die Knöpfe am Knie schloß.
»Danke, Papsile.«
Als ich die Rampe hinunterging, wurde mir plötzlich klar, daß Helen die ganze Zeit drinnen beim Umziehen gewesen war, während ich mit Dugan gesprochen hatte. Ich hoffte zu Gott, daß sie ihn nicht hatte sagen hören, er würde seinen Auftrag zurückziehen, wenn sie sich nicht für den Garden qualifizierte. Als die Medaillenprüfung aufgerufen wurde, ritt Helen mit zusammengepreßten Lippen und vorgestrecktem Kinn auf die Bahn. Sie wirkte wie jemand, der sich an eine schwere Arbeit macht. Sie gewann die Medaille mit Leichtigkeit. Kein Wunder. Alle anderen Teilnehmer waren Kinder, denen es Spaß

machte, an einem Reitturnier teilzunehmen. Sie hatten keine schwere Last auf ihren Schultern zu tragen, wie – nun ja, eben . . .

19

Nach dem Kalender, der jetzt für mich maßgebend war, fiel der Labour Day in diesem Jahr auf einen Montag vier Turniere nach Lakeville. Die vier Turniere hatten uns vier hübsche rote Schleifen in der Medaillenprüfung und drei hübsche rote Schleifen und eine weiße für Hellies Leistung in der Maclayprüfung eingebracht. Wir waren also immer noch zwei Medaillen vom Garden entfernt, und es gab nur noch ein paar Turniere, bevor die Ausscheidung in diesem Jahr zu Ende ging. Ich wurde immer nervöser, und Hellie – sie versuchte alles. Jeden Abend ritt sie durch die Felder die drei Kilometer vom Semi-Demi zu Wolfgang. Auf Drängen von Harry Tomes hatte ich meine Büroarbeit so weit eingeschränkt, daß ich zweimal in der Woche früher wegfahren konnte, um Hellie und ihren Drillmeister zu kontrollieren. Ich wußte, daß es Wolfie entsetzlich reizte, wenn ich hinkam, während er mit Hellie arbeitete, aber es machte ihm klar, daß ich Resultate sehen wollte – und keinen Unsinn. Ich setzte Dampf dahinter, ich mußte es tun. Und Wolfie, wie alle anderen Lehrer, sah sich nach Turnieren um, bei denen die Konkurrenz nicht so scharf sein würde. Das Ergebnis war, daß wir jeden Samstag oder Sonntag, oder gleich an beiden Tagen, irgendwohin zu Turnieren fuhren, bei denen Aussicht auf einen Sieg bestand.

Also stand ich am Labour Day, wie jetzt jedes Wochenende, im Morgengrauen auf. Wir fuhren zum Turnier nach Meadowfield, weit oben in der nordöstlichen Ecke des Staates. Eine Gegend für Cowboyreiten, wo das Jagdreiten nicht sehr schwierig sein würde. Wie immer saß Mary vorn neben mir, und Hellie lag hinten auf dem Rücksitz. Für gewöhnlich schliefen beide wieder ein, und ich konnte gemütlich am Steuer dösen, sobald wir auf einer Autobahn waren und ich mich nicht mehr um Kreuzungen kümmern mußte. An diesem Morgen blieben beide wach. Aus irgendeinem Grund machte mich das nervös. Und sie redeten nicht miteinander, was mich noch nervöser machte. Da wir alle wach waren, fand ich, daß wir uns unterhalten sollten, also fing ich aufs Geratewohl an.

»Kinder, ist das ein herrlicher Morgen. Seht nur, wie die Sonne über South Norwalk aufgeht.«

Natürlich nahm niemand auch nur Notiz von dieser geistreichen Bemerkung. Um die Leere zu füllen, äußerte ich weitere Banalitäten, die ebenso auf unfruchtbaren Boden fielen, bis Helen plötzlich auffuhr: »Vater, kannst du um Himmels willen nicht endlich mit dem Geschwätz aufhören? Es macht mich wahnsinnig!«

Ich sagte ihr, was ich von Kindern hielt, die vor ihren Eltern keinen Respekt haben, und sie sagte mir, was sie von Eltern dachte, die immer nur plappern, wenn ihre Kinder schlafen wollen. Ich langte über meine Schulter und wollte ihr eins versetzen, aber glücklicherweise duckte sie sich. Dann hörte ich unterdrücktes Schluchzen.

Der kühle Hauch eines nahen Eisbergs füllte den Wagen. »Ich glaube, das reicht«, sagte Mary. »Von euch beiden. Ihr benehmt euch wie kleine Kinder. Und« – ihre Stimme wurde schrill – *»ich kann es nicht mehr aushalten!* Es wird jedesmal schlimmer, sooft wir zu einem Turnier gehen. Was ist denn in euch gefahren?«

»Turniere machen mir keinen Spaß mehr«, sagte Hellie.

»Sie sollten dir aber besser welchen machen«, fuhr ich sie an. »Oder dann tu wenigstens so.«

»Aber sie machen mir keinen, und ich hasse sie.« Plötzlich waren das Schluchzen und der Ärger aus ihrer Stimme verschwunden. »Oh, Vati, entschuldige bitte. Ich weiß, was es für dich bedeutet, daß ich gewinne. Seit ich damals gehört habe, was Mr. Dugan zu dir sagte, als ich mich im Anhänger umzog, habe ich mich immer wieder zusammengerissen. Aber jetzt habe ich einfach genug davon. Ich habe keine Freunde in meinem Alter mehr außer Judy. Ich kann nicht ins Kino oder zum Tanzen gehen, wie es die anderen am Samstagabend tun. Ich komme ja nicht einmal vor neun oder zehn nach Hause, und dann muß ich Aspie versorgen. Wie kann ich mich also je mal amüsieren?«

Das Schreckliche an der Sache war, daß sie vollkommen recht hatte.

Ich warf einen Blick in den Rückspiegel. Ihr Gesicht war bleich, die Augen standen voller Tränen, und sie schluckte, als bemühte sie sich tapfer, das Frühstück nicht wieder von sich zu geben. »Hellie«, sagte ich, »wenn du nur diese beiden Silbermedaillen bekommen kannst. . . Ich werd's dir vergelten, Liebling, das verspreche ich . . .«

Es gab ein ellenlanges Schweigen. Dann sagte Mary: »Freddie, weißt du, daß das alles einfach entsetzlich ist?« Ihre Stimme hatte nichts von der üblichen Lebhaftigkeit.

Ich nickte. Ob sie wohl wußte, wie entsetzlich es war – und wieviel entsetzlicher es für uns alle sein würde, wenn ich Hellie jetzt erlaubte aufzugeben? Ich wünschte bei Gott, es gäbe irgendeinen Ausweg, so daß sie hätte aufgeben und ich meine Stellung trotzdem behalten können – was ganz sicher nicht der Fall wäre, wenn Dugan uns seinen Auftrag entziehen sollte.

Aber es gab keinen Weg, daß wußte ich, denn ich hatte es schon bei Harry ausprobiert, nur so im Gespräch. Als sich das Unheil gerade erst abzuzeichnen begann, hatte ich vorgeschlagen, Aspie in die Junioreneignungsprüfung für Jagdpferde hinüberzunehmen. Ich hatte ihm erklärt, es wäre eine sichere Sache, daß Aspie das Championat gewinnen – oder zumindest nahe darankommen würde, da er auf der Royal Winter Fair Show in Toronto, die genauso eine große Sache war wie der Garden, ganz schön aufgeräumt hätte. Nichts zu machen. »Verrückt!« sagte er. »Haben Sie schon einmal die Junioreneignungsprüfung im Fernsehen gesehen?« Dann kam er, ohne es zu wissen, mit meinen eigenen Argumenten an. »Bei den Reiterprüfungen ist das natürlich anders. Jugendkonkurrenzen aus der ganzen Welt und hübsche Mädchen. Das ist Glamour! Nur bei den großen Springkonkurrenzen gibt es noch mehr.«

Er hatte natürlich recht. Selbst ich kannte die Namen einiger berühmter Springpferde. Da mir keins davon gehörte, gab es keinen Ausweg für Hellie. Und als sie vier Stunden später mit ihrer zweiten AHSA-Silbermedaille von der Bahn ritt und damit nur noch eine Medaille zwischen ihr und dem Garden übrigblieb, war ich so erleichtert, daß ich mich am liebsten in Staub und Mist vor ihr niedergeworfen und sie über mich hätte wegreiten lassen.

Ich war am Ausgangstor, Wolfie auch. Gratulierte er ihr? Nein. Er wies sie zuerst auf lauter Kleinigkeiten hin, die sie falsch gemacht und die der Richter nur nicht entdeckt hatte. Dann gratulierte er ihr – gemäßigt. Sie glitt von Aspie herunter, und ich wollte sie umarmen, traute mich aber nicht. Statt dessen ergriff ich ihre Hand und sagte: »Du warst großartig, Helen. Du warst toll!«

»Danke, Vater.«

»Sie war halb toll und halb lausig«, sagte Wolfie. »Sie hat Schwein gehabt. Helen, hast du mich nicht ›mehr Schenkel‹ schreien gehört, als du das dritte Gatter nahmst?«

»Nein, Wolfgang. Es tut mir leid.«

»Die Hände sind jetzt gut. Die Schenkel nicht. Nächste Woche, von Mittwoch ab, werden wir jeden Tag nach der Schule daran arbeiten.«

»Ja, Wolfgang. Muß ich heute im Maclay reiten?«

»Natürlich. Das gibt dir Gelegenheit, die Schenkelarbeit zu üben. Ich werde wieder am Geländer sein, und diesmal wirst du auf mich hören, zum Teufel noch einmal.«

Mir gefiel das gar nicht, aber so behandelte Wolfgang seine Schüler. Bei den meisten hatte diese Feldwebelmanier auch Erfolg. Ich konnte mich nicht einmischen.
Nach dem Mittagessen ging ich mal zur Abwechslung hinüber zur anderen Seite des Turnierplatzes, wo sich die Außenbahn für die erwachsenen Jagdreiter befand. Es war eine hübsche Anlage. Ich schlenderte am Rande der Bahn entlang und blickte ziellos über die Menge hin. Da sah ich doch plötzlich allein auf einer Anhöhe niemand anders als Wolfgang – und Susie Clemens. Ich hatte keine Ahnung gehabt, daß sie in Meadowfield war.
Sie sah mich und winkte mich herauf.
»Ich bin gerade gekommen«, sagte Susie. »Wolf wollte, daß ich mir eins von seinen Jagdpferden ansehe, Mr. Bolton. Ich *muß* mit Ihnen sprechen.« Ihre Augen fielen auf einen Pfad, der in ein Wäldchen führte. »Gehen wir dort hinüber. Kommen Sie.«
Wolf, der merkwürdig unruhig aussah, entschuldigte sich. Ich folgte Susie und überlegte, was da wohl vor sich ging. Es war ein Waldweg, wie man sie in der Nähe eines Turnierplatzes findet: verziert mit Papiertellern, -bechern und -servietten. Als wir fünfzig Meter in den Wald hineingegangen waren, wurden die Überbleibsel zu verdammt primitiv, aber Susie ging mit erhobenem Kopf daran vorbei. Nach einer Weile verlor sich der Abfall menschlicher Zivilisation, der Pfad war mit Gras bedeckt und kühl, und bald kamen wir zu einem kleinen Bach, etwa zwei Meter breit, bei dessen Anblick ich an Forellen denken mußte. Ein flacher Stein ragte ins Wasser hinein. Susie rutschte auf ihrem niedlichen kleinen Hinterteil so weit darauf nach vorn, daß auch für mich noch Platz war. Ich setzte mich neben sie und starrte mißmutig vor mich hin, voll dunkler Ahnungen. Ich hatte guten Grund dazu.
»Mr. Bolton«, sagte Susie, »Wolf hat mir einen etwas komischen Antrag gemacht.«
Die Spannung löste sich. Ich ergriff ihr Handgelenk.

»Der verdammte Hund! Zwei Frauen und vier Kinder, und er wagt es . . .«
Ich hielt inne. Susie bemühte sich krampfhaft, nicht zu lachen. »Mr. Bolton, Sie sind ein Engel, daß Sie meinetwegen so wütend werden. Wenn Sie nicht noch mein Chef wären, würde ich Sie einfach umarmen. Übrigens tun Sie mir weh.«
Ich ließ sie los. Etwas, das sie gesagt hatte, hatte sich mir eingeprägt. »Was soll heißen, wenn ich nicht *noch* Ihr Chef wäre? Glauben Sie, ich schmeiße Sie raus, nur weil so ein Hundesohn . . .«
Sie hielt meine Hand und sah mich an. Das Sonnenlicht, das durch die Bäume sickerte, gab ihr ein elfenhaftes Aussehen. Aber sie sah wie eine verängstigte Elfe aus. »Sie – Sie wissen, daß ich Sie fast unerträglich – gern – mag, nicht wahr? Es ist gerade jetzt wahnsinnig wichtig, daß Sie das wissen.«
Ich war in Verlegenheit. Da hatte ich diesem Mädchen auf eine nette, verrückte Art erklärt, daß ich sie liebte, und sie war darauf eingegangen und hatte mir auf ebenso närrische Weise gesagt, daß sie mich auch liebe. Es ist erstaunlich, wieviel verschiedene Arten von Liebe es gibt. Ich legte meine Hand über ihre Hand und streichelte sie.
»Ich glaube, ich kenne mich da nicht ganz aus«, sagte ich, »eine Klarstellung würde ich begrüßen. Es hört sich ja fast so an, als ob Sie Lebewohl sagen wollten.«
Susie legte ihre andere Hand auf meine Hand, die auf ihrer Hand lag . . .
»Nein«, sagte sie, »nicht so, wie Sie denken. Ich – ich versuche, genug Mut aufzubringen, um Ihnen zu sagen, daß ich meine Stellung als Ihre Sekretärin bei der Tomes-Agentur aufgeben möchte.«
»Das haben Sie bereits getan.« Meine Stimme mußte wohl sehr scharf geklungen haben, denn sie sah aus, als wolle sie gleich anfangen zu weinen. Ich machte eine Hand frei und legte den Arm um ihre Schulter.

Zwischen den Schluchzern sagte sie: »Ich dachte, es würde Ihnen vielleicht gefallen, was ich tun möchte, einmal, weil, nun, wenn ich nicht mehr Ihre Sekretärin bin, könnte ich Sie doch Freddie nennen.«
Ich glaube, Susie und ich waren uns verteufelt nah, denn ich verstand ohne weiteres, was sie meinte. Wenn ich nicht mehr ihr Chef war, konnten wir Freunde sein wie alle anderen. Jeder, der glaubt, er könne mit seiner Sekretärin befreundet sein, ist verrückt.
»Klarstellung gilt immer noch. Sie haben gesagt, daß Wolf von Roetz Ihnen einen Antrag gemacht hat. Was für einen?«
Sie war fast wieder die alte Susie, nur der Schwung fehlte. Es überraschte mich, daß wir beide wegen eines Lebewohls in einen solchen Gefühlssturm geraten waren, obwohl doch in Wirklichkeit gar nichts zwischen uns war.
»Hellie hat doch nun ihre zweite Medaille gewonnen«, sagte sie. »Also, diesmal war Wolf ehrlich. Er hat mir das volle Verdienst dafür eingeräumt. Er möchte, daß ich den Schülern die Grundkenntnisse beibringe. Auf diese Art hätte er Zeit, noch mehr wirklich gute Schüler aufzunehmen. Er gibt mir als Anfangsgehalt mehr, als ich jetzt verdiene, und wenn ich will, kann ich an Sonntagen immer noch in der Ranch J unterrichten.«
Ich brauchte nicht zweimal zu überlegen. In der Agentur hatte sie keine Zukunft. Wolf würde ihr mehr zahlen, die Aussichten für sie waren gut, es machte ihr Spaß, und mir gefiel, wenn sie Freddie zu mir sagte.
»Ich bin ganz dafür. Aber was werden Sie denn mit den Jagdpferden anfangen, Sie Gebrauchspferde-Mädchen?«
»Ich erzähle Ihnen etwas, wenn Sie versprechen, es Queenie nicht weiterzusagen.«
»Ich verspreche es.«
»Die Arbeit mit Jagd- und Springpferden ist ein Kinderspiel im Vergleich zu den Faßrennen und der Wildwestreiterei. Ich habe abends bei Wolfgang geübt.«
»Ich bin völlig erschlagen.«

»Ich werde eins – den großen Grauen, der gerade über die Bahn ging, als Sie kamen – am nächsten Sonntag in Glastonbury reiten. Übrigens, wird es Sie beruhigen, wenn ich Ihnen erzähle, daß das Ganze überhaupt Hilgas Idee war?«
Hilga war Mrs. Wolfie. Bei Wolfgang würde Susie jetzt so sicher sein wie in der Kirche.
»Wann wollen Sie anfangen?«
»Sobald ich kann – ich bin schon schrecklich aufgeregt deswegen.« Sie fügte schnell hinzu: »Aber ich gehe nicht, bevor Sie nicht jemanden als Ersatz für mich gefunden haben.« Ich wollte erklären, daß kein Mädchen sie ersetzen könne, sagte aber: »Ach, der Personalchef wird mir jemanden zuweisen. Warum wollen Sie nicht übernächsten Montag bei Wolfgang anfangen?«
»Darf ich? Wirklich?«
»Natürlich, warum Zeit verschwenden, die man nie zurückbekommt?« »Oh, *Freddie!* Sie lieber Schatz!«
Dabei schlang sie die Arme um meinen Hals, das Elfengesicht kam näher und . . . Es war der Kuß einer Erwachsenen, aber auch ein kindlicher, denn er kam einzig aus ihrem Herzen, und daher war nichts dabei. Immerhin mußte sie aber doch etwas entrückt gewesen sein, denn als sie sich zurückbog, vergaß sie, daß der Stein über dem Bach hing, und rutschte hinunter. Sie landete mit ihrer Sitzfläche im fünfzehn Zentimeter hohen Wasser.
Sie stand auf und war natürlich an den peinlichsten Stellen naß. »Oh!« Entsetzt befühlte sie ihre Hüften. »Was soll ich tun? Ich *muß* Helen in der Maclay sehen, und ich kann unmöglich so zurück. Ich kann nicht! Ich würde vor Verlegenheit sterben. Oh, Freddie, helfen Sie mir bitte.«
»Einen Moment.« Ich schloß die Augen. So sieht das Nachdenken sehr eindrucksvoll aus. Es wirkt großartig bei Männern wie Dugan. In zwei Sekunden hatte ich die Lösung gefunden.
Ich zog meine Schuhe aus. »Wir müssen es so drehen,

daß es aussieht, als wäre ein Mädchen in den Bach gefallen, und nicht ein Kind, das . . .«

»Lassen wir das!«

»So!« Bevor sie wußte, was geschah, stand ich neben ihr im Bach, hob sie hoch und legte sie ins Wasser, wo es am tiefsten war. Sie begann zu fluchen. Als sie aber merkte, warum ich es getan hatte, lachte sie. Tropfnaß stand sie auf, die Blue jeans klebten wie eine Haut an ihr, Bluse und Büstenhalter waren wunderbar durchsichtig. Aber dieses Mädchen mochte ich wirklich gern, also sah ich in die andere Richtung und drehte mich erst um, als sie alles ein wenig zurechtgezupft hatte.

»Alles in Ordnung«, sagte sie. »Sehe ich jetzt aus wie ein Mädchen, das in den Bach gefallen ist? Bitte sagen Sie, daß ich anständig aussehe.«

»Anständig schon, aber entschieden feucht.« Ich lachte, und wir wanderten Hand in Hand zurück. »Jetzt müssen wir nur noch eine logische Erklärung dafür finden, warum ein Mädchen wie Sie in den Bach gefallen ist.«

»Ganz einfach, wir sagen die Wahrheit.«

Ich lächelte, »Hellie, ja, aber Mary und Ellinor, nein. Erwachsene, kultivierte Frauen können die Wahrheit nur sehr schwer glauben. Man muß ihnen etwas Einfacheres bieten.«

20

Zwei Samstage darauf lag ich erschöpft und müde in meinem Liegestuhl auf der Terrasse. Ich war eben von einer Geschäftsreise zurückgekommen. Ich war allein – das heißt, fast allein, denn Aspie war da, sein Kinn ruhte auf der Rücklehne meines Stuhles, und er blies mich an. Ich fühlte mich erbärmlich. Mary fuhr am nächsten Tag mit den seltenen Orchideen, die sie Mr. Blitzstein – so hieß er doch, oder? – abgeluchst hatte, nach Kalifornien, Helen blieb während der drei Wochen, die sie fort war, bei Judy, und Aspie würde bei Wolfie wohnen. Mary hatte mir einen Zettel hinterlassen, daß sie für ein paar letzte Einkäufe – Verschwendung wäre der passendere Ausdruck gewesen – nach New York gefahren wäre und Hellie mitgenommen hätte. Ich hatte meine Karre bei Joe's Tankstelle zum Service gelassen. Ich war böse auf die ganze Welt, besonders auf Mary. Weil sie mich verließ, um nach Kalifornien zu fahren. Weil sie nicht zu Hause war, als ich aus Chicago zurückkam, obwohl ich ein Flugzeug erwischt hatte, mit dem ich fünf Stunden vor dem Abendessen eintraf, das heißt fünf Stunden früher als ausgemacht.

Es war ein schwüler, heißer Altweibersommerabend, wie sie manchmal Ende September vorkommen. Ich trank mein Glas aus und ging ins Haus, um mir einen neuen Drink zu holen. In der Küche lief das Radio, gerade wurde ein Werbeslogan für Zigaretten durchgegeben. Ich hatte plötzlich große Lust, eine zu rauchen, faßte in die Tasche meiner Shorts und zog ein leeres Päckchen heraus. Dann öffnete ich die Schublade, in der wir die Zigaretten aufbewahrten. Keine einzige zu finden.

»Verdammt!«

Ich machte alle anderen Schubladen auf, eine rein automatische Reaktion, denn natürlich fand ich nirgends Zigaretten. Ich ging ins Wohnzimmer und durchsuchte jeden nur möglichen Platz, an dem ein Päckchen Zigaretten versteckt sein konnte. Meine Verzweiflung wurde immer größer.

»Das ist albern«, sagte ich. »In einer Stunde oder so ist Mary zurück, und dann kann ich ihren Wagen benutzen . . .« Ich nahm einen großen Schluck von meinem Drink – impulsiv hatte ich zwei Extraschuß Wodka hinzugefügt – und schlenderte zurück auf die Terrasse. Aspercel hatte sich in den Schatten unseres einzigen größeren Baumes zurückgezogen. Nun stand er mit hängendem Kopf da, vor sich hindösend, und schlug mit dem Schweif nach Fliegen. Ich streckte mich im Gras neben ihm aus, lehnte mich an den Baum und schlürfte meinen Drink. Er war stark, auch ohne die Extrazugabe, durch die er zu einer Art Sandwich wurde: Wodka, Ingwerbier in der Mitte und obendrauf noch einmal Wodka. Je mehr sich meine allgemeine Stimmung hob, desto heftiger verlangte mich nach einer Zigarette. Nach einer halben Stunde war ich so weit, daß ich jedes Kraut geraucht hätte, das mir in die Hände gekommen wäre. Es mußte also etwas unternommen werden. Aber der nächste Laden befand sich in einem kleinen Geschäftsviertel etwas über zwei Kilometer weit weg, es waren über zweiunddreißig Grad, und ich hatte, wie gesagt, keinen Wagen. Ich trank aus, und plötzlich, kam mir ein wirklich nüchterner Gedanke. So ungemein praktisch, daß ich selbst überrascht war.

»Nimmt mich doch wunder . . .«

Ich setzte mich auf und betrachtete das Zwanzigtausend-Dollar-Pferd, das da neben mir stand. Mir war tatsächlich soviel für ihn geboten worden, von Wolfgang und ein paar anderen. Einer davon war Tim Riley, und wenn man bedenkt, daß er ihn mir für viertausendfünfhundert verkauft hatte, so war das allerhand.

»Warum nicht?« sagte ich. »Immerhin bist du ja ein Pferd, und Pferde sind schließlich auch dazu da, Menschen von einem Ort zum andern zu tragen. Oder meinst du nicht?«

Aspie reagierte nicht. Vielleicht nahm er es übel, daß man ein solches Luxusgeschöpf wie ihn auch nur in Gedanken als Tragtier ansehen konnte.

»Ich brauche Zigaretten«, sagte ich. »Zigaretten sind nur zwei Kilometer von hier entfernt zu kriegen. Ich habe bloß zwei Beine, du hast vier. Für dich ist es also nur ein Kilometer.«

Wieder keine Reaktion.

»Gut«, sagte ich. Ich stand auf und klopfte seinen Hals. »Mein guter Junge, wir starten. Wir müssen nur noch die Einzelheiten der Reise klären.«

Das brauchte etwas Überlegung. Wenn ich ihn zum Stall führte und ihm Zügel und Sattel anlegte, würde er wieder das übliche Theater machen, sich bäumen, ausschlagen und herumspringen, und ich würde im Krankenhaus landen. Wenn ich ihn andererseits einfach so ließ, wie er war, sozusagen nackt, und dann auf ihn hinaufkletterte, würde er wahrscheinlich ruhig bleiben. Ich brauchte nur irgendwas, um ihn zu lenken, wie zum Beispiel ein Stück Wäscheleine, das ich an sein Halfter binden könnte. Das würde ihn zwar nicht hindern durchzugehen, wenn er es wollte, aber so wie ich ritt, würden das nicht einmal Scheibenbremsen für vier Räder tun.

»Ich bin gleich zurück.«

Ich ging ins Haus, wühlte in der Waschküche herum, entdeckte eine Wäscheleine, schnitt ein großes Stück davon ab und ging zurück zu Aspie.

Ich fing es gerissen an. »Wir haben gar kein Bier mehr«, sagte ich und band die Enden der Wäscheleine an das Halfter, »und gleich um die Ecke ist ein netter kleiner Laden. Komm mit, und ich stifte dir ein Bier. Schließlich gehen wir beide nie zum Vergnügen aus. Immer nur Arbeit, Arbeit und noch mal Arbeit.«

Mit seiner Ausrüstung war ich jetzt fertig. Er hielt den Kopf höher als sonst, stand aber noch bewegungslos. Unglücklich trat ich einen Schritt zurück. Ich stand einem neuen Problem gegenüber. Aspie war ein großes Pferd. Ein sehr großes Pferd.

»Du würdest dich wohl nicht hinknien wie ein Kamel?«

Er blies ein wenig Speichel und halbzerkautes Gras auf mich.

»Ich hab's auch nicht erwartet. Okay, denken wir uns was anderes aus.«

Ich sah mich um. Ein Ast des Ahornbaumes schien mir die richtige Höhe zu haben. Ich führte Aspie darunter, langte hoch und machte mit heldenhafter Kraftanstrengung einen Klimmzug. Aber die Höhe reichte nicht, ich fiel zu Boden.

Ich wußte nicht, ob er es dulden würde, aber es blieb nur eins übrig. Ich ging sieben oder acht Meter zurück, lief auf ihn zu und stemmte mich hoch. Ich landete auf dem Bauch auf seinem Rücken. Er bewegte sich nicht. Entweder war er das bravste Pferd, das Gott je erschaffen hatte, oder er war zu überrascht, um sich zu rühren. Ich griff in seine Mähne, und vorsichtig darauf bedacht, ihn nicht zu stoßen, rollte ich sozusagen mittschiffs und setzte mich auf. Glücklicherweise kam ich mit dem Gesicht nach vorn an. Der Boden schien mir sehr weit entfernt.

Plötzlich ergriff mich wilde Panik. Ich hatte dieses riesige Tier in Aktion gesehen. Ich hielt mir vor, daß ein kleines Kind ihn sonst immer ritt, und brachte es so fertig, ihn meine Angst nicht anmerken zu lassen. Ich nahm die Wäscheleine auf. Sein Kopf hob sich, und ich spürte, wie ein Zittern das herrliche Bündel aus Muskeln und Knochen durchlief. Er schnaubte und tänzelte ein halbes Dutzend Schritte zur Seite. Er begann mit seinem Theater! Voller Entsetzen dachte ich: Was würde Susie tun?

Ich wußte es. »Schluß damit, Mistkerl!« sagte ich. Dann klopfte ich ihm den Hals, lockerte die Wäscheleine, preßte die Schenkel an ihn und sagte: »Zum Geschäftsviertel, Mistkerl. Los!« Das Tänzeln hörte auf, aber ich hatte beim Start wohl zuviel des Guten getan, denn in einem starken Trab ging es die Auffahrt hinunter. Ich hielt mich mit einer Hand krampfhaft an seiner Mähne fest. Jetzt wußte ich auch, warum man bei Vollblutpferden das Haar so lang läßt. Ich schwankte von einer Seite auf die andere. In ein paar Sekunden würde ich bestimmt hinunterfallen. Ich versuchte, mit einer Hand an der Wäscheleine zu ziehen, aber der Erfolg war nur, daß der Gaul im Kreis ging. Ich war schon fast über Bord, als mir etwas anderes einfiel. Ich hob meine Stimme zwei Oktaven und schrie: »Schriiii-tt, bitte.« Ich mußte eine verdammt gute Ansagernachahmung geliefert haben, denn es wirkte. Wie auf den Turnieren, wenn er das Wort hörte, fiel er auch jetzt in starken, gleichmäßigen

Schritt, hielt den Kopf hoch und sah aus wie zwanzigtausend Dollar. Ich fürchtete mich, was wohl geschehen würde, wenn er mich durchschaute, aber das tat er nicht. Es gefiel ihm, ein Turnierpferd zu sein und zu posieren. Am Ende der Auffahrt zog ich nur ein bißchen an der rechten Seite der Wäscheleine. Treu bog er in die Straße ein, und wir waren auf dem rechten Weg.

21

Es war wirklich angenehm, im Gras den Straßenrand entlangzureiten. Entweder wirkte mein Wodka-Sandwich, oder ich begann, den Kniff herauszubekommen, denn ich ließ Aspie ein Stückchen traben und sogar fast hundert Meter galoppieren. Schließlich war ich ja als Kind immer ohne Sattel geritten. Offenbar hatte es Aspie hingenommen, daß ich der Chef war, denn ich brauchte auf den braven, nur in der Einbildung vorhandenen Ansager kein zweites Mal zurückgreifen, um mich aus Schwierigkeiten zu befreien. Ich zog nur nachdrücklich an der Wäscheleine, und schon mäßigte er das Tempo.

Die Welt gefiel mir so viel besser als vom Auto aus. Ich sah aus drei Metern Höhe auf die Sträucher hinab und direkt in die Äste der Bäume. Zum erstenmal merkte ich, wie viele Vögel in den Bäumen am Straßenrand sind. Früher hatte ich nie welche gesehen. Ein paar Leute im offenen Wagen überholten mich. Ich sah mitleidig auf sie herab. In meiner Höhe summten keine Reifen, kein Motor heulte. Außerdem war das gleichmäßige Hin- und Herschwenken sehr beruhigend, sobald man sich daran gewöhnt hatte. Von Zeit zu Zeit nahm ich eine Hand von der Wäscheleine, tätschelte Aspercels Hals und gab ihm treffende Bemerkungen über die vorbeiziehende Gegend zum besten.

Jetzt begriff ich auf einmal, warum die Menschen vor hundert Jahren auf Pferderücken gereist waren.
Als wir in das Geschäftsviertel einbogen, starrten uns die Leute vor Verwunderung an – warum, konnte ich nicht ergründen. Aspercel und ich nahmen sie gar nicht zur Kenntnis und ritten zum Gasthaus. Ich sagte: »Brr, Mistkerl.«
Er blieb stehen, blies durch die Nüstern und ließ den Kopf hängen, als wäre er völlig erschöpft. Seine Flanken hoben und senkten sich in vorgetäuschter Atemnot. Ich wußte genau, damit wollte er nur Aufmerksamkeit erheischen. Ich hatte ihn auf Turnieren bei diesem Theater erwischt, wenn er nur über acht kleine Hindernisse gesprungen war.
Eine dicke Frau mit einem riesengroßen, schlappigen Hut, die vor dem Gasthaus vorbeiging, sah die bebenden Flanken und kreischte mich an: »Sie sollten sich was schämen. Das arme Pferd. Und an so einem heißen Tag wie heute! Man sollte Sie sofort beim Tierschutzverein anzeigen.«
Ich lächelte sie freundlich und etwas gönnerhaft an. »Nur zu«, sagte ich. »Aspercel wird sich über die Reklame freuen.«
Ein Mann mit Frau und drei Kindern war stehengeblieben. Alle starrten bewundernd. Der Mann sah auf. »Haben Sie gesagt, das Pferd heißt Aspercel?«
»Aber sicher.«
»*Der* Aspercel? Das Turnierpferd?«
Auf mein Nicken rief eines der Kinder: »Darf ich ihn streicheln?«
»Natürlich, das hat er gern.«
»Darf ich ihn auch streicheln?«
»Aspercel!« Das kam, von der Mutter. »*Der* Aspercel! Stellt euch nur vor, ihm hier zu begegnen.« Sie wandte sich zu mir. »Wissen Sie, ich nehme sie jetzt immer. Ich lutsche sie gern.«
Inzwischen hatte sich eine Menge um Aspercel und mich angesammelt. »Sagen Sie, Mister«, meinte ein Mann, »ist es

nicht etwas sonderbar, mit einem solch hitzigen Gaul zum Einkaufen zu reiten?«

»Und keine Trense oder Zügel oder sonst was«, sagte ein Teenager in Leibchen und Baumwollhosen voller Respekt. »Sie müssen ein toller Reiter sein, daß Sie ein Vollblut wie Aspercel auf die Art in Zaum halten können.«

»Das Pferd ist erschöpft«, wiederholte die Tierschutztante schrill. »Wollen Sie ihm nicht wenigstens etwas Wasser geben?«

»Madam« – ich zeigte auf die Flanken, die sich nur dann hoben und senkten, wenn er nicht grade vergessen hatte, sich wichtig zu machen –, »wenn er das tut, bedeutet es nicht, daß er Wasser haben will.«

»Oh, und was will er denn haben?«

»Er möchte ein Bier.« Ich hörte, wie die Frau den Atem einzog, so wie es Aspie manchmal tut, bevor er mich mit Hafer und Gras anbläst. Ich wandte mich an den Vater der drei Mädchen.

»Hören Sie, er braucht jetzt sein Bier, aber wenn ich hier herunterklettere, komme ich vielleicht nie wieder herauf.« Ich zog eine Fünfdollarnote hervor. »Würden Sie den guten Samariter spielen und mir zwei Päckchen Zigaretten und für Aspercel zwei Halbe Bier in einem Gefäß holen?«

»Sicher, tue ich gern.«

Ich beugte mich vor. »Er trinkt am liebsten kanadisches Bier. Er ist Kanadier, wissen Sie.«

Die Tierschutzvereinfrau stolzierte davon, und der Vater ging in die Kneipe. Die Kinder streichelten Aspercel weiter, aber die anderen Einkäufer zerstreuten sich. Wie vergänglich ist Ruhm! Ein Pferd im Geschäftsviertel war plötzlich zu einem alten Hut geworden.

Der Vater kam mit einem kleinen Eimer voll Bier, Zigaretten und dem Wechselgeld heraus. Aspercel wieherte dankbar, tauchte die Nase in den Kübel und trank. Als er fertig war, stieß er einen Stoßseufzer aus und besprühte alle mit Schaum. Ich nahm die Wäscheleine auf, lehnte mich nach

Steuerbord, preßte die Schenkel an ihn, und wir segelten los.
Ich sah auf die Uhr. Es war vier Wir täten gut daran, uns ein wenig zu beeilen, Mary konnte jede Minute zu Hause ankommen. Bis jetzt war das Ganze nur eine Angelegenheit zwischen Aspie und mir gewesen. Ich hatte nicht bedacht, was Mary und Helen dazu sagen würden, daß ich unser Preispferd für praktische Zwecke verwendete. Nach reiflicher Überlegung kam ich zum Schluß, daß sie wahrscheinlich sehr wenig davon halten würden. »Aspie, ich glaube, ein mäßiger Galopp wäre angezeigt.«
Ich steuerte ihn hinüber zu einem Grasstreifen am Straßenrand. Dann lehnte ich mich nach vorn, trimmte sozusagen den Großschot, griff mit einer Hand in seine Mähne, preßte die Schenkel an ihn, und fast einen Kilometer ging es im Galopp dahin, bis das Gras aufhörte. Auf der harten Straße fiel Aspercel in langsamen Schritt, denn wie immer, schonte er sich. Als ich so gemütlich dahinritt, mußte ich an Susie Clemens denken und wie erstaunt sie sein würde, wenn sie plötzlich vorbeibrauste und mich auf einem Pferd sah. Sie würde in Ohnmacht fallen. Ich sah mich schon mit einem Fallschirm von Aspies Rücken auf die Erde fliegen, ihre Kleider öffnen und sie ins Leben zurückrufen. Auf solche Gedanken kommt man, wenn man Wodkasandwichs getrunken hat. Ungefähr einen halben Kilometer lang dachte ich mir andere kleinere Mißgeschicke aus, aus denen ich Susie befreien könnte. Schade, daß sie keine Boote mochte. Mein kleines Boot würde . . .
In dem Augenblick hörte ich abrupt auf, an Susie zu denken. Mich erfüllte nur der Gedanke, ob ich wohl noch fünfzehn Minuten zu leben hätte oder nicht. Da Aspies Hilfsausrüstung keinen Rückspiegel barg, hatte ich den Polizeiwagen nicht kommen sehen. Ja, ich war so sehr in meiner Traumwelt befangen, daß ich nicht einmal merkte, daß er langsamer wurde und der Polizist mich anwies, anzuhalten. Ich weiß nur, daß zwei Dinge gleichzeitig

geschahen, und auf beide hätte ich gern verzichtet. Erstens drückte der verdammte Narr auf die Sirene, und zweitens drehte sich Aspie im rechten Winkel zur Straße und brauste los. Es störte ihn gar nicht, daß sich dort eine Steinmauer mit Stacheldraht befand.
Dank Aspies langer Mähne und seinem langen Hals blieb ich an Bord. Ich hatte keine andere Wahl. Niemand springt freiwillig von einem Vehikel ab, das sich mit fünfzig oder sechzig Stundenkilometern vorwärtsbewegt. Glücklicherweise habe ich ziemlich lange Beine. Mit Beinen und Händen klammerte ich mich so fest an, wie ich konnte. Die Sirene heulte noch einmal. Hoch über uns hörte ich zwei Schüsse vorbeizischen, und vom Wagen zweimal den folgenden Knall. Auch Aspie hörte es. Es gefiel ihm gar nicht. Er legte die Ohren zurück, streckte den Hals und legte sich flach ins Rennen. Komischerweise wurde es dadurch leichter, oben zu bleiben. Ich wurde mehr vor und zurück und weniger auf und ab bewegt. Eine neue Mauer zeigte sich am Rand des Feldes. Er dachte nicht einmal daran, die Gangart zu wechseln. Ich machte die Augen zu, und wir waren drüben, ohne daß ich es gemerkt hätte. Ich öffnete die Augen wieder, aber durch den Wind begannen sie zu tränen. Ich schloß sie halb. Leider sah ich immer noch Steinmauern vor mir, ganze Reihen schienen es zu sein, manche niedrig, manche höher, ein paar mit Stacheldraht obendrauf, ein paar ohne. Für Aspercel kam das alles aufs gleiche heraus.
Nach ein paar Minuten merkte ich, daß er wieder mit gespitzten Ohren lief, und auch nicht mehr ganz so schnell. Da ich das, was man seinen Verstand nennen könnte, schon seit langer Zeit durchschaut hatte, wußte ich, daß er sich nicht mehr fürchtete, sondern aus purem Vergnügen querfeldein lief. Das konnte ich verstehen. Es war das erstemal, seit ich ihn gekauft hatte, daß er sich austoben und das tun konnte, wozu ihn Gott und eine lange Reihe von Ahnen bestimmt hatten. Endlich brauchte er mal den Kinderunsinn

nicht mitzumachen. Es mag sich zwar unglaublich anhören, aber auch ich begann Vergnügen an der Sache zu finden. Wir übersprangen noch eine Mauer, und ich stellte fest, daß es viel leichter ging, wenn ich mich beim Absprung sozusagen nach vorn warf. Ich war froh, daß ich das herausgefunden hatte, denn als nächstes tauchte ein weißes Koppelgatter vor uns auf, das mindestens vier oder fünf Meter hoch sein mußte.

Wurde Aspie langsamer? Nein. Er spannte nur die Muskeln und rauf ging's. Diesmal blieb ich etwas länger oben als er. Als ich hinunterkam, stieß ich einen Schrei aus und hatte einen Moment lang das Gefühl, als wären er und ich eins. Sekunden später hatten wir die Koppel hinter uns, übersprangen nochmals den Zaun und stampften durch einen Vorgarten. Fünf Sekunden darauf ging es mitten durch einen Blumengarten. Auf der anderen Seite sah ich einige Mistbeete. Ich glaube, für Aspie sahen sie so aus wie ein Wassergraben auf dem Turnierplatz, denn natürlich flogen wir auch darüber. Dann aber kam etwas, das es auf Turnierplätzen nicht gibt, darum bemerkte er es erst, als es schon zu spät war. Es war ein Gewächshaus.

Das konnte er nicht überspringen, er versuchte es auch nicht. Offensichtlich tat ich es. Ich erinnere mich verschwommen daran, daß ich hochgeschleudert wurde und einen Pferdekopf weit unter mir auf der Erde sah. Dann ertönte ein entsetzliches, krachendes Geräusch von zersplittertem Glas. Was weiter geschah, wußte ich nicht.

22

Als ich zu mir kam, hielt ich es für durchaus möglich, daß ich tot war. Wahrscheinlich ertrunken. Die matte Gewächshausbeleuchtung gab dem Ort, wo ich lag, eine ausgesprochene Unterwasseratmosphäre. Wurzeln und Ranken zerbrochener Pflanzen, die sich über mein Gesicht und meine Hände zogen, verstärkten noch den entsetzlichen Eindruck. Dann sah ich, daß ich mit Blumenblättern überstreut war, und dachte: nein, ich bin nicht ertrunken, ich bin einfach tot und habe ein Begräbnis erster Klasse bekommen. Ich war tief gerührt, daß die Leute genug von mir gehalten hatten, mich mit Blumenblättern zu bestreuen. So was passierte nicht jedem Kerl im Werbefach. Aber ich hatte schon immer ein bißchen das Gefühl gehabt, etwas Besonderes zu sein.

Dann ließ ich das Denken sein. Mir war sehr, sehr behaglich zumute – ich hatte das Gefühl, als ob ich schwebte. Ob nun ertrunken oder einfach tot, jedenfalls war es höchst angenehm, dort zu liegen. Nur langsam kam mir zu Bewußtsein, daß ich nicht ganz allein war. In meiner grünlichen Unterwasserwelt konnte ich Gestalten wahrnehmen, Umrisse, die sich hin und her bewegten. Drei davon sahen von meinem Blickpunkt wie ziemlich reizvolle Meermädchen aus, aber für Meermädchen trugen sie komische Kleider. Eine vierte, untersetzte, wie eine Meermutter. Zwei braungekleidete Gnomen zogen über meine Netzhaut, hinter ihnen ein großer Mann, offensichtlich Neptun – Neptun in weißem Flanell und mit Spitzbart anstatt des wallenden Bartes, aber doch königlich. Ich sah einen Soldaten, ich hielt ihn wenigstens zuerst dafür. Dann jedoch, trotz aller Anstrengung, es zu verhindern, war das Bewußtsein wieder da. Soldat, daß ich nicht lache! Ein Polizist!

Ich setzte mich abrupt auf und verstreute Scherben und Ranken um mich.

»Sie«, sagte ich und stieß mit dem Finger nach ihm, »Sie

müssen der idiotische Trottel sein, der seine Sirene direkt unter dem Hinterteil meines Pferdes aufheulen ließ. Ich werde Sie um jeden Cent verklagen, den ich besitze.«
Der große Mann in den weißen Flanellhosen sagte zu dem Polizisten: »Er meint, er wird Sie um jeden Cent verklagen, den *Sie* besitzen. Der arme Kerl weiß wohl nicht ganz, was er sagt. Haben Sie das wirklich getan, mein Sohn? Die Sirene heulen lassen unter dem . . . dieses Vollbluts? Na, da haben Sie ja allerhand damit erreicht!«
»Ich habe erreicht, was ich sollte, Mr. Blitzstein. Ich hatte den Befehl, einen Pferdedieb aufzugreifen, und ich habe ihn. Und zum Glück gibt es immer noch Gesetze in diesem Staat, die Pferdediebstahl zu einem ziemlich schweren Verbrechen machen.«
Ich wollte mich gerade näher über sirenenfreudige Polizisten mit Halluzinationen auslassen, als mich der Name Blitzstein stutzig machte. War nicht Blitzstein der Mann, der die seltenen exotischen Orchideen züchtete, die Mary morgen mit nach Kalifornien nahm? Verstört betrachtete ich die zerfetzten Blumen um mich. Orchideen. Ich legte mich wieder hin und schloß die Augen. Tief aus meinem leeren Inneren heraus hörte ich es stammeln: »Mr. Blitzstein, sind – waren – das ganz besonders seltene Orchideen?«
Seine Antwort kam mir wie ein dunkles Echo der Stimme des Jüngsten Gerichts vor: »Ja, schon. Es ist außerdem ein schrecklicher Zufall, daß Mrs. Bolton, die den Diebstahl ihres Pferdes gemeldet hat, sie morgen früh mit nach Kalifornien nehmen sollte.« Er lachte diabolisch. »Ich glaube, sie wird sich auf Sie stürzen. Erst stehlen Sie ihr Preispferd, und dann zerstören Sie ihr das Glanzstück für die Ausstellung des Gartenklubs.«
Ich hielt die Augen geschlossen. Im Augenblick hatte ich durchaus keine Lust, diese Welt zu betrachten. Ich stand vor einer einfachen Wahl. Vor wem hatte ich mehr Angst: vor dem idiotischen jungen Polizisten, dessen Name, wie ich auf dem Plastikschild gelesen hatte, Roberts war und der

mich wegen Pferdediebstahls verhaften wollte – oder vor meiner Frau, die Mord im Sinne haben würde?
Ich öffnete die Augen. Die Meermädchen, offenbar Blitzsteins Töchter, die Meermutter, anscheinend Mrs. Blitzstein, die beiden Gnomen, die ich nun als Gärtner erkannte; Mr. Blitzstein und der junge Polizist – sie standen alle schweigend da und starrten mich an. Ich setzte mich wieder auf.
»Zufällig«, sagte ich mit aller Würde, die man von einem Mann in meiner unwürdigen Situation verlangen konnte, »habe ich dieses Pferd nicht gestohlen. Zufällig bin ich Frederick Bolton, der rechtmäßige Besitzer.«
»Du meine Güte«, sagte Mr. Blitzstein. »Da haben Sie sich ja etwas Feines eingebrockt.«
»Die Orchideen«, sagte einer der Gärtner. »Dem wird's die kleine Madam aber geben!«
Der zweite Gärtner nickte unheilvoll.
Der Polizist packte mich am Handgelenk. »Also los, raus jetzt hier. Du hast deinen Spaß gehabt, Bruder.«
Zu meinem Erstaunen mischte sich Mr. Blitzstein ein. »Ist Ihnen nicht eingefallen, mein Sohn, daß dieser Herr, zu seinem eigenen größten Schaden, wirklich Frederick Bolton sein könnte? Haben Sie sich vergewissert, daß er es nicht ist?«
Durch die Uniform in seiner Autorität bestärkt, wagte es der junge Roberts, Mr. Blitzstein einen mitleidigen Blick zuzuwerfen. »Aber, bitte, Sir! Das ist doch die älteste Masche, die wir kennen – der Angeklagte behauptet, der Besitzer der gestohlenen Sache zu sein. Natürlich haben wir uns vergewissert. Wir haben bei Mrs. Bolton angefragt, und nach ihren eigenen Angaben kann das nicht ihr Mann sein. Einmal reitet dieser Kerl hier wie ein Berufsjockei, und sie sagte, Mr. Frederick Bolton könne nicht einmal ein Shetlandpony über einen Golfplatz reiten . . .«
»Auch nicht durch einen Blumengarten?«
»Unmöglich. Zweitens bezeugt Mrs. Frederick Bolton, daß

Mr. Frederick Bolton in Chicago ist und nicht vor sieben Uhr abends hierher zurückkehren wird. Los jetzt mit Ihnen!«
Er zog mich mit einem Ruck aus den zerbrochenen Blumentöpfen und auf die Füße.
»Noch einen Augenblick, bitte«, sagte Mr. Blitzstein. »Wie Sie wissen, bin ich Rechtsanwalt. Falls der Angeklagte möchte, daß ich ihn in dieser Angelegenheit vertrete, bin ich gern dazu bereit. Und wenn auch nur deshalb, um ein Wort unter vier Augen mit ihm reden zu können. Er hat Anspruch auf einen Rechtsberater, und er braucht ihn dringend. Einen weisen Berater.«
Ich zerrte den Polizisten zurück. »Wieviel würde es kosten, Sir?«
»Keinerlei Kosten für Sie. Sie brauchten nur die Orchideen, das Gewächshausdach und die Wiederherstellung des Blumengartens zu bezahlen.«
Ich schluckte. »Abgemacht.«
»Wollt ihr uns für ein paar Minuten entschuldigen?«
Seine Familie und die Gärtner marschierten aus dem Gewächshaus. »Sie auch, Roberts. Als Anwalt dieses Mannes habe ich Sonderrechte, das wissen Sie doch sicherlich. Dieses Gebäude hat nur eine Tür. Sie können sie bewachen. Von draußen.«
»Nun ja, wenn Sie meinen, Sir.«
»Danke.« Er wartete, bis wir allein waren. Dann lächelte er mich an. »Natürlich *sind* Sie Mr. Bolton, nicht wahr?«
»Ja, natürlich. Aber wie . . .«
»Ich bin ein Liebhaber von Querfeldeinrennen. Ich habe sogar, neben Ihrem, zwei oder drei ausgezeichnete Pferde im Stall, die für die Herbstsaison trainiert werden. Zufällig habe ich Sie über die beiden letzten Zäune kommen sehen.«
Seine Lippen zuckten. »Ich glaube, in vierzig Jahren Erfahrung habe ich keine ungewöhnlichere Darbietung erlebt.«
»Es waren ziemlich hohe Zäune, das gebe ich zu.«
»Ja. Als Sie den ersten nahmen, sprangen Sie so viel höher als Ihr Pferd, daß es eine bemerkenswerte Leistung gewe-

sen wäre, wenn Sie im gleichen Feld wie er heruntergekommen wären. Was bedeutet es erst, daß Sie wirklich wieder auf seinem Rücken landeten! Berufsjokei im Hindernisrennen!« Er konnte das Lachen nicht mehr zurückhalten. »Abgesehen davon, daß Sie tatsächlich über diese hohen Zäune gesprungen sind, hat Ihre Frau meiner Ansicht nach Ihre Reitkunst richtig bewertet und Sie damit eindeutig identifiziert.«
Ich war ein bißchen eingeschnappt. »Na ja, Sie müssen wissen, ich bin viele Jahre nicht geritten. Ich mußte in der Nähe von Pferden plötzlich niesen. Gerade, als ich gut wurde, war ich gezwungen, es aufzugeben.«
»Ich wollte Sie nicht verletzen, Mr. Bolton. Ich weiß, daß es viel Mut kostete, auf dem Pferd zu bleiben.«
Er hatte mich durchschaut. Ich lachte ihn an. »Was, zum Teufel, fangen wir jetzt mit mir an?«
Mr. Blitzstein wurde ernst. »Darf ich als Mann zu Ihnen sprechen, der dreißig Jahre verheiratet ist? Mit der gleichen Frau?«
»Bitte.«
»Wissen Sie, Mr. Bolton, es hat während dieser im ganzen wunderbaren Zeit Monate gegeben, wo ich alles – aber auch alles – geopfert hätte, um in einer ruhigen, hübschen, gemütlichen Gefängniszelle Zuflucht zu finden. Und ich glaube nicht, daß meine Frau jemals so rasend wütend auf mich war, wie Ihre Frau es sein wird, wenn sie das mit den Orchideen entdeckt.«
»Ich glaube, da haben Sie recht.«
»Es hätte natürlich noch schlimmer sein können – für mich, meine ich. Es hätten meine wirklich seltenen Orchideen sein können. Also, Mr. Bolton, als Ihr Anwalt ist mein Rat folgender: Mrs. Bolton fährt morgen nach Kalifornien. Lassen Sie sich übers Wochenende einsperren. Sollen sie Sie jetzt abführen, ja?«
»Mr. Blitzstein, ich kann mich nicht vor Mary verstecken, wenn sie morgen für einen ganzen Monat wegfährt. Ich käme mir wie ein Lump vor.«

Er dachte einige Augenblicke nach. Dann nickte er. »Ich verstehe vollkommen. Wir werden es so machen: Ich setzte mich irgendwann heute abend mit ihr in Verbindung. Notfalls besuche ich sie persönlich. Wenn ich mich überzeugt habe, daß sie Sie nicht sofort bei Ihrem Anblick erschießen wird, sorge ich für Ihre Entlassung.«
Roberts kam ins Gewächshaus und klirrte mit seinen Handschellen. Ich beugte ergeben den Kopf. Mr. Blitzstein zwinkerte mir zu.

23

Jeder, der im Kittchen landet, hat Anspruch auf ein Telefongespräch. Im allgemeinen ruft er seinen Anwalt an. Oder seine Frau. Aber ich hatte meinen Anwalt bereits gesprochen, und man weiß, wie sehr er mir davon abgeraten hatte, mich mit ihr in Verbindung zu setzen, und wäre es auch nur über einen Telefondraht. Nun bin ich aber, seien wir uns darüber klar, vor allem ein Werbefachmann, und auf der kurzen Fahrt zum Polizeihauptquartier hatte mein Gehirn mit zehntausend Umdrehungen pro Minute – Rennwagengeschwindigkeit – gearbeitet. Auch abgesehen von Mary stand ich also vor einigen Problemchen. Eins davon war, meine Stellung zu behalten. Im Polizeibericht erwähnt zu werden ist nicht gerade empfehlenswert für einen Vizepräsidenten einer alten und angesehenen Werbefirma. Ein zweites kleines Problem stand damit im Zusammenhang: den Auftrag der Vereinigten Arzneimittel zu behalten, von einem halben Dutzend anderer großer, die ich jetzt bearbeitete, ganz zu schweigen. Leider ist es eine bekannte Tatsache, daß keine andere Gruppe in der Welt so empfindlich und nervös im Hinblick auf die Reaktion der Öffentlichkeit ist wie die großen Firmen, die in Radio und Fernsehen Reklame machen. Nur der Hauch eines Skan-

dals . . . Bestimmt würde der Lokalreporter der U.P. oder A.P. Samstag abend einen Blick in den Polizeibericht werfen. Dem Himmel sei Dank: kurz bevor wir das Hauptquartier erreichten, funkte das Gehirn. Den Stier bei den Hörnern packen! Dugan wollte, daß der Begriff Aspercel über das ganze Land verbreitet wurde! Ich war vielleicht in der Lage, das zu schaukeln. Ich bat also um mein eines Telefongespräch und wählte die Nummer von Ed Harris von Harris Birdwood & Cie, unserer Public-Relations-Firma. Eddies Frau holte ihn ans Telefon. Ich sagte nur: »Eddie, mein Junge, ich bin wegen Pferdediebstahl verhaftet worden.« Zur Antwort lachte er spöttisch und ungläubig und sagte: »Wessen Pferd hast du denn gestohlen?«
»Mein eigenes«, wisperte ich.
»Willst du mich auf den Arm nehmen?« Seine Stimme klang aufgeregt.
»Nein. Ich bin im Polizeihauptquartier von Weston und soll gerade eingesperrt und wegen Diebstahl eines Zwanzigtausend-Dollar-Pferdes angeklagt werden. Vielleicht hast du schon von ihm gehört. Sein Name ist Aspercel. Unternimm alle notwendigen Schritte, ja, Eddie? Guter Junge!«
Wir legten auf. Ich wandte mich an Roberts. »Okay, ich bin bereit, wenn Sie es sind.«
Der diensthabende Sergeant rief Roberts zu: »Paß gut auf den Kerl auf, Robbie. Er kommt mir wie ein Schwindler vor.«
Ich ging hinüber zu der Barriere, die den Beamten von uns minderwertigen Sterblichen trennte. »Was meinen Sie denn damit, Sie kluger Mann? Ich komme Ihnen wie was für ein Schwindler vor?«
»Alle Schwindler sind gleich«, sagte der Sergeant. »Kommt nicht darauf an, was für welche es sind.« Das Telefon läutete. Er hob es ab. »Sergeant Smith, Staatspolizei . . . Was? – Jawohl. Ja, Sam. Du bekommst die Erstmeldung, weil du so schnell gearbeitet hast. – Ja, das stimmt. Pferdediebstahl. Ein erstklassiges Vollblut noch dazu. Asper-

cel ... Klar buchstabier ich's. Genau wie die Magenpillen ... Nein, seinen Namen wissen wir nicht. Der Kerl behauptet, Frederick Bolton zu sein, der Besitzer des Pferdes, aber Mrs. Bolton sagt, Mr. Bolton ist in Chicago und wird nicht vor heute abend zurückerwartet. Klar, immer los, gib's heraus, Sam. Ich ruf' dich an, falls sich etwas Neues ergibt ... Was? Oh, Polizist Roberts hat ihn verhaftet. Ja, Melvin Roberts. Aufgeweckter Junge, der Mel. Hat ihn fünf Kilometer querfeldein gejagt, bevor er ihn stellen konnte. Richtiges Rodeo. Ob ich einen Kommentar habe? Muß mal nachdenken, Sam. Ja, du kannst sagen, manche Leute hier glauben, sie können sich alles erlauben. Aber das würde ich schon abstellen.« Er legte den Hörer auf und starrte Roberts scharf an. »Worauf wartest du? Nimm seine Fingerabdrücke, und dann sperr ihn ein, bis jemand kommt, der für ihn bürgt – wenn überhaupt einer kommt.«
»Ja, Sir.«
Gott segne Eddie, dachte ich. Gott segne die U.P. und A.P., die es sicherlich aufschnappen würden. Roberts führte mich ab und nahm meine Fingerabdrücke. Er war ein recht angenehmer junger Mann, wenn er weit genug vom Sirenenknopf in seinem Wagen entfernt war.
»Sind Sie vorbestraft, Mister? In ein paar Stunden haben wir's heraus, wenn die Abdrücke in der Kartei sind.«
»Sie sind dort drunten in der Kartei.«
»Wo drunten?«
»Washington D.C.«
Roberts stieß einen leisen Pfiff aus. Ich sah Visionen von Ruhm und Reichtum in seinen Augen tanzen. Vielleicht stellte es sich gar heraus, daß ich ein russischer Spion war.
»Was haben Sie denn da drunten angestellt?« fragte er.
»Hab' zwei Jahre im Auswärtigen Amt gearbeitet. Alle Beamten im auswärtigen Dienst müssen ihre Fingerabdrücke in der Kartei haben.« Ich konnte sehen, wie er vor Enttäuschung in sich zusammensackte. Ich fühlte mich tatsächlich schuldig, nicht schuldig zu sein. Dann fielen mir

die Schüsse ein, die er in die Luft gefeuert hatte. »Sie werden es sowieso herausfinden, darum kann ich es Ihnen ja gleich sagen. Ich habe dort unter dem Namen Frederick Bolton gearbeitet.«

Er sah jetzt ein bißchen elend aus. Ich klopfte ihm auf die Schulter. »Ist schon gut. Ich werde Sie nicht verklagen – wenn das Pferd nicht lahmt oder dergleichen. Oh, Himmel, da kommt meine Frau. Sperren Sie mich schnell ein. In eine Einzelzelle!«

Ich hatte sie durch das Glasoberteil der Tür gesehen. Die Tür öffnete sich, und Mary schlenderte herein. Sie wirkte erstaunlich gelassen für eine Dame, die ihren Ehemann aus dem Kittchen holt. Unglaublicherweise sah sie nicht einmal verärgert aus. Sie blickte umher, sah, wie Roberts mich an dem Sergeanten vorbeiführte, und rief: »Freddie, Gott sei Dank geht es dir gut! Wenn ich nur gewußt hätte, daß du so früh nach Hause kommst.«

Ich grinste Roberts an.

»Sind Sie Mrs. Bolton?« fragte der Sergeant.

»Natürlich.«

»Ausweis?«

Mary holte ihren Führerschein hervor.

»Ist dieser Mann Ihr Ehemann, Frederick Bolton?«

»Natürlich.«

»Und Ihnen und ihm und Ihrer Tochter gehört das Pferd Aspercel?«

»Selbstverständlich.« Sie drehte sich zu mir um. »Er ist wieder auf unserer Koppel, Freddie. Irgend jemand hat ihn vor einer halben Stunde gebracht.«

«Okay, Mr. Bolton, die Anklage wird fallengelassen. Bitte entschuldigen Sie.«

»Sicher«, sagte ich. »Ich finde, Sie haben eine sehr nette Polizeistation. Tut mir leid, daß ich Ihnen keinen längeren Besuch machen konnte.«

»Übertreib nicht«, sagte Mary. »Sonst nehmen sie dich aus einem anderen Grund fest.«

Das hoffte ich ja gerade, denn ich fürchtete mich vor dem Augenblick, da sie die Sache mit den Orchideen entdecken würde. Als ich mit Eddie gesprochen hatte, hatte ich das Ganze verpatzt.

Wie alle Verbrecher, hatte ich einen Fehler gemacht. Ich hatte Eddie gebeten, »alle notwendigen Schritte« zu unternehmen. Ich hatte damit gemeint, daß die Geschichte so frisiert wurde, wie ich es wollte. Da er selbst ein guter Familienvater war, hatte er natürlich angenommen, daß die Benachrichtigung der Familie des Gefangenen ein notwendiger Schritt sei, nachdem die Geschichte bestätigt und hinausgegangen war. Darum war Mary so schnell da. Ich warf einen verstohlen Blick auf ihr Gesicht. Sie sah glücklich aus. Das würde sie nicht lange sein.

24

Mary saß hinter dem Lenkrad und grinste mich an. Ich grinste zurück. »Wir sind doch ein prima Paar, nicht wahr?« sagte ich. »Ich jage sie auf, und du schießt sie ab.«

Sie lachte. »Du bist doch nicht wirklich auf dem Pferd geritten, oder? Und über einen Haufen Hindernisse gesprungen! Was war los? Wollte er sich nur einmal auslaufen, und du bist ihm nach, um ihn zu fangen?«

»Mary«, sagte ich, »du traust mir zu wenig zu. Doch, ich bin auf dem Pferd geritten. Ich hatte keine Zigaretten mehr, und mein Wagen war nicht da. Wie geht es dem Gaul, ist er in Ordnung?«

»Natürlich. Ich weiß nicht, wer ihn brachte. Vielleicht ist er allein gekommen.«

»Er könnte es sicher. Er springt übrigens hübsch. Sehr geschmeidig.«

»Freddie« – ihre Augen waren anklagend –, »hast du etwa die ganze Zeit so getan, als würdest du nichts von Pferden

verstehen? Damit du dich vor den Turnieren drücken kannst?«
Ich schüttelte den Kopf.
Ihre Stimme wurde weich. »Wenn du wirklich geritten bist, bin ich froh, daß du noch lebst.«
»Ich auch.«
»Und ich bin dem Himmel dankbar, daß irgendein Mann – er wollte seinen Namen nicht nennen – mich angerufen und mir die Geschichte erzählt hat, so daß ich dich aus – aus« – sie kicherte – »aus dem Kittchen holen konnte, bevor die Zeitungen davon erfahren haben.« Jetzt geht's los! Sie griff nach vorn und drehte das Radio an. Ich warf einen Blick auf die Uhr, es ging auf fünf. Das bedeutete Nachrichten.
»Ach, wir wollen doch jetzt das Ding nicht anmachen«, sagte ich. »Unterhalten wir uns.«
Und ich drehte das Radio ab.
Sie sah mich komisch an. »Worüber?«
Ich zuckte die Achseln, sagte aber nichts.
»Freddie, da stimmt doch etwas nicht. Du hast etwas getan, ich spüre es.« Sie hielt den Wagen an und drehte sich zu mir. Sie war plötzlich sehr bleich und ihr Blick eindringlich. »Frederick, ich habe das beklemmende Gefühl, daß du irgend etwas getan hast, was für mich entsetzlich ist. Stimmt es? Hast du dich nur wegen eines billigen Reklametricks verhaften lassen?«
Ich schüttelte den Kopf.
»Warum hast du dann das Radio abgestellt? In all den Jahren, seit ich dich kenne, hast du nie ein Radio abgestellt.«
Sie drehte den Schlüssel und drückte auf den Radioknopf. Sofort erfüllten die Nachrichten den Wagen, die von fast zweihundert Stationen im Land gesendet werden und Millionen von Wohnungen und Autos erreichen. Es war ein ruhiger Tag in der Welt gewesen, nicht viel los. Die Nachrichten waren fast vorbei, und ich dachte schon, mir wäre ein Aufschub gegönnt, als wir es hörten.
»Und jetzt die wöchentliche Rundschau. In Connecticut

wurde heute ein prominenter Geschäftsmann verhaftet, weil er ein Pferd gestohlen hat. Die Einzelheiten bringen wir nach diesem Slogan.«

Zum erstenmal in meinem Leben ließ ich eine Werbedurchsage unbeachtet. Als der Ansager wieder zu hören war, wußte ich, daß Eddie Harris wirklich etwas für mich getan hatte. Alles, was ich ihm erzählt hatte, war in der Geschichte drin, und außerdem noch vieles, was er hinzugedichtet hatte. Zum Beispiel, daß meine Tochter Aspercel im Madison Square Garden reiten würde.

Der Ball begann zu rollen.

»Nun«, sagte Mary, »das bringt Helen allerdings in eine reizende Lage, was?«

Wenn das alles gewesen wäre, wäre ich vielleicht noch unbehindert nach Hause gekommen. Aber der Reporter vom Lokalsender mußte sich einmischen. Gleich nachdem der Ansager meinen Sturzflug durch Mr. Blitzsteins Gewächshaus beschrieben hatte, sagte er: »Und jetzt hören Sie einen Augenzeugenbericht an Ort und Stelle, in Westport, Connecticut.« Mich schauderte. Lokalnachrichten haben so etwas Persönliches. Viele von Marys Freundinnen würden hören, was jetzt kam. Dann meldete sich der Lokalreporter.

»Mr. Goddard, Sie sind Obergärtner bei Mr. Blitzstein?«

»Stimmt.«

»Erzählen Sie uns, was Sie sahen.«

»Also, da lag ein Mann mitten zwischen unseren zerbrochenen Blumentöpfen, und Glas war überall, aber er hatte sich gar nicht geschnitten.«

»Wie sah er aus?«

»Gut, außer daß er von Kopf bis Fuß mit Orchideen bestreut war. Ich hab' noch nie so was gesehen.«

»Ich habe gehört, daß Mr. Blitzstein einige sehr seltene Orchideenarten züchtet. Waren auch exotische aus dem Dschungel darunter?«

»Das will ich wohl meinen, Sir. Außer denen hier gab's

keine anderen nördlich vom Äquator, und auch hier sehr wenige. Ursprünglich kommen sie vom Amazonas. Sind herrliche Blumen – oder waren es. Schade, daß die Welt sie nun nie sehen wird.«
»Wie bitte, Mr. Goddard?«
»Sie sollten ausgestellt werden, zum erstenmal überhaupt. Mr. Blitzstein war so freundlich, sie für die große Ausstellung des Gartenklubs in Pasadena zur Verfügung zu stellen. *Das* Ereignis der Gartenbaukunst in diesem Jahr.«
Ich blickte verstohlen zu Mary hinüber. Sie saß vollkommen regungslos und starrte durch die Windschutzscheibe. Ohne den Kopf zu bewegen, sagte sie nach einer Weile: »Bitte, fahr mich nach Haus, Freddie.«
Ich öffnete die Tür, stieg aus und ging um den Wagen herum auf ihre Seite. Sie starrte noch immer durch die Scheibe. »Ich habe dich gebeten, mich nach Hause zu fahren, Freddie.«
»Ich kann nicht«, sagte ich. »Du sitzt hinter dem Lenkrad.«
»Was?« Sie sah sich um und kam zu sich. »Wirklich.«
Sie rutschte hinüber auf den anderen Sitz. Ich stieg ein und ließ den Wagen an. Ich fuhr langsam und wartete darauf, daß das Gewitter losbrach und die Blitze um meinen Kopf zucken würden. Als es schließlich kam, war es schlimmer, als ich erwartet hatte, denn sie sprach ruhig und vollkommen beherrscht.
»Ich nehme an, du bist dir klar darüber, daß ich jetzt als Präsidentin des Gartenklubs zurücktreten muß, da du unsere ganze Familie lächerlich gemacht hast. Von der Zerstörung unserer Ausstellungsstücke gar nicht zu reden.«
Nach dem hohlen Klang ihrer Stimme hätte sie aus einem Grab sprechen können – aus meinem?
»Was ich nicht fassen kann«, fuhr sie fort, »ist, daß du alles – mich, deine Tochter, unseren Ruf, überhaupt alles – für Geld und deine Karriere opfern würdest.«
»Mary, *ich* war nicht derjenige, der Helen ein Pferd kaufen wollte.«

»Aber du hast ganz schön davon profitiert. Und – und meine schönen Orchideen. Du hast einfach *alles* kaputtgemacht.« Sie begann zu weinen, ein tiefes, lautloses Schluchzen, das ihren Körper schüttelte und mir das Herz zerriß. Ich fuhr sehr langsam, damit sie sich gehörig ausweinen konnte. Es war völlig zwecklos, ihr zu erklären, daß ich es doch nicht gewollt hatte. Als es dann aber geschehen war, hatte ich einfach versucht, das Unglück abzuwenden. Ein Vizepräsident, der als Pferdedieb verhaftet wird, läuft Gefahr, hinausgeworfen zu werden. Bei einem Vizepräsidenten jedoch, der für den namhaften Kunden seiner Firma über das ganze Land Reklame macht, ist das weniger der Fall. Was hätte ich nach Marys Meinung wohl tun sollen?

Ich bog in unsere Auffahrt ein, als ich hörte, daß sie sich herzhaft in ihr Taschentuch schneuzte. Ich hoffte, daß es das Ende des Tränenstromes bedeutete.

»Hellie zu Hause?« fragte ich.

»Nein, ich habe sie am Strand abgesetzt. Ein Junge bringt sie nach Hause.«

»Ein *was?*«

»Ein Junge. Ein recht netter Junge. Sie ist in der letzten Woche zweimal mit ihm ausgegangen. Ich glaube, sie mag ihn gern.«

Ich hatte es satt, daß alle Sünden auf mir abgeladen wurden. Ich ergriff die Gelegenheit, um ein wenig davon heimzuzahlen.

»Während ihr Vater im Kittchen schmachtet, bringst du meine Tochter zum Strand!«

Ihre Stimme klang unheilvoll. »Ich wußte nicht, daß du so töricht sein würdest, dich einsperren zu lassen.«

Aber ich tat so, als hörte ich es nicht. »Seit einer Woche ist dieser Junge ihr fester Freund, und du sagst kein Wort? Väter möchten es auch gern wissen, wenn ihre Töchter anfangen, einen festen Freund zu haben. Sie . . .«

Sie explodierte. Sie ging richtig hoch vor Wut. Sie gebrauchte Wörter, die ihr Vater früher aus der Kneipe heimgebracht haben mußte. Als ihr schließlich der Atem ausging, sprang sie aus dem Wagen, lief über den Parkplatz ins Haus und knallte die Tür hinter sich zu. Ich folgte ihr in einigem Abstand und richtete mir ein Sandwich her, ein gutes, steifes Wodkasandwich. Dann öffnete ich eine Flasche Bier und ging hinaus auf die Koppel, um mich mit meinem Freund zu unterhalten.

25

Lange Zeit lehnte ich am Zaun und sprach mit Aspie, während die Sonne langsam sank und die späten Grillen im Gras zu zirpen begannen. Seit langem wußte ich, daß Aspie ein guter Gesprächspartner war, wenn es stürmisch zuging. Man konnte ihn alles fragen und sicher sein, daß er einem keine falschen Antworten gab. Er drückte seine Mißbilligung höchstens einmal durch einen ungeheuren Stoßseufzer aus, weil kein Bier mehr da war.

Was er jetzt tat.

»Schon gut, schon gut«, sagte ich. »Wir trinken noch eine Runde.«

Ich hätte schwören können, daß er mich angrinste. Ich ging hinein und stieß – bums – mit Mary zusammen, die aus einer anderen Richtung kam. Beide traten wir eilig zurück, wie Fremde, die in der Untergrundbahn zufällig aneinanderstoßen. Wir standen da, sahen uns an und waren lächerlich verlegen. Der Widerhall der Szenen kurz vorher hing zwischen uns wie Nebel. Es war eine jener kritischen Situationen, aus denen echte Unannehmlichkeiten entstehen können, wenn einer das Falsche sagt. Gott sei Dank brachte Mary ein scheues, tastendes Lächeln zustande.

»Frederick, was habe ich gesagt? Ich muß ziemlich wütend gewesen sein, denn ich kann mich an nichts mehr erinnern. Sag mir, was es war, damit ich mich entschuldigen kann.«

Selbst nach siebzehn Jahren Ehe konnte ich kein Wort davon wiederholen, jedenfalls nicht vor Mary. Also sagte ich: »Nichts zu entschuldigen. Hat mich zurückversetzt in die Zeiten des guten, alten ›Malamute Saloon‹.«
Sie wurde knallrot. »Oh, Frederick, du meinst . . . Vater . . . Wie entsetzlich! Freddie, solche Wörter denke ich nicht einmal.« Und sie lief aus dem Raum.
Die Welt sah wieder etwas rosiger aus. Ich richtete Aspies und mein Gesöff her und ging zurück zur Koppel. Dort lehnte ich den Kopf auf die oberste Latte des Zaunes, Aspie legte sein Kinn darauf, ich rieb seine Nase und dachte an Hellie. Jetzt ging sie also mit einem Jungen! Das würde ich erst glauben, wenn ich es sah. Wahrscheinlich war es irgendein Pferdenarr, es konnte ja kein netter, sauberer, kurzgeschorener, echt amerikanischer Bursche sein.
Das Brummen eines Motorrollers, der die Straße heraufkam, weckte mich aus meinen Gedanken. Ich kannte doch niemanden, der dieser besonderen Form der Selbstquälerei huldigte? Ich hörte den Roller ein paar würgende Geräusche ausstoßen, als er langsamer wurde und in unsere Auffahrt einbog, dann kam er zum Haus hinauf.
Ich sah mich um, und mein Herz schlug plötzlich schneller. Helen wurde von einem *Jungen* heimgebracht! Keine Sekunde dieses historischen Augenblicks wollte ich versäumen. Die Vespa kam in Sicht, Helen hockte auf dem Rücksitz. Der Fahrer hatte welliges blondes Haar, das wie eine Windstoßfrisur geschnitten war, wenn man es geschnitten nennen konnte.
»Junge – daß ich nicht lache!«
In meiner Enttäuschung sprach ich laut vor mich hin, aber ich winkte Hellie zu, die sich an der Taille der Fahrerin festklammerte. Sie winkte zurück, und ihre neue Freundin winkte auch.
»Hallo, Mr. Bolton, Sir.«
Ich blinzelte verblüfft. Die Stimme war, im Gegensatz zu der äußeren Erscheinung, ein klangvoller tiefer Baß. Die

entblößte Brust unter dem offenen Hemd sah flach und haarig aus. Immerhin, man konnte nie wissen. Sie hielten an, und ich sah, daß es unleugbar ein Junge war, ein recht hübscher, athletisch aussehender Bursche, der eine Art Theaterkostüm zu tragen schien: das offene Hemd war grellgelb, ein langer blauer Schal baumelte seinen Rücken hinunter, seine Beine steckten in unbeschreiblich schmierigen, einstmals sitzenden Blue jeans. Als ich seine zwei großen, schmutzigen, nackten Füße in geflickten Sandalen sah, wußte ich, daß es kein Kostüm, sondern das Symbol einer verzeifelten Bemühung um Nonkonformismus war.
»Vater, ich möchte dir gern Sunny vorstellen, Sunny Day. Er hat mich nach Hause gebracht.«
Er konnte nicht echt sein. »Guten Tag«, sagte ich.
»Sunny findet dich toll.«
Und diese Karikatur fuhr mit *meiner* Tochter herum.
»Sunny findet, daß du der tollste Vater in der Umgebung bist.«
»Tollster Bursche im ganzen verrückten Bezirk, Sir, keine Frage.«
»Sunny, hör auf, so blöd zu reden.« Helen schlug ihm auf die Schulter. »Was soll Vati denn von dir denken?«
»Wir sind in einem freien Land, Hellie-Baby. Ich muß ich selbst sein. Ich habe kein Recht, Vatis – Mr. Boltons – oder sonst jemands Gedanken zu beeinflussen. Wir sind in *Amerika.* Gedankenkontrolle gibt's nicht.«
Es gab ein kurzes Schweigen. Ich hatte das Gefühl, dieser Jüngling wartete auch noch auf Beifall.
»Sunny ist ein Denker«, sagte Hellie. »Ein Prophet.«
Wieder Schweigen. Was sollte man schließlich auf solch eine Bemerkung antworten?
Sie wandte sich an den Jungen. »Mein Vater ist ein Genie, Sunny. Das mußt du berücksichtigen.«
Sunny strahlte. »Mann, klar ist er ein Genie. Wenn du mich fragst, Hellie-Baby, so braucht es ein Genie, damit einer in unserem Jet-Zeitalter als Pferdedieb eingelocht wird.« Er

lächelte mich freundlich an. »Sir, wie haben Sie das gedreht?«

»Was gedreht? Ich habe nichts gedreht.«

»Vor mir brauchen Sie nicht bescheiden zu sein, Sir. Ich bin niemals bescheiden. Ich meine, was haben Sie getan, daß es so aussah, als hätten Sie das Pferd geritten? Jemanden angestellt, und als er hinter dem Gewächshaus abstieg, sind Sie einfach hinein und haben einen Stein durch das Glasdach geworfen?«

»Ich habe nichts dergleichen getan.«

Sunny beachtete mich nicht. »Himmel, was für ein Kopf! Niemand außer einer Werbekanone könnte sich so einen Schlager ausdenken. Dazu muß man raffiniert sein, Mann, ich *weiß* es.«

»Sunny ist ein Prophet«, wiederholte Hellie. »Er weiß alles.«

Eins wußte der Prophet offensichtlich nicht: daß ich im Begriff war, ihm eine zu langen. Ich hatte bereits genug wegen des Rittes durchgemacht, und ich ahnte, daß ich noch viel mehr würde durchmachen müssen. Ich ging auf das blonde gewellte Etwas zu, und Flammen schossen aus meinen Augen. Zentimeterweise zog er die Vespa zurück, Er sah ängstlich und plötzlich sehr, sehr jung aus. Ich blieb stehen. Er rückte die Vespa noch weiter zurück und sprach.

»Ja, entschuldigen Sie, Sir. Ich dachte, ich mache Ihnen damit ein Kompliment, aber ich glaube, ich habe Blödsinn geredet.«

»Wir sind in *Amerika!*« sagte ich und zitierte den albernen Dummkopf. »Beschmutzung des guten Rufes gibt's nicht. Ein guter Räuber ist ein guter Räuber.«

Zu meinem Erstaunen stellte er den Roller ab, fiel in einem Lachanfall auf den Rücken, hielt sich den Bauch und wedelte mit seinen schmutzigen Füßen in der Luft herum. Helen stand dabei und sah auf ihn hinunter – bewundernd! Nach ungefähr einer Minute stand er vollkommen beherrscht auf, nahm meine Hand und schüttelte sie wild.

»Sir, ich dachte schon immer, Sie sind toll. Jetzt weiß ich's! Hellie-Baby, das ist ein Mann! Das gefällt mir!« Er wandte sich wieder mir zu. »Also, es war eine richtige Ehre, Sie kennenzulernen, Mr. Bolton. Ich muß nach Hause. Ich würde gern einmal an einem Abend herüberkommen und zuhören, wie der Wind bläst, wenn Sie den Denkapparat in Bewegung setzen. Darf ich?«
Er hatte mich verwirrt. »Oh, sicher, jederzeit«, sagte ich. »Freilich bin ich nicht viel zu Hause.«
»Dann auf Wiedersehen, Hellie-Baby.«
Er trat auf den Anlasser, die Vespa heulte los, er fuhr knatternd die Auffahrt hinunter und war fort. Ich beobachtete, wie Hellie ihm nachsah. In ihren Augen tanzten Sterne. Was ich so ersehnt hatte, war geschehen! Und natürlich mit so einer Witzfigur. Ich legte den Arm um sie. »Hellie, magst du diesen Jungen gern?«
»Ja, Vati. Ja.«
Ihr Gesicht strahlte im Morgenrotglanz der allerersten Liebe. »Dann mag ich ihn auch, Baby«, flüsterte ich.
Ich fühlte, wie ihr Arm sich um meine Taille legte, und wir gingen auf das Haus zu.
Wir waren erst ein paar Schritte gegangen, als ich Aspercel schnauben hörte. Er sprang über den Zaun der Koppel und kam uns im Galopp nach. Ich hatte mich eine halbe Stunde mit ihm unterhalten, jetzt wollte ich mit Hellie allein sein. In meiner Ansagerstimme rief ich: »W-e-e-n-d-e-n, bitte.« Aspie warf den Kopf hoch, machte gehorsam kehrt und ging im schönsten Paradeschritt zur Koppel zurück.
Hellie lachte. »Kein Wunder, daß die Richter auf meinen ersten Turnieren ›passiv‹ hinter meine Nummer geschrieben haben. Wann hast du ihm das beigebracht, Vati?«
»Als ich heute nachmittag zum Geschäftsviertel geritten bin, um mir Zigaretten zu holen. Ich ritt ungesattelt und hatte keine Zügel. Hellie, ich nehme an, du hast mit Sunny die Fünfuhrnachrichten im Radio gehört?«
»Im Fernsehen. Es war wunderbar. Sie brachten Bilder von

mir, wie ich mit Aspercel springe, und von dir und von Mami und mir von verschiedenen Turnieren. Mr. Dugan sollte dir eigentlich dafür um den Hals fallen. Aber« – ihre Stimme klang plötzlich matt – »der Mann hat gesagt, er hat ausdrücklich gesagt, daß ich Aspercel in der Reiterprüfung im Finale im Garden reiten werde. Du weißt, daß das noch gar nicht sicher ist.«
Ich wußte es nur zu gut.
»Es – es ist ziemlich unangenehm für mich, nicht wahr? Ich meine, all die Mädchen und Jungen, die ich bei den Turnieren kennengelernt habe – gegen die ich reite –, werden doch denken, daß das komisch von dir war, den Mann so etwas sagen zu lassen. Ziemlich anmaßend?«
Ich drückte sie fester an mich.
»Ach, Liebling, die ganze verdammte Angelegenheit ist nicht meine Schuld. Es war kein Reklametrick. Diese Geschichte bringt mich fast in eine noch schlechtere Lage als dich. Wenn du die elende dritte Medaille nicht gewinnen kannst, bin ich es, der es Harry Tomes und Tom Dugan beibringen muß.«
»Ja, Papsile, aber *ich* muß sie gewinnen. Und morgen ist ein Turnier in Millbrook.«
»Das ist nichts für dich. Nicht nach dem, was heute vorgefallen ist. Ich möchte nicht, daß dich alles neckt. Zum Kuckuck, wenn wir in zwei Wochen wieder auf ein Turnier gehen, denkt kein Mensch mehr daran. Du fährst morgen mit mir zu Flughafen, wenn ich Mami zum Flugzeug bringe. Ich möchte sowieso, daß du mir auf dem Heimweg Gesellschaft leistest.«
»Oh, danke, Vati! Und, Papsile, darf Sunny auch mit? Er sieht sich so gern Menschenmengen an, besonders auf Bahnhöfen und Flugplätzen. Er sagt, wenn er Fremde beobachtet, kommt er sich so überlegen vor, und hin und wieder muß ein Mann sich überlegen vorkommen.«
»Mir schien es eigentlich, als käme Sunny sich so ziemlich immer überlegen vor.«

«Oh, das stimmt. Weil er es auch ist. Er läßt sich nur gern daran erinnern.«
»Er kann mitkommen«, sagte ich, »unter der Voraussetzung, daß er sich wie ein menschliches Wesen kleidet und ein Paar saubere Hosen anzieht. Ich nehme doch an, daß er Hosen und Schuhe hat. Oder ist seine Familie etwas knapp dran?«
»*Vater!* Sunnys Eltern haben eine Jacht!«
Wir hatten das Haus erreicht. Hellie schwebte nach oben, während ich in die Küche ging, um etwas zum Abendessen zusammenzubrauen. Plötzlich hatte ich eine Idee. Ich holte das Telefonbuch heraus und suchte Blitzsteins Nummer. Er war selbst am Apparat.
»Freddie Bolton am Apparat, Mr. Blitzstein.«
»Ah, mein Lieblingsklient! Wo sind Sie? Noch gemütlich untergebracht an Ihrem hübschen, ruhigen Zufluchtsort?«
»Nein, Sir. Mary hat mich herausgejagt.«
»Sie haben es geduldet?«
»Sagen wir, die Polizisten haben's geduldet. Mr. Blitzstein, meine Frau weint sich die Augen aus wegen der Ausstellungsstücke für den Gartenklub.«
«Oh, das tut mir leid. Kann ich irgendwie helfen?«
»Ich denke schon.«
»Machen Sie Ihrem Herzen Luft, mein Junge.«
»Also, mir ist gerade eingefallen, daß Sie mir etwas über Ihre zweitbesten Orchideen sagten.« Ich sprach sehr langsam und deutlich, damit er mich ja verstand. »Finden Sie es sehr schön, daß Mary sich die Augen ausweint, weil ich Ihre *zweitbesten* Orchideen zerstört habe, während Sie bei ihr den Eindruck erweckten, es wären Ihre besten?«
Ein langes, inhaltsreiches Schweigen folgte. Dann meinte er: »Du liebe Güte, ich sehe, ich habe zuviel gesagt.«
»Oder nicht genug?«
»Aber Freddie – Mr. Bolton –, niemand, nicht einmal meine eigenen Gärtner, haben diese Pflanzen bisher gesehen. Niemand in der Welt außer mir selbst.«

»Dann müßten sie ja wirklich ein grandioser Schlager auf der Gartenklubtagung sein, finden Sie nicht? Mr. Blitzstein, seien Sie kein Spielverderber und geben Sie meiner Frau eine Chance. Sie kann es gebrauchen. Und ich eigentlich auch.«
Ich hörte ihn lachen.
»Also gut. Ihre Frechheit gefällt mir, Teufel noch mal. Ich sage den Gärtnern Bescheid, daß Sie sie abholen.«
»Ich danke Ihnen, Mr. Blitzstein.« Das sagte ich aus vollem Herzen.

26

Mary nahm sich großartig zusammen. Am nächsten Morgen fuhr ich sie hinüber, um die neue Kiste mit den eingetopften Orchideen abzuholen. Mr. Blitzstein war die Herzlichkeit in Person. Er erklärte immer wieder, wie selten und kostbar sie wären, und gab Mary ein maschinengeschriebenes Blatt mit Anweisungen über Feuchtigkeit, Luftdruck, Temperatur und genaue Gießvorschriften.
Wir fuhren nach Hause, holten Hellie und Sunny ab und fuhren dann den langen Weg zum Flughafen hinaus. Marys Stimmung schwankte zwischen Abschiedsschmerz und Begeisterung über die Blumen. Als der Augenblick kam, um endgültig Abschied zu nehmen, nahm ich sie in die Arme und konnte mich nur schwer von ihr losreißen.
Trotz der beiden Kinder kam ich mir auf der Rückfahrt nach Westen einsam vor. Eine Ablenkung gab es, wenn man es so nennen kann: ich lernte, was Prophet in der Sprache der jüngeren – der viel jüngeren Generation bedeutet. Ich lernte zum Beispiel, daß ein Prophet männlich oder weiblich sein kann, daß er oder sie toll sein muß, daß es jemand sein muß, dessen Ansicht über Leben, Religion, Volksmusik, Moral, Sex (der nicht unter die Moral fällt) und das Rauchen

man gern hört. Seine Bewunderer werden, soweit sie das gleiche Geschlecht haben, Zuhörer und, soweit sie dem anderen Geschlecht angehören, Anbeter genannt. Schließlich lernte ich, daß ein Prophet, außer in Fällen äußersten elterlichen Zwanges, sich zu jeder Zeit als Nonkonformist zeigen muß – als Exzentriker. In diesem letzten Punkt qualifizierte sich Sunny Day bestimmt für den Titel. Was die anderen Punkte betraf, war ich nicht in der Lage, ein Urteil abzugeben, und hoffte auch inbrünstig, daß ich es nie sein würde.

Wir waren gegen vier zu Hause, und ich führte Marys Anweisungen auf den Buchstaben genau aus. Ich brachte Hellie und ihre Koffer zu Judy, führte Aspie in den Anhänger und brachte ihn in die königlichen Gemächer, die ich für ihn bei Wolfgang gemietet hatte.

Am späten Montagvormittag kam ich ins Büro. Ich war nicht ganz sicher, wie mein Empfang ausfallen würde. Aber als ich den Lift beim »Torfmoor« verließ und die große, schlanke, luchsäugige, brünette Empfangsdame, die sonst kaum jemanden eines Blickes würdigt, das Luchsauge zu mir aufschlug, wußte ich, daß alles in Ordnung war. Sie sah mich nicht nur, nein, sie starrte mich an – mit dem gleichen sehnsüchtigen Blick, den Hellie an den Propheten verschwendete. Offensichtlich war ich in meiner eigenen Werbeagentur eine Berühmtheit geworden!

Ich ging zu meinen Büros. Mrs. Dobson, Susies Nachfolgerin, begrüßte mich mit einem breiten Lächeln. Wie alle Sekretärinnen, die bei Tomes arbeiteten, war sie fesch hergerichtet und frisiert, aber das Haar war grau, sie war ein mütterlicher Typ. Ich brauche nicht zu erwähnen, daß Susie sie ausgesucht hatte. Offiziell galt sie als Direktionssekretärin, was zwar mein Ansehen hob, Susie aber nicht ersetzte. Mrs. Dobson gab mir das Gefühl, ein bedeutender Geschäftsmann zu sein, und schien zu glauben, daß ich es auch war. Susie war da besser im Bilde gewesen.

»Guten Morgen, Mr. Bolton. Sind Sie bereits im Hause?«
»Wieso? Ich stehe doch vor Ihnen. Was glauben Sie? Bin ich's?«
»Ich hätte fragen sollen, ob Sie offiziell im Hause sind. Mr. Tomes, Mr. Dugan, Mr. Harrison, Mr. Julius von Benton & Bowles und Mr. Peters von Triple-X-Zigaretten wollen alle mit Ihnen sprechen.«
»Vielleicht sollte ich lieber wieder nach Hause gehen.«
»Ich glaube nicht, Mr. Bolton. Wen soll ich zuerst benachrichtigen? Mr. Tomes.«
Es war nicht einmal eine Frage. Sie drückte auf einen Knopf an ihrem Lautsprecher und sagte: »Barbara, sag Mr. Tomes, daß Mr. Bolton jetzt hier ist.«
Ich hatte kaum den ersten Brief von einem Stapel genommen, als die Tür aufging und Harry Tomes hereinkam. Er ließ sich in seinen bevorzugten Sessel fallen, der dem Bild seines Lieblingsrennpferdes gegenüber stand.
»Nun ja!«
Das konnte alles bedeuten, aber aus unerklärlichen Gründen ging ich in die Defensive. »Morgen, Harry. Wir haben das Turnier gestern abgeblasen. Aber nächsten Sonntag ist wieder eins in West-Hartford. Ich habe durch Wolfgang die mutmaßlichen Nennungen feststellen lassen. Helen wird die dritte Medaille todsicher gewinnen.«
»Das will ich ihr auch geraten haben, das ist alles, was ich sagen kann.«
»Wir werden unser Bestes tun, Harry.«
»Das Pferd *muß* im Garden reiten. Ihre Stellung hier hängt davon ab. Schließlich haben Sie's am Samstag bekanntgegeben, im Radio – im Fernsehen – überall.«
»Ich habe es nicht bekanntgegeben, Harry! Was ist los, hat Ihnen und Tom vielleicht nicht gefallen, was ich am Samstag für uns geschaukelt habe?«
»Glauben Sie, Tom und ich sind verrückt?«
»Nun, Sir . . .«
»Natürlich hat es uns gefallen, Sie Dummkopf. Ich bin

schon lange in dem Geschäft, aber etwas Besseres ist mir noch nicht vorgekommen.«
Ich strahlte ihn an. »Wie wär's dann mit einer Gehaltserhöhung?«
Er hob die Hand. »Darauf warte ich schon eine ganze Weile. Nein, Sie bekommen keine Gehaltserhöhung.«
Ich war wütend. »Das kleine Katz-und-Maus-Spiel soll wohl komisch sein?«
Er zuckte die Acheln. »Also, wenn Sie sich jetzt beruhigen, erzähle ich Ihnen, was ich im Sinn habe. Tom Dugan hat mich heute früh Ihretwegen angerufen.«
»So?«
»Ja, er möchte, daß Sie als Vizepräsident zu ihm in die Vereinigten kommen und die Leitung der gesamten Werbung und der Public-Relations-Abteilung in der Firma übernehmen. Es war anständig von ihm, daß er es zuerst mir gesagt hat. Denn das Gehalt, das er erwähnt, ist so . . . Ich werde es Ihnen nicht sagen. Sie wären zu geneigt, darauf hereinzufallen.«
Er schwieg. Ein oder zwei Minuten studierte er nur das Bild des Rennpferdes an der Wand und trommelte mit den Fingern auf der Lederlehne des Sessels.
»Anständigerweise muß ich Toms Summe irgendwie nahekommen. Aber ich werde Ihr Gehalt nicht erhöhen. Ihre Arbeit hier in den letzten fünf oder sechs Monaten war sehr fruchtbar – und einträglich – für die Firma als Ganzes. Sie haben bisher noch nicht einmal versucht, das auszunutzen. Ich werde Sie als Partner hereinnehmen und Ihnen einen kleinen Prozentsatz am Gesamtnettogewinn der Firma geben.« Beinahe kippte ich um. Ich konnte nur vermuten, was das in bar ausmachen würde, aber ich wußte, daß es mehr war, als ich in meinen kühnsten Träumen zu verdienen gehofft hatte. Ich fürchte, ich stockte mehr als einmal, als ich ihm dankte. Dann kam, wie gewöhnlich bei ihm, der Haken.
»Sie haben der Welt ausdrücklich mitgeteilt, daß Ihre Toch-

ter und ein Pferd namens Aspercel im Garden am Finale teilnehmen werden. Wenn nicht, wird Dugan darauf bestehen, daß einer von dreien aus der Agentur ausscheidet. Der Auftrag der Vereinigten Arzneimittel – Sie – oder ich. Und ich weiß genau, daß ich es nicht sein werde. Ich hatte das Gefühl, daß ich das erwähnen müßte.«

Er stand auf und grinste mich an. »Nur Mut!« sagte er. »Halten Sie die Stellung, und grüßen Sie Ihre Tochter.«

Lange Zeit starrte ich die geschlossene Tür an, nachdem er gegangen war.

Ihr Hunde, dachte ich. Was die eine Hand gibt, nimmt die andere wieder weg. »Ihr werdet es mir nicht wieder wegnehmen, zum Teufel!« Ich fürchte, ich schrie. »Denn ich werde es nicht zulassen. Das Pferd geht in den Garden, und wenn ich es auf meinem Rücken hintragen muß!«

27

Die nächsten zehn Tage mußte ich gewaltig schuften. Natürlich, ich war jetzt Partner, und von Partnern erwartet man mehr als von bloßen Angestellten. Daher lud man mir immer mehr Aufträge auf.

Als der nächste Donnerstag herankam, war ich so schlapp wie ein ausgewundenes Scheuertuch. Dann, gleich nach dem Essen, erhielt ich einen Telefonanruf. Am Apparat war Wesley Murray, der Leiter der Weston-Country-Tagesschule – Direktor wurde er genannt. Der Anruf dauerte nicht lange, und er verlief so:

»Mr. Bolton? Mir wäre sehr daran gelegen, mich mit Ihnen über Helen zu unterhalten. Wann würde es Ihnen passen? Ich glaube, es ist wichtig, daß wir uns einmal für eine halbe Stunde zusammensetzen.«

»Gut«, sagte ich. Ich blätterte in meinem Terminkalender. »Einen Moment – wie wäre es mit übernächstem Dienstag?«
»Ich glaube, es muß früher geschehen. Es ist dringend. Sagen wir heute nachmittag? Gegen fünf?«
»Hat sie irgendwelche Schwierigkeiten in der Schule?«
»Nein. Ihre Arbeiten sind nicht gut, aber um diese Zeit, kurz nach den großen Ferien, nun ja . . .«
»Ist sie krank?«
»Mr. Bolton, ich weiß es nicht. Sie ist heute ohnmächtig geworden, und ich habe sie vom Arzt untersuchen lassen. Körperlich konnte er nichts finden. Wissen Sie, ob sie irgend etwas tief beunruhigt? Zum Beispiel, daß ihre Mutter fort ist?«
»Das hat, verdammt noch mal, gar nichts damit zu tun. Mrs. Bolton ist bei der Tagung des Gartenklubs in Pasadena. Sie sind vollkommen auf dem Holzweg. Mary, das Pferd und ich könnten nicht glücklicher zusammen leben. Und das weiß Helen!«
»Haben Sie gesagt . . .« Es hörte sich an, als wollte er weiterbohren, aber dann verhallte seine Stimme. Offenbar hatte er erkannt, daß die häusliche Situation für einen Erzieher mit nur zwei oder drei Diplomen von Harvard zu verwickelt war. Er hustete und sagte munter: »Sagen wir also heute nachmittag fünf Uhr?«
»Gut.«
Den ganzen Weg nach Weston plante ich verschiedene Annäherungsarten und Überredungsmanöver, die ich Hellie gegenüber anwenden könnte. Natürlich, als Wesley Murray mich fragte, ob ich wüßte, was sie beunruhigen könnte, hätte ich sagen können: »Ja, Herr Professor, Reitturniere.« Ich hatte ihre Erleichterung gesehen, als ich ihr nach meinem Ritt erklärte, sie brauche am nächsten Tag nicht zu reiten. Freilich, es war möglich, daß sie verrückt nach diesem Sunny Day war. Aber nein, er hätte ja mit uns zum Turnier kommen können.

Gut. Wenn ich sie in der Schule sah, würde ich sie zuerst einmal bemitleiden. Dann würde ich sie beruhigen – ihr sagen, sie solle sich wegen der Ohnmacht keine Gedanken machen, und ich wäre ganz sicher, daß sie gesund sei, am Sonntag in der Medaillenprufung in West-Hartford zu reiten. Und wenn sie antwortete nein, sie würde nicht reiten, dann würde ich mit den alten Grundwahrheiten, wie Harry Tomes sie nannte, herausrücken; sie einfach übers Knie legen und verhauen.

Als ich ankam, stand die Sonne tief, und ein kalter unangenehmer Nordost kam auf. Bei einem prunkvollen schmiedeeisernen Tor bog ich ein und fuhr die gewundene Kiesauffahrt bis zur Schule hinauf. Ich war voller Entschlossenheit; mit einem Ausdruck großer, doch zärtlicher Besorgnis stürzte ich an den beiden Privatsekretärinnen vorbei und in das Allerheiligste des Direktors. Er saß an einem riesigen Ahornschreibtisch und hielt eine Kaffeetasse in der einen und das Mikrofon eines Diktierapparates in der anderen Hand.

»Ah, Mr. Bolton. Ich bin gleich fertig.«

Es war mir klar, daß Murray sein Diktaphon so anzuwenden versuchte wie Harry Tomes sein Schweigen – um mich gefügig zu machen. Nach jahrelanger Erfahrung im Umgang mit erregten Eltern war das wahrscheinlich reine Routine. Er erreichte damit tatsächlich etwas: er gab mir Zeit, zu erkennen, daß mein Holzhammerprogramm, mit dem ich Hellie, was immer ihr fehlen mochte, behandeln wollte, nicht ganz mit seiner Philosophie der Kindererziehung übereinstimmen würde. Es war wohl besser, damit zu warten, bis ich sie allein vornehmen konnte. Endlich legte er das Mikrofon auf den Tisch.

»Also, Sir. Nun zu Ihrer Tochter. Bei unserem Telefongespräch fragte ich Sie, ob Sie wüßten, was Hellie so tief beunruhigen könnte, und dann« – er lächelte breit – »kamen wir davon ab und auf ein ganz anderes Gebiet. Sie haben also meine Frage immer noch nicht beantwortet. Sie haben sich sogar ziemlich darüber aufgeregt.«

»Es tut mir leid, wenn ich unhöflich war, aber ich habe Ihnen Ihre Schlußfolgerungen übelgenommen. Unser Familienleben geht Sie einfach nichts an.«

»Was Ihre Tochter so weit gebracht hat, daß der Schularzt sofortige psychiatrische Behandlung empfiehlt, geht mich sehr viel an.«

Ich versuchte verzweifelt, die Panik, die mich bei seinen Worten ergriffen hatte, zu übersehen, und sagte: »Was genau hat der Arzt gesagt? Hat *er* eine Idee, was mit ihr los ist?«

Dr. Murray faltete die Hände auf seinem Schreibtisch. Seine braunen Augen waren unangenehm durchdringend.

»Nur ganz allgemein. Er hatte den Eindruck, daß sie unter einem furchtbaren Druck steht. Furchtbar für *sie*, natürlich nicht unbedingt für einen Erwachsenen. Da sie ihm trotz all seiner Versuche – und er ist ziemlich weit gegangen – nicht gesagt hat, was für ein Druck es ist – oder für ein Gefühl des Druckes –, ist er zu dem Schluß gekommen, daß es vollkommen eingebildet ist. Und das bedeutet, daß sie geistig eine sehr kranke junge Dame ist.«

Ich hatte gar nicht gemerkt, daß ich in meinem Stuhl zusammengesunken war. Ich fühlte den sanften, aber festen Druck von Murrays Hand auf meiner Schulter.

»Mr. Bolton. Solche oder ähnliche Dinge quälen uns alle einmal. Diese – geistigen Störungen bei unseren eigenen Kindern gehören zu den schwersten Prüfungen, die uns auferlegt sind. Glauben Sie mir, Sir, im Lauf der Jahre habe ich viele Eltern hier in Country Day mit dem gleichen Problem gesehen. Die moderne Psychiatrie kann da in verhältnismäßig kurzer Zeit Wunder vollbringen. Sogar bei Halbwüchsigen. Sie dürfen einfach nicht den üblichen Fehler machen und sich selbst die Schuld an allem geben, Mr. Bolton.«

Ich wußte, daß er mir helfen wollte, und doch gab mir jedes einzelne Wort einen Stich. Ich fühlte mich nur zu schuldig! Nach einer Weile stand ich auf. Samson hatte genug Mut gehabt, um einen Tempel über sich einzureißen. Ich war kein Samson, aber ich liebte Hellie – das genügte. Es würde nicht lange dauern, mein Tempel war eine ziemlich faule Angelegenheit.

»Helen braucht keinen Psychiater«, sagte ich. »Sie braucht einen Vater. Wo ist sie?«

Zum erstenmal klang seine Stimme verwirrt. »Ich weiß nicht, ob ich das erlauben . . .«

Aber die Stärke meiner Entschlossenheit hatte unsere Stellungen vertauscht. Plötzlich war er der kleine Junge. »Ich will nicht unverschämt sein, Dr. Murray, und ich weiß, daß Sie die Güte selbst waren. Sie haben aber tatsächlich so viel geredet, daß ich bis jetzt die Frage nicht beantworten konnte, die Sie mir vor drei Stunden am Telefon gestellt hatten.«

Überrascht trat er zurück: Schulleiter sind es nicht gewöhnt, daß man so mit ihnen spricht. Aber er war anständig genug, um zu erwidern: »Tatsächlich, da haben Sie ganz recht.«

»Ich beantworte sie jetzt«, sagte ich. »Ja, ich weiß, was sie quält. Ich habe nur nicht gewußt, wie sehr. Es ist etwas, was keiner außer mir in Ordnung bringen kann, und ich kann es in weniger als zwei Minuten. Sie brauchen mir nur zu sagen, wo ich Hellie finden kann.«

Sie war ganz allein in der leeren Schulbücherei und las ein Buch oder tat zumindest so.

»Hellie?«

Mit einem Knall klappte sie das Buch zu und sprang auf die Füße. Sie war totenblaß, und ihre Lippen zuckten. Ich stand wie angewurzelt an der Tür. Ich wagte es nicht, mich ihr zu nähern.

»Hellie, es ist die Turnierreiterei und das ständige Angetriebenwerden, als ob – als ob *du* das Pferd wärst, was dich fertiggemacht hat, nicht wahr?«

»Ach, Vater – ich weiß nicht, was passiert ist –, seit dem letzten Turnier, jedesmal, wenn ich reiten muß – *fürchte* ich mich! Und ich habe mich nicht getraut, Susie oder Wolfgang oder sonst jemandem etwas davon zu sagen, weil du es dann erfahren hättest. Soll ich Aspie am Sonntag in West-Hartford reiten? In der Medaillenprüfung? Wenn du es willst, tue ich es, aber . . .«

Ich holte tief Atem und dachte: Nun, Bruder Samson, jetzt fällt mein Tempel!

»Hellie«, sagte ich langsam und deutlich, »du sollst niemals mehr reiten – weder auf einem Turnier noch auf der Koppel, nach sonstwo, wenn du es nicht willst.«

»Oh, Papsile, ist das dein Ernst?« Ich nickte. »Aber was ist mit dem Garden und Mr. Tomes und Mr. Dugan?«

»Der Garden *und* Mr. Tomes *und* Mr. Dugan *und* Madison Avenue können alle zum Teufel gehen.«

Sie kam in meine Arme und weinte und klammerte sich an mich, außer sich vor Erleichterung. Ich verdammter Narr fühlte mich großartig. Ich hatte meine Stellung, eine Partnerschaft und mein schönes Büro aufgegeben – aber alle diese Dinge waren nicht halb so wichtig wie meine Selbstachtung und die Gewißheit, daß meine Tochter mich wieder liebte.

28

Den ganzen Weg bis zu den Gardners fuhren Helen und ich, ohne zu sprechen. Sie saß eng an mich geschmiegt auf meiner Seite im Wagen. Als wir zwischen den Koppelgattern in die Auffahrt einbogen und sie sagte: »Halt eine Minute an, Vati«, hielt ich gehorsam. »Plötzlich«, sagte sie, »kommt mir das alles entsetzlich vor – wenn ich an das viele Geld denke, das du ausgegeben hast, damit ich im Garden reiten kann, und jetzt wird nichts daraus.«

Mir kam es auch entsetzlich vor. »Das ist schon in Ordnung, Liebling. Denk an all das hübsche Silber, das wir dafür vorweisen können.«

»Es – es ist auch irgendwie unfair gegen Aspie.«
Ich zuckte die Achseln. »Ihm ist es ganz egal. Zum Henker, er ist doch nur ein Pferd.«
Aber Aspie war nicht nur ein Pferd. Er war irgendwie sehr viel mehr als ein Pferd. Es gibt solche Tiere.
»Ich glaube«, sagte sie, »du kannst ihn für viel Geld verkaufen. Du wirst das meiste Geld zurückbekommen, das du ausgegeben hast.«
Der Gedanke, Aspie zu verkaufen, war mir nicht gekommen, genausowenig, wie es mir einfallen würde, Mary oder Helen zu verkaufen. Aspie gehörte zur Familie. Jetzt wurde mir klar, daß ich gar keine andere Wahl hätte, damit wir essen konnten, während ich mir eine neue Stellung suchte. Bei dem Gedanken kam ich mir wie ein Kannibale vor. Mit meinen edlen Gefühlen war es aus.
»Ja, natürlich kann ich ihn für sehr viel Geld verkaufen. Ich habe ein paarmal über zwanzigtausend für ihn ausgeschlagen.« Ich fuhr weiter zum Haus. »Hellie, sag bitte noch niemandem etwas davon, daß du mit der Turnierreiterei aufhörst. Auch nicht Mr. oder Mrs. Gardner. Erzähl einfach, der Arzt hätte gesagt, daß du unter nervösen Spannungen oder einer anderen verdammten Sache leidest und daß du mit dem Reiten für eine Woche oder zehn Tage aussetzen sollst. Aber wirklich. Sag nicht einmal Judy etwas.«
Sogar einer, der schon auf dem elektrischen Stuhl sitzt, kann noch hoffen, daß der Gouverneur plötzlich auf einem weißen Roß angaloppiert und eine Begnadigung schwenkt, bevor jemand den Schalter dreht.
»Ich verspreche es dir, Vati.« Ich lehnte mich hinüber, um ihr einen Abschiedskuß zu geben. »Bleibst du nicht zum Essen?«
Ich schüttelte den Kopf. Das hätte ich jetzt nicht ertragen.
»Sunny kommt auch zum Essen«, sagte Hellie. »Er wird dich sehr vermissen.«
»Ganz meinerseits. Obwohl ich nicht daran denken darf,

wie sich der Anblick seiner Sandalen, seines Schals und der Baskenmütze auf meinen Appetit auswirken würde.«
Helen lachte. Es tat gut, das wieder zu hören. »Ach Papsile, du bist ja so *passé.* Weißt du nicht, daß es mit Sandalen, Schal und Baskenmütze jetzt vorbei ist?«
Die Jungen leben schnell. Ich war also *passé.*
»Was ist denn jetzt dran?«
»Also, also . . .« Sie begann zu kichern.
»Was ist denn so komisch, Liebling?«
»Vati, versprichst du mir, Sunny nichts zu sagen, wenn ich es dir erzähle?«
»Großes Ehrenwort.«
»Sunny zieht sich jetzt so an wie *du,* soweit es ihm nur möglich ist. Und weißt du, was noch? Er hat sonst ständig Gedichte geschrieben. Und was schreibt er jetzt? *Werbesprüche!* Entsetzliche Werbesprüche – es wird einem übel dabei. Er betet zum lieben Gott, daß er sie dir einmal zeigen darf.«
»Ich bin erschlagen«, sagte ich.
»Du bist . . .« Sie betrachtete mich ehrfurchtsvoll. »Du bist ein *Prophet!«*
Bekanntlich kann man nicht aus seiner Haut heraus. Ich ertappte mich bei dem Gedanken: Wenn ich dem verrückten Kerl einen Werbespruch abkaufe und ihm einen Hinweis gebe, so könnte *er* Hellie wieder auf Aspercel bringen. Sie ist so verrückt nach dem Burschen, daß sie auch von einer Klippe herunterreiten würde, wenn er es ihr empfahl. Aber das war unwürdig! Das neue Freddie-Bolton-Vater-Image, das erst vor einer knappen Stunde entstanden war, ließ es nicht zu. Anstatt also zu bleiben und Sunny zu bearbeiten, erklärte ich ihr, ich würde mir seine Werbesprüche sehr gern einmal ansehen. »Man kann nie wissen, Hellie, vielleicht kann ich einen davon gebrauchen.«
»Oh, Vati, darf ich ihm das wirklich erzählen?« Sie umarmte mich zum Abschied so fest, daß alles, was ich aufgegeben hatte, dadurch aufgewogen wurde. Oder doch fast.
Ich fuhr ab und ein paar Kilometer ziellos dahin. Aus

irgendeinem Grund hatten mich die Ereignisse der letzten Stunden vollkommen aus der Fassung gebracht. Hellie achtete mich jetzt, das hatte ich mir endlich verdient. Das Unglück war nur, ich mußte es mir auch weiterhin verdienen. Ich glaube, ich werde hinüber zu Wolf fahren und Aspie besuchen, dachte ich.
Dann fiel mir ein, nein, ich kann ihm nicht unter die Augen kommen. Wie bringt man es einem Freund bei, daß man ihn verkaufen will?
Was würde danach mit Aspie geschehen? Würde sein neuer Besitzer gut zu ihm sein, ihm Gesellschaft leisten, ihn warmhalten und wohl ernähren? Würde er ihm Bier geben? Vielleicht würde er ein Droschkenpferd werden und vor dem Eingang zum Central Park gegenüber dem Plaza den ganzen Tag und die halbe Nacht in Regen, Hagel und Schnee stehen müssen. Wenn ich eines Tages auf der Suche nach einer Stellung dort vorbeikäme, würde ich ihn sehen. Wenn ich noch einen Dollar in der Tasche hätte, könnte ich wenigstens in eine Kneipe gehen, ein Bier kaufen und es ihm bringen. Vielleicht würde er dann denken: Ach, du bist's, du bestechlicher Schweinehund! Und würde mich beißen.
Mein Scheinwerfer spiegelte sich in der Glaswand einer Telefonzelle. Ich könnte Mary in Pasadena anrufen. Schließlich rief ich sie alle paar Tage an – ich *mußte* es einfach, sie fehlte mir so sehr. Ich ging in die Zelle und hatte das Zehncentstück schon halb im Schlitz, als mir klar wurde, daß das eine meiner dümmeren Ideen war. Wie konnte ich sie anrufen und ihr erzählen, daß ich nicht nur ein Schweinehund, sondern auch noch ein erfolgloser Schweinehund war! Sagt man seiner Frau etwa, daß sie von Glück reden kann, wenn sie bei ihrer Rückkehr noch ein Heim vorfindet? Wenn man noch einen Funken Verstand im Kopf hat, läßt man das sein. Ich konnte meine Frau genausowenig anrufen, wie ich mein Pferd besuchen konnte.
Ich hörte ein Klinkern. Die Münze war mir aus den Fingern

gerutscht und den Schlitz hinuntergefallen. Ich hörte das Freizeichen im Hörer und lauschte ein paar Sekunden. Es mußte etwas geschehen. Ich war an einem Punkt angekommen, an dem man zehn Cent nicht einfach verschleudert. In einem plötzlichen Anfall von Verzweiflung und Einsamkeit wählte ich die eine Nummer, die ich kannte, bei der mir eine warme und einladende Stimme antworten würde. Es war ein Wunder, daß ich nicht schon vor Stunden gedacht hatte.

29

Ich hörte das Telefon in Susies Haus läuten, fünf-, sechs-, siebenmal . . .

»Hallo?«

In ungeheurer Erleichterung rief ich aus: »Susie, ich bin's!«

Meine Stimme mußte ungewöhnlich gepreßt geklungen haben, denn auch sie hörte sich so an. »Was ist los?«

»So ungefähr alles.«

»Freddie, Lieber, sind Sie betrunken?«

Warum glauben die Frauen, sobald sie einen Mann gern mögen, nur immer, daß er die halbe Zeit betrunken ist?

»Nein, ich bin nicht betrunken, Susie. Ich bin verzweifelt. Ich – ich muß Aspercel verkaufen.«

Dann kam ihre Stimme wieder. »Freddie?«

»Ja?«

»Sind Sie irgendwo in der Nähe? Wenn ja, kommen Sie sofort hierher, hören Sie?«

»Darum habe ich angerufen, Susie. Ich glaube, jetzt im Augenblick – in dieser Minute – brauche ich Sie sehr.«

»Haben Sie schon gegessen?«

»Nein.«

»Freddie, versprechen Sie mir, daß Sie direkt hierherkommen, wenn Sie eingehängt haben, und *nirgends* haltmachen. Versprechen Sie mir das?«

»Ja.«

»Ich lege jetzt auf und fange an, das Essen herzurichten, und Sie kommen her.«

Ich trat aus der Zelle. Es hatte angefangen zu regnen. Ich fröstelte und kletterte in den warmen Wagen.

Es kam mir wie Stunden vor, bis ich endlich die Lichter von Susies Häuschen vor mir sah. Ich stieg aus. Susie hielt die Eingangstür auf. Sie hatte einen blauen Bademantel an, aus dem unten blaue Pyjamabeine heraussahen.

Ich ging auf sie zu und war in ihren Armen. Schweigend hielt sie mich fest und tröstete mich wortlos, den Kopf gegen meine Brust gedrückt. Ich hatte meinen gebeugt und auf ihren warmen Nacken gelegt. Es regnete auf meinen Rücken, und doch standen wir so eine Weile, bis ich vor Nässe tropfte. Wir gingen hinein. Sie hieß mich die Jacke ausziehen und hängte sie über einen Stuhl vor das einladende Kirschholzfeuer, das im Kamin prasselte. Dann kauerte sie sich nieder und ordnete die Holzscheite, obwohl es gar nicht nötig war.

Ich ließ mich in einen Ahornschaukelstuhl fallen, der auf einer Seite des Kamins stand. Susie rutschte herüber und lehnte sich an meine Knie, so wie Hunde es tun. Ich streichelte ihr Haar und blickte ins Feuer, und wir saßen still beisammen wie damals auf der Gartenbank bei der J-Ranch. Ein Summer ertönte, und Susie sprang auf.

»Das Essen ist in fünfzehn oder zwanzig Minuten fertig. Kann ich Ihnen einen Drink holen?«

Erst jetzt fiel mir auf, daß ich ganz vergessen hatte, einen zu verlangen.

»Es würde nichts schaden, wenn wir beide etwas trinken«, sagte sie. »Vielleicht nicht nur einen.«

Sie ging hinaus in die Küche, und ich hörte es zischen, als sie die Steaks umdrehte. Einen Augenblick später erschien sie wieder mit einem Tablett, auf dem ein Cocktailshaker und zwei Gläser standen.

»Prost.«
»Auf Ihr Wohl, Susie.«
Wir tranken. Die Cocktails schmeckten.
»Also«, sagte sie, »was soll der Unsinn mit dem Verkauf von Aspercel?«
Sie lauschte gespannt, die Stirn in Falten gezogen, während ich ihr die ganze Geschichte erzählte. Zum Schluß berichtete ich ihr von Harrys Warnung, was mit mir geschehen würde, wenn Aspercel nicht im Garden teilnähme.
»Das ist das Ende vom Lied«, sagte sie. »Junge, sind wir in der Klemme!«
»Wir?«
»Natürlich ›wir‹! Sie wissen, daß ich von Anfang an mit von der Partie war. Wenn Sie in der Klemme sind, bin ich es auch. Das ist nun einmal so.«
Mir kam ein Gedanke. »Hören Sie, ich bin kein Pferdekenner, und ich kenne die Kniffe nicht. Aber Sie. Ich habe Hellie schon gesagt, daß sie den Mund halten soll. Vielleicht fällt Ihnen etwas ein, um uns herauszumanövrieren. In der Agentur werde ich eine Weile nichts davon sagen.«
Das kesse Mädchen nickte. »Abgemacht. Tun Sie das. Sagen Sie keiner Menschenseele etwas. Können Sie es wohl für etwa zwei Wochen zurückhalten?«
»Nichts täte ich lieber.«
»Gut, es wird mir schon etwas einfallen. Ich muß nur eine Sache herausbringen.« Sie grinste. »Wenn das Ergebnis positiv ist und Sie sich so verhalten können, wie Sie's versprochen haben, dann sind wir auf dem Weg zum Garden.«
»Sie sind ein großartiges Mädchen, Susie Clemens.«
Susie nahm meine Hand. »Natürlich wissen Sie, was ich für Sie empfinde, Freddie?« Ich nickte. Sie fuhr fort. »Ich glaube, es begann an dem Tag, an dem wir zusammen zum Sheridan-Gestüt fuhren und Sie wie der Terrier von Tim Riley bellten.« Susies Augen wurden feucht. Ich küßte sie lange, zärtlich und süß. Es schmerzte bis tief in meine Brust

hinein, denn diesmal sagte mir ihr Kuß Dinge, die sie nie aussprechen würde – das wußte ich. Und da ich sie wirklich liebte, würde ich diese Dinge nie ausnützen, wenn nicht eine Katastrophe hereinbrach. Wenigstens hoffte ich, daß ich es nie tun würde.

30

Am nächsten Tag schrieb ich Mary einen langen Brief und erzählte ihr von Dr. Murray und Helen und welche Schritte ich unternommen hatte. Ich schrieb, anstatt anzurufen, denn Mary und ich waren so vertraut und lebten schon so viele Jahre zusammen, daß sie selbst auf eine Entfernung von dreitausend Kilometern an meiner Stimme spüren würde, daß meine Welt – das Semi-Demi, unser ganzer Lebensstil – an einem seidenen Faden hing, den Tom Dugan mit einem Streich zerreißen könnte. Am Morgen danach bekam ich ein Telegramm.

WARTE IM HOTEL AB NEUN UHR.
BITTE RUFE MICH AN. IN LIEBE, MARY.

Sie wußte also Bescheid. Aber mit meiner zusammenstürzenden Welt mußte ich, so gut ich konnte, allein fertig weden. Ich mußte mich vor mir selbst bewähren.

Punkt neun rief ich Mary an. Bevor ich noch »Hallo« oder »Ich bin es« sagen konnte, rief sie: »Freddie, geht es dir gut? Wenn nicht, komme ich mit dem nächsten Flugzeug nach Hause.«

»Natürlich geht es mir gut«, sagte ich. »Warum nicht? Was machen die Orchideen?«

»Sie sind herrlich. Ich schämte mich, es zu sagen, aber dank deiner ist die Ausstellung ein riesiger Erfolg geworden. Tausende sind gekommen, um sich die Orchideen anzuse-

hen und mich nach dir zu fragen. Ich komme mir direkt so vor, als wäre ich mit einer Berühmtheit verheiratet.«
Etwas in ihrer Stimme sagte mir, daß wir beide Ausflüchte gebrauchten. »Freddie – ist deine wunderbare Stellung – die Partnerschaft – dadurch in Gefahr, daß du Helen gesagt hast, sie brauche nicht im Garden zu reiten?«
»Bis jetzt hat sich noch niemand geäußert.«
»Freddie . . .«
»Okay. Es hat sich noch niemand darüber geäußert, weil noch keiner weiß, daß das Pferd nicht zum Garden-Turnier geht. Ich meine Tom Dugan oder Harry Tomes. Harry ist fort. Ich nehme an, die Hölle wird los sein, wenn sie es erfahren.«
»Und wenn sie es erfahren?«
»Wenn sie es herausfinden?« Ich lachte gezwungen. »Nun, dann bleibt immer noch die Fremdenlegion. Ich nehme doch an, daß sie eine Kavalleriedivision haben, für große Reiter wie mich.«
Mary lachte, und plötzlich fühlte ich mich viel besser.
»Durch einen glücklichen Zufall«, sagte ich, »bin ich ungefähr eine Woche lang nicht in der Stadt, muß Kunden im Mittelwesten besuchen. Tomes und Dugan können nichts über Hellie erfahren, solange ich fort bin. Das habe ich geregelt. Und in zwei Wochen kann viel passieren.«
»Was zum Beispiel?«
»Was? Ach, na ja, eine Menge. Schließlich wurde die Welt in nur sieben Tagen geschaffen. Übrigens, wann kommst du nach Hause, Liebling?«
»Vor dem Garden – ach, ich habe ganz vergessen, das hat ja jetzt nichts mehr für uns zu bedeuten.«
»Nein, Mary, das hat jetzt nicht im geringsten mehr etwas für uns zu bedeuten. Aber komm um die Zeit nach Hause, ja? Ich vermisse dich schrecklich.«
»Ja, natürlich komme ich. Und ich liebe dich auch.«
Dann sagten wir auf Wiedersehen. Wir sagten es zwei- oder dreimal, denn keiner wollte zuerst auflegen. Endlich sagte

Mary: »Wir benehmen uns wie Kinder. Wir zählen zusammen, und bei drei legen wir beide auf, ja?«
»Okay. Eins – zwei – drei.«
Ich knallte den Hörer auf die Gabel. Ich hoffte, daß sie nicht gemogelt hatte. Schnell nahm ich den Hörer auf. Sie *hatte* gemogelt, denn ich hörte es erst jetzt klicken.
Auf der Reise arbeitete ich mir die Seele aus dem Leib. Ich wollte so viel neue Geschäftsabschlüsse mitbringen, daß Harry Tomes es nicht wagen würde, mich hinauszuwerfen, selbst wenn Dugan drohte, uns den Auftrag der Vereinigten zu entziehen. Ich kam mit einer ganz netten Ausbeute heim, die mir das Gefühl gab, ich hätte vielleicht eben noch eine Chance – aber ich zitterte trotzdem vor Furcht.
Am Donnerstagnachmittag war ich wieder im Büro. Meine Schreibtischuhr zeigte Viertel nach vier. Auf dem Tisch lag ein Zettel mit der Nachricht, ich solle Hellie bei Wolfgang anrufen. Eine Welle der Begeisterung überkam mich. Wenn Hellie bei Wolfgang war, mußte sie ihre Pferdescheu überwunden haben und wieder reiten. In diesem Falle – ich rief Mrs. Dobson an und bat sie, die Verbindung herzustellen.
»Hellie«, sagte ich, als das Licht an meinem Telefon aufflakkerte, »was gibt's?«
»Hallo, Vati. Ich habe Sunny mit zu Aspie genommen, er hat ihn noch nie gesehen. Und er hat seine Werbeslogans mitgebracht, nur für alle Fälle. Kannst du herauskommen?«
»Wenn du mich brauchst, natürlich. Aber was ist los?«
»Es hat mit Aspie zu tun. Ich möchte, daß du ihn dir ansiehst.«
»Hat er sich verletzt?« fragte ich schnell.
»O nein, es geht ihm großartig. Zu gut. Wolfgang sagt, wenn du ihn wirklich verkaufen willst, ist es vielleicht nicht so gut, wenn es ihm zu großartig geht. Er soll ja ein Pferd für ein Kind sein, nicht wahr? Wann bist du hier?«
Ich war froh, verschwinden zu können, bevor Harry Tomes erfuhr, daß ich von der Reise zurück war. Ich sagte, ich wäre gegen halb sieben draußen.

Um drei Viertel sieben bog ich in Wolfgangs Anwesen ein. Selbst bei Nacht war es eindrucksvoll. Besonders wegen der riesigen Reithalle, die von außen aussah wie die Ausbildungshalle der Schwadron A. Jedesmal, wenn ich sie sah, mußte ich daran denken, daß ich sie mitbezahlt hatte. Ich und fünfzig andere, die es sich nicht leisten konnten. Ich fuhr die gewundene Auffahrt entlang bis zur Halle und hupte zweimal, um mich anzukündigen. Helen stürzte heraus, warf die Arme um meinen Hals und klammerte sich fest an mich. Ich konnte spüren, wie erregt sie war.
»Du hast mir gefehlt, Baby.«
»Du mir auch, Papsile.«
»Wo ist der Prophet?«
»Sunny? Ach, der mußte gehen, aber er kommt später wieder.«
Arm in Arm gingen wir in die Halle. Als ich stehenblieb, um mir eine Zigarette anzuzünden, zog Hellie mich am Arm.
»Vati, bitte. Sie warten auf uns.«
Ich folgte ihr zur Tribüne, sah hinunter und traute meinen Augen nicht. Unter den Scheinwerfern waren kreuz und quer über die Bahn die erschreckendsten Hindernisse aufgebaut, die ich je gesehen hatte. Es gab weiße Gatter, über die ein Pferd nur hinüberkommen konnte, wenn es enorm weit sprang. Es gab eine graue »Steinmauer«, natürlich aus Holzblöcken, die beinahe einsachtzig hoch sein mußte, und eine Kombination, um nur einige der Sprünge zu nennen.
Helen legte die Hände um den Mund und schrie: »In Ordnung, Wolfgang, Vater ist bereit!« Dann drehte sie sich zu mir. »Das ist sozusagen eine Nachbildung der F.E.I.-Bahnen – das heißt ›Fédération Equestre Internationale‹« (ihre Aussprache war perfekt), »so ungefähr der schwierigste Parcours im Garden.«
Ich fühlte, wie ihre Hand sich in meine schmiegte, und wußte plötzlich, womit sie mich überraschen würden. Vor Aufregung wurde mein Mund trocken und die Hände feucht, als sich ein massives Tor an einem Ende der Bahn

öffnete und Aspercel und Susie herauskamen. Nur sahen sie vollkommen anders aus. Verschwunden waren Susies blaue Hosen und der große Hut; statt dessen trug sie schwarze Stiefel mit Lackspitzen, lederfarbene Reithosen, eine schwarze lange Jacke, einen weißen Stehkragen und eine schwarze Reitkappe. Sie sah winzig aus. Aspercel dagegen wirkte riesig. Sein schwarzes Fell war so gut gestriegelt, daß sich das Licht darin spiegelte. Er kam mit hüpfenden Sprüngen auf die Bahn, bäumte sich, sprang und tänzelte. Seine Augen rollten, Schaum sprühte von seinen Lippen. Er sah wie ein wildes Tier aus. Susie führte ihn in einen Kreis. Es war offensichtlich, daß es sie alle Kräfte kostete, ihn in seinem Galopp zu halten. Sie drehte ihn auf das erste riesige Hindernis zu.

»Gut jetzt, Aspie.«

Sie sprach mit leiser, ruhiger Stimme, Aspercel spitzte die Ohren, warf den Kopf auf, schlug aus und wieherte wie alle Hengste, die ihren Triumphschrei ausstoßen. Susies Stimme war wieder zu hören, ein wenig lauter diesmal. Eine Hand ruhte auf seinem Hals.

»Los!«

Schnaubend ging er ab, Ohren gespitzt, die Augen aufmerksam, jeder Muskel gespannt. Die Hindernisse schienen trotz ihrer Größe gar nicht vorhanden zu sein. Susie beherrschte diese geballte Kraft, als wäre es ihr, wie dem Pferd, angeboren, über die höchsten Zäune zu fliegen. Während zwei Umläufen über die erschreckende Bahn lehnte sie sich nur ein paarmal zurück, zügelte ihn und führte ihn in eine scharfe Wendung, und jedesmal, wenn sie an die hohe »Mauer« kamen, ruckte sie ein wenig am Zügel, drückte die Schenkel gegen ihn, lehnte sich vor und erklärte ihm, für diesen Sprung solle er sich ja Mühe geben, ganz gleich, wieviel er von sich halte. Ich glaube nicht, daß er während der beiden Runden ein Hindernis knapper als mit fünfzehn Zentimeter Spielraum übersprang. Es war das schönste Schauspiel, das ich jemals gesehen hatte. Schließ-

lich hielt Susie ihn an und ließ die Zügel hängen. In ruhigem Schritt kam er auf uns zu, Wolfgang nebenher. Ich konnte sehen, daß Wolf, Susie und Helen darauf warteten, daß ich zuerst sprach. Sie mußten denken, ich wäre böse, weil sie das getan hatten, ohne mich zu fragen. Aber ich war es schließlich doch nicht, der zuerst sprach. Es war Helen.
»Ich glaube, du verstehst jetzt, Vater, warum es gar nicht viel für uns zu bedeuten hat, ob ich mich dieses Jahr für den Garden qualifiziere oder nicht?«
»Was?« Ich war meilenweit fort.
Sie sprach klar und deutlich, wie mit einem nicht sehr hellen Kind. »Weißt du, Vater, wenn Aspie ein Training hat wie jetzt bei Susie, seit ich – ich aufgegeben habe, und sechzehn Liter Hafer am Tag bekommt, ist er so unbändig, daß ich ihn unmöglich reiten könnte. Ich glaube, insgeheim habe ich es schon immer gewußt: Selbst wenn ich es bis zum Garden geschafft hätte, bin ich doch nicht gut genug, um gegen die besten Junioren von ganz Amerika anzutreten und gewinnen zu können. Wenn ich nur daran dachte, wurde mir schon übel vor Furcht. Aber Aspie ist gut genug, um das Mächtigkeitsspringen im Garden oder sonstwo zu gewinnen. Und das bedeutet, daß jeder erfahren wird, daß er das beste Springpferd im ganzen Land ist. Verkauf ihn nicht, Vater – nach allem, was er für uns getan hat, müssen wir ihm diese Chance einfach geben. Vater, wir *müssen* es tun. Bitte sag, daß du ihn nennen läßt, ja?«
»Ich bin durch Ihren Ritt auf die Idee gekommen, Freddie«, sagte Susie, »und durch das, was Sie mir damals spät am Abend erzählten, als wir – zusammen zu Abend aßen. Sie sagten, Sie hätten das Gefühl gehabt, als wäre Aspie an jenem Tag zum erstenmal zu seinem Recht gekommen.«
»Also«, sagte Wolfgang, »fuhren wir hinüber und maßen die beiden Zäune an der Koppel von Mr. Blitzstein ab. Der eine neben dem Gewächshaus war einsfünfundsechzig, der erste einsachtzig hoch. Da wußten wir, daß er wirklich springen konnte. Und, Mr. Bolton, ich werde Ihnen nichts

für sein Training berechnen. Ich kann es nicht. Ehrlich gesagt, Sir, bei einem solchen Pferd ist es eine wahre Ehre.«

»Du wirst ihn nennen lassen, nicht wahr, Vati?«

Ich hörte sie kaum. Ich hatte Zeit und Raum vergessen und durchlebte noch einmal die wenigen Minuten meines verrückten Rittes. Ich spürte wieder die sich steigernde Kraft in dem Pferd und seine wilde Erregung.

Ich nickte. »Ja, ja, natürlich. Ich glaube, ich selbst bin ihm das auch schuldig.«

»Wir müssen die Nennung bis morgen einreichen. Bist du einverstanden?«

»Natürlich.«

Dann machte mich Hellie völlig fertig. »Und würde es dir sehr viel ausmachen – ich meine, du hast ja schließlich entdeckt, was für ein großartiges Springpferd er ist, wenn wir unsere beiden Namen – deinen und meinen – als gemeinsame Besitzer eintragen ließen? Ich glaube, Aspie würde das gefallen.«

Susie mußte gemerkt haben, daß ich nahe daran war, die Fassung zu verlieren, denn sie stieß Wolfgang mit der Schuhspitze an und gab Hellie ein Zeichen, und alle drei verschwanden. Susie kannte den wahren Grund meines seelischen Zustandes. Sie hatte mir mein Leben wiedergeschenkt – ganz davon zu schweigen, daß sie Aspie das schreckliche Schicksal erspart hatte, vor eine Droschke gespannt gegenüber dem Plaza zu stehen.

Am nächsten Morgen war ich gegen halb neun im Büro und rief als erstes Dugan in seiner Wohnung an. Das war der kritische Augenblick. Ich mußte ein schwieriges Verkaufsgespräch führen, und ich wollte es hinter mir haben. In den nächsten paar Minuten würde sich mein Schicksal entscheiden. Ich hörte, wie er den Hörer abnahm und sozusagen mit Schweigen antwortete. *Er* würde nicht zugeben, daß er am Apparat war, bevor er nicht wußte, ob er da sein wollte oder nicht.

»Hallo, Tom. Hier ist Freddie Bolton. Ich habe eine Nachricht.«
Jetzt kratzte Dugans Kieselstimme in der Membrane meines Hörers. »Ist es eine Nachricht, die mich Geld kostet? Wenn ja, frühstücke ich zuerst, dann können Sie mich noch einmal anrufen. Ich hasse es, Geld auf nüchternen Magen auszugeben.«
»Es kostet Sie keinen Cent.«
»Dann muß es lausig sein. Wenn es lausig ist, Freddie, warum rufen Sie mich dann so früh an? Nach meinem Frühstück wäre es doch noch genauso lausig, oder?«
»Es ist zu wichtig, als daß man warten könnte. Es handelt sich um Aspercel – und um Madison Square Garden.«
»Das ist etwas anderes«, sagte Dugan. »Es ist doch alles in Ordnung?« Seine Stimme klang beunruhigt. Gut! Bevor ich ihm den Stoß versetzte, würde ich ihn ein wenig zappeln lassen.
»Ja, ja. Warum fragen Sie? Was sollte los sein, Tom?«
»Da fragen Sie noch! Meine Güte, das Pferd hätte in der Nacht an Kolik sterben können. Es hätte im Dunkeln ins Bad gehen, hinfallen und sich ein Bein brechen können. Es – und Sie fragen mich, was los sein soll. Dazu hätten Sie nicht in der Morgendämmerung anzurufen brauchen.«
»Also, Tom«, sagte ich mit, wie ich hoffte, aufreizender Langsamkeit, »es ist so. *Jetzt* ist noch alles in Ordnung. Wenigstens glaube ich's. Aber ich gebe zu, daß mich etwas schon seit einer ganzen Weile plagt. Und bis gestern abend hatte ich nicht die geringste Ahnung, wie ich es schaukeln könnte.«
Jetzt gefiel er mir – wütend und außer sich, wie er war.
»Um Gottes willen, Mann, wollen Sie jetzt aufhören, um den heißen Brei herumzureden? Mr. Bolton, dürfte ich Sie bitten, erklären Sie mir in unmißverständlichen Worten, was, zum Teufel, Sie so angestrengt versuchen, mir nicht zu sagen.«
»Okay, fangen wir am Anfang an.«

»Fangen Sie an! Ganz gleich wo, aber fangen Sie an.«
»Okay, okay. Also, wir hatten eine gute Idee. Richtig?«
»*Hatten?*«
Seine gequälte Stimme sagte mir, daß ich ihn nicht länger hinhalten durfte.
»Ja, Tom, das hatten wir. Aber wir haben zwei Fehler gemacht.«
»Jetzt rückt er endlich heraus damit.«
»Bestimmt, denn jetzt weiß ich, was ich dagegen tun kann. Der Fehler war, der Sache fehlte Dramatik. Der Akzent lag zu sehr auf dem Kind und zu wenig auf dem Pferd.«
»Und was, wenn ich bitten darf, ist schlecht daran, wenn man den Akzent auf ein kleines Mädchen setzt?«
»Dann sagen Sie mir bitte, wer ist nach dem Produkt genannt, das Mädchen oder das Pferd?«
Es herrschte einige Sekunden Schweigen, bevor das kratzende Geräusch meinen Hörer wieder erschütterte. »Bei Gott, Freddie, da haben Sie recht. Aspercel wäre ein komischer Name für ein Mädchen.« (Ich wies darauf hin, daß es genaugenommen auch ein ziemlich komischer Name für ein Pferd war.) »Also gut, dann weiter mit der Nachricht, die mich keinen Cent kostet, so daß Sie sie so großartig aufbauschen müssen.«
»Wenn ich Ihnen jetzt erzählen würde, daß sich Helen den Knöchel verstaucht hat und nicht im Garden reiten kann, was würden Sie sagen?«
»Das wäre das Albernste, was ich je gehört habe. Kann nicht reiten, weil sie sich den Knöchel verstaucht hat? Wenn sie sich ihr Hinterteil verstaucht hätte, Freddie, dann wäre es natürlich was anderes.«
»Hören Sie auf, Tom, sagen wir, sie hat sich irgend etwas gebrochen, so daß sie nicht reiten kann.«
»Weiter, bitte. Wollen Sie wohl jetzt endlich zur Sache kommen!«
»Hellie hat ein gebrochenes Herz – nicht wegen sich selbst, sondern wegen ihres schönen Pferdes Aspercel, das nun

nicht die Gelegenheit haben wird, vor all den Tausenden und aber Tausenden Menschen im Garden aufzutreten. Aspercel liebt es, bewundert zu werden, wissen Sie. Er liebt es sogar noch mehr als Bier, und das will etwas heißen . . .«

»Freddie, antworten Sie mir jetzt ehrlich. Hat Ihre nette Tochter sich etwas gebrochen?«

»Nein, natürlich nicht.«

»Das habe ich mir gedacht.«

»Aber sie wird nicht reiten, Tom. Und es ist unser größter Glücksfall, seit ich Aspercel über die himmelhohen Zäune geritten habe und durch das Gewächshausdach gesegelt bin.«

»Ich höre zu. Ich habe wenig Hoffnung. Ich überlege sogar im Moment, an wen ich die Werbung der Vereinigten Arzneimittel vergeben werde. Aber ich *höre zu*. Sie doppelgesichtiger Schwindler.«

Nun geht's los, sagte ich mir.

»Also gut, hier ist die Geschichte. Verdammt lange habe ich mir schon Sorgen wegen dieser Reitprüfung gemacht. Es fehlt ihr einfach der Glanz, den ich für Ihre Werbung im ganzen Land haben möchte. Seien wir doch ehrlich, Tom, wir wissen beide, daß es nicht die Junioren sind, die ins nationale Fernsehen kommen. Und was kommt hinein? Die Armee-Prüfung und das Mächtigkeitsspringen. Hier haben wir die Dramatik, und das ist kein Reklametrick. Alles ist ehrlicher Kampf. Helen wußte, selbst wenn sie im Garden gegen die hundertfünfzig besten Junioren – von denen die meisten weit mehr Erfahrung haben als sie – anträte, so würden sie und ihr Pferd kaum auf einen der ersten Plätze kommen. Was tat sie also? Sie trat zurück, um Aspercel seine große Chance zu geben. Sie hat ein nettes Mädchen, eine Berufsreiterin, gefunden, die ihn in all den großen Springkonkurrenzen reiten wird, und natürlich wird das Bild von beiden überall zu sehen sein, denn er ist ein neuer Star. Und er gewinnt das Mächtigkeitsspringen. Glänzend, nicht wahr?«

Das Telefon schwieg so lange, daß ich schon glaubte, Dugan hätte angewidert aufgelegt. Ich schwitzte mehr, als Aspie je in seinem Leben geschwitzt hatte. Ich bin kein Spieler, aber ich spielte um den höchsten Einsatz, den es gibt. Ich hatte meine Karten offen hingelegt. Würde ich jetzt mein Heim, mein Pferd verlieren – oder ein Vermögen zurückgewinnen?
Ich hörte ein knisterndes Geräusch. »Was ist los?« schrie ich ins Telefon.
»Ich schlage nur meine Frühstückseier auf, mein Sohn. Ich denke besser auf vollen Magen.«
Ich lebte noch. Ich wartete. Von Zeit zu Zeit hörte ich schmatzende Geräusche und wartete weiter. Schließlich hörte ich ein Rülpsen. Jetzt war er fertig.
»Freddie, ich bin nicht einer von denen, die einem begabten, aufwärtsstrebenden jungen Mann gern eine kalte Dusche versetzen.« Ich sank auf meinem Stuhl zusammen.
»Aber, mein armer, lieber Junge, Sie haben sich von Ihrer eigenen Begeisterung fortreißen lassen. Ein gefährlicher Zug bei einem Geschäftsmann.«
»Was heißt, ich hätte mich fortreißen lassen, Sir?«
»Sie haben sich fortreißen lassen, und zwar gleich so weit, daß Sie den Riesenfehler übersehen haben, der Ihre ganze Idee unwirksam macht.«
»Es *gibt* keinen Fehler.«
»Sie sind blind, mein Lieber. Der Fehler ist so groß, wie der Grand Canyon breit ist. Ihr Pferd. Es ist ein Pferd für ein Kind, ich habe ihn gesehen, erinnern Sie sich? Du meine Güte, das arme Vieh ist so wenig ein Springpferd wie ich. Oder sollte ich mich irren?«
Da schilderte ich ihm in glühendsten Farben, was ich gestern bei Wolfgang gesehen hatte. Ich fügte hinzu, wenn er mir nicht glaube, würde ich heute abend mit ihm hinausfahren, damit er sich selbst überzeugen könne. Darüber mußte er lachen.
»Freddie Bolton, das ist nicht notwendig. Ich weiß, daß Sie

im Grund ein Schwindler sind. Darum habe ich Sie gern auf meiner Seite und lasse meine Werbung von Ihnen machen. Aber ich weiß auch, daß Sie mich nicht derart anlügen würden. Nicht in dem Stadium.«

»Also«, sagte ich, und meine Nerven beruhigten sich allmählich, »wie steht's? Zufrieden?«

»Können Sie um eins mit mir im Racquet Klub essen?«

»Natürlich.«

»Ich möchte das, was Sie mir eben über das Pferd erzählt haben, noch einmal von vorn hören. Es ist die großartigste Sache, die mir zu Ohren gekommen ist, seit Harry Tomes mir vor einem Jahr den Tip gab, daß sein Pferd Jonah den Hampton Cup in Saratoga gewinnen würde. Ich habe damals schwer auf ihn gewettet – und er kam fünf zu eins herein. Kommen Sie nicht zu spät. Ich warte auf Sie.«

Ich hatte gerade noch Zeit für einen kurzen Anruf in Redlands. Ich würde nicht zu spät kommen, darauf konnte er sich verlassen.

31

Ich kann mir vorstellen, daß sich jeder, der ein Pferd ins Finale schickt, Sorgen macht, ob es lahmen, eine Kolik bekommen oder sich überhaupt durchsetzen könnte. Aber ich wette, daß ich der einzige Besitzer mit meiner Art Sorge war. Ich hatte Angst, daß die Hindernisse im Garden nicht hoch genug für Aspie wären, um ihn eine ganze Woche lang zu interessieren. Dann würde er sich einfach langweilen und sich sagen: »Ach, zum Teufel damit.«

Wolf und ich hatten ihn für alle Konkurrenzen nennen lassen, zu denen er zugelassen war – die Nenngebühr war jetzt bedeutungslos. Eine Woche vor dem Turnier ließ ich Wolf ausrechnen, wie viele Prüfungen er als erster oder zweiter gewinnen mußte, damit er genug Punkte bekam, um Champion zu werden. Dann setzten wir uns beide zusammen und überlegten, nicht etwa welche Prüfungen er am ehesten gewinnen würde, sondern welche Prüfungen ihn unserer Meinung nach am wenigsten langweilen könnten. Er sollte nur bei diesen starten, die anderen wollten wir auslassen.

Natürlich handelte ich rein als Pferdefreund. Ich erwartete, daß Wolf als Reiter empört sein würde, aber ich glaube, meine unverschämte Anmaßung sprach seinen halben Tropfen hessischen Blutes an. Jedenfalls wurde er, als der Eröffnungstag näher kam, so aufgeregt, daß er darauf bestand, alle Extrarationen Hafer zu bezahlen, die Aspie jetzt fraß. Es war das erste und einzige Mal, daß ich Wolfgang etwas verschenken sah. Ich glaube, er wollte seinen Enkeln erzählen können, daß Aspies erster großer Sieg – wenn es einer wurde – nur durch Wolfgang Wilhelm Heinrich von Roetzens Haferspenden möglich gewesen war.

Am Tag vor der Eröffnung des Turniers erwarteten wir Mary zurück. Statt dessen bekam ich ein Telegramm von ihr:

MUTTER HATTE HERZANFALL UND IST IM KRANKENHAUS.
GLAUBE SIE WIRD ES ÜBERSTEHEN.
BIN UNTRÖSTLICH, FREDDIE, KANN ABER
UNMÖGLICH FAHREN, BEVOR SIE AUSSER GEFAHR IST.
GROSSE F.E.I-PRÜFUNG DONNERSTAG ABEND WIRD HIER
IM FERNSEHEN ÜBERTRAGEN. HELLIE UND DU SEHT ZU,
DASS IHR INS BILD KOMMT, DAMIT ICH EUCH SEHEN KANN.
VERMISSE DICH SCHRECKLICH. BITTE VERSTEH. ALLES LIEBE.

Nach dem Büro besuchte ich Wolfie und Aspie. Wolfie war so nervös, daß ich Angst hatte, er könnte Aspie anstecken, daher gab ich Aspie zwei Bier und ging. Dann fuhr ich zu den Gardners und aß mit Hellie bei ihnen zu Abend. Sie waren so aufgeregt, daß sie mich ganz verrückt machten. Nach dem Essen kam Sunny Day vorbei. Statt seines übli-

chen ausgefallenen Geredes fragte er sofort, als er mich sah: »Wie geht's dem Pferd, Mr. Bolton? Geht's ihm gut? Herrgott, ich werde ganz kribbelig, wenn ich nur an morgen denke. Kann ich irgendwie helfen, Mr. Bolton?«
»Ja, das kannst du.« Ich langte in die Tasche und holte ein Bündel Eintrittskarten heraus. »Mrs. Boltons Mutter hatte einen Herzanfall. Mrs. Bolton kann daher nicht zum Turnier hier sein. Hier ist ihr Billett für meine Loge. Du kannst Hellie jeden Tag nach der Schule zum Nachtspringen hereinfahren und hinterher wieder zurück. Paß gut auf sie auf, ja?«
Ich dachte schon, er würde salutieren, so stramm stand er. »Auf *Ihre* Tochter aufpassen, Mr. Bolton? Da können Sie Gift drauf nehmen, daß ich das tun werde.«
Jetzt wartete ich nur darauf, daß er mich wie Aspie mit Hafer anblics. Darum ging ich und fuhr nach Easton zu Susies Häuschen. Überall brannte Licht, aber von Susie keine Spur. Ich ging hinaus in die Scheune. Da fand ich sie in Queenies Box; sie hatte die Arme um Queenies Hals gelegt und weinte. Obwohl nur fünf Grad waren, hatte sie nichts weiter an als ihren blauen Pyjama. Sie warf die Arme um meinen Hals.
»Oh, Freddie, Queenie ist all die Jahre so wunderbar gewesen, und eigentlich sollte ich sie jetzt im Augenblick nach San Franzisko zum Cow Palace bringen, das ist für die Gebrauchspferde, was der Garden für die Springpferde ist. Statt dessen reite ich ein Springpferd im Garden. Ich komme mir so entsetzlich treulos vor, was soll ich nur tun?«
»Mit mir ins Haus kommen, bevor Sie sich den Tod holen und ich keine Reiterin mehr habe.«
»Den Tod holen?«
»Ja, geliebte Närrin. Sie haben nichts weiter an als Ihren Pyjama.«
»Meinen . . .«
Sie sah an sich hinunter, und ihre Augen weiteten sich vor Erstaunen. Dann lief sie ins Haus.

Ich konnte nicht verstehen, warum alle außer mir so nervös waren. *Ich* war nicht nervös. Und ich hatte doch erst vier Beruhigungstabletten genommen, seit ich aus dem Büro gekommen war.

32

Die große F.E.I.-Prüfung, die, wie Mary mir telegrafiert hatte, in ganz Amerika übertragen wurde, bedeutete für uns das Championat in der Springkonkurrenz, wenn Aspie gewann. Damit würde er genug Punkte haben. Er hatte bisher jede Prüfung gewonnen. Er war eines der wenigen Pferde, wenn nicht überhaupt das einzige, das während eines ganzen Garden-Turniers – jedenfalls bis jetzt – kein einziges Hindernis berührt hatte. Ich konnte nur hoffen, daß er es nicht erfaßt hatte, er war so schon eingebildet genug. Die Zeitungen hatten die Sache natürlich an die große Glocke gehängt – was verständlich war. Aspie und Susie waren beide ausgesprochen fotogen, und sie war das einzige Mädchen im Mächtigkeitsspringen. Es war so weit gekommen, daß das ganze ausverkaufte Haus vor Begeisterung klatschte, wenn sie und Aspie in die Bahn kamen.

Unsere Loge war an dem großen Abend voll besetzt. Susie und Hellie waren bei mir und natürlich mein neues Anhängsel, Sunny Day. Außerdem waren Harry Tomes und seine Frau und Wolfie und Hilga da. Wolfie und ich hatten uns in einen Frack geworfen, und weil ich einen anhatte, trug Sunny Day natürlich auch einen. Helen hatte ihr erstes großes Abendkleid an, perfekt bis zu den ellbogenlangen weißen Handschuhen. Sie sah so hinreißend aus, daß ich mich wunderte, warum Sunny nicht so verrückt nach ihr war wie sie nach ihm. Aber der alberne Dummkopf war jetzt nach nichts weiter verrückt als nach dem Werbegeschäft – und *mir!* Meine drei Kumpane: ein närrisches Pferd, ein Mädchen mit Gebrauchspferden und ein Prophet! Und es gefiel mir auch noch. Susie war natürlich in ihrer offiziellen Reitkleidung. Den ganzen Abend hindurch, besonders aber, als die Zeit für die große Prüfung herannahte, kamen alle möglichen Leute zu unserer Loge, gaben mir die Hand und wünschten uns und Aspie Glück: der Präsident des Turniers, andere Offizielle, Industriekapitäne, mit denen ich bekannt war, und eine Menge Männer, die ich noch nie im Leben gesehen hatte. Ich merkte, daß die Fernsehkameras recht häufig in unsere Richtung schwenkten, und überlegte, ob Mary drüben in Kalifornien zusah.

Das große Springen der Klasse SB begann um zehn Uhr, gleich nach der Pause, während der man den komplizierten Parcours aufgebaut hatte. Eine halbe Stunde vor Beginn wanderten Susie, Helen und ich, mit Sunny im Schlepptau, die Rampe hinunter zu den Ställen im Keller und zu Aspie. Das taten wir vor jeder Prüfung, an der er teilnahm, damit er wußte, daß seine drei Freunde immer bei ihm waren. Diese Bewunderung, plus Bier, Hafer und Heu waren sein ein und alles. Wolf war schon bei ihm.

Eine Menge hatte sich jetzt um Aspies Box versammelt. In letzter Zeit war das immer der Fall, aber heute abend mußte die Polizei Platz schaffen, damit wir durchkamen und Aspie gesattelt werden konnte. Ich ging in die Box. Wolf rieb ihn mit einem Tuch, bis er glänzte. Dann führte ich ihn hinaus und hielt ihn. Er stieß mich mit der Nase an und zog die Flanken ein paarmal ein, im Falle vielleicht doch Bier vorhanden war, aber natürlich gab es keins. Das mußte er sich erst verdienen. Hellie kuschelte das Gesicht an seinen Hals und koste mit ihm. Susie nahm die Hufe einen nach dem anderen vor und prüfte, ob auch kein Mist dazwischen war. Sunny hielt alles mögliche: Sattel, Decke und die Bleidecke (das Ding, das auf beiden Seiten Schlitze hat, in die dann kleine Bleistückchen gesteckt werden). In den F.E.I-Prüfun-

gen müssen die Männer, Sattel inbegriffen, vierundsiebzig, die Frauen neunundsechzig Kilo wiegen, und wenn sie zu leicht sind, wird die Differenz in Blei aufgewogen. Aspie genoß jede Sekunde. Er stand ruhig da wie ein alter lendenlahmer Klepper auf der Weide. Dann ertönte eine Trompete. Schnell begannen wir mit den gewohnten Handgriffen. Sunny warf ihm die Bleidecke über, Susie legte den Sattel darauf, und gleichzeitig nahm Wolf das Halfter ab und befestigte das Zaumzeug, während Helen die Schnalle am Hals schloß, und dann zog Wolf behende den Sattelgurt fest. Es geschah so fachmännisch und schnell, daß Aspie einige Sekunden brauchte, ehe er erkannte, daß sein Auftritt – ich bin sicher, daß er es bei sich so nannte – bevorstand und mit seinem Theater begann. Sobald er damit anfing, zerstreute sich die Menge, Blitzlichter flammten auf, Kameras klickten, und Susie und ich ergriffen jeder ein Zügelende und zerrten daran. Dabei gebrauchten wir abwechselnd oder im Chor die groben Ausdrücke, die er besänftigend fand. Für ihn bedeutete es, daß der erste Akt vorüber war, daher wurde er ruhiger und ließ sich die Rampe hinaufführen. Die Lautsprecher riefen in regelmäßigen Abständen das nächste Pferd aus, Nummer, Besitzer und Reiter, und wenig später, wenn das Pferd den Durchgang beendet hatte: »Nummer Soundso, elf Fehler.« Darauf öffnete sich das Ausgangstor, und Pferd und Reiter verließen die Bahn. Susie flüsterte mir zu: »Ich habe Angst. Alle machen schrecklich viele Fehler. Es muß ein wirklich schwieriger Parcours sein.«
»Unsinn.« Ich lachte sie an. »Kein Hindernis hier ist höher als einssiebzig, Liebling, und ich selbst bin mit ihm über einsachtzig gesprungen .«
»Ja, Sie!« sagte sie. Dann lachte sie mich breit an.
»Stellen Sie sich vor, wir wären wieder bei Wolfgang. Hellie und ich sind die einzigen Menschen auf der Tribüne. Sie kommen mit Aspie herein und führen uns alles vor –

und berühren kein einziges Hindernis. Der Parcours damals war schwieriger als dieser hier.«

»Nächstes Pferd, Nummer vierundvierzig, Aspercel. Besitzer Freddie und Helen Bolton – übrigens Vater und Tochter – Reiterin Miss Susie Clemens. Wenn sie diese Prüfung gewinnen, werden sie Sieger aller Wettbewerbe.«

»Denk daran, Sue«, sagte Wolfgang, als er ihr in den Sattel half, »hier gilt die Zeit. Aber überlaß das meiste nur Aspie.«

Sie nickte. Sie war käseweiß. Wir lösten das Leitband und traten zurück. Aspercel galoppierte wie immer mit einem großen Sprung auf die Bahn hinaus. Hellie, Sunny und ich rannten zu unserer Loge und erreichten sie gerade, als Susie auf den ersten Sprung zuritt.

Wir hätten uns nicht zu sorgen brauchen. Die einzigen kritischen Momente waren, als Aspercel das eine Hinterbein während einer scharfen Wendung wegrutschte, wobei ein Stöhnen durch die Menge ging, und als er das letzte Hindernis so hoch übersprang, daß Susie beinahe heruntergefallen wäre. Als er die Ziellinie passierte, raste die Menge vor Begeisterung. Es gab erneuten Beifall, als der Ansager die Zeit bekanntgab, die unglaublicherweise sechs Sekunden weniger betrug als beim nächstbesten Pferd. Danach kamen noch zwei Pferde, aber die machten einen Trümmerhaufen aus der Bahn. Aspie hatte es geschafft. Helen weinte, und ich saß wie betäubt da. Ich hörte den Ansager sprechen und neuen Beifall, aber ich erfaßte kein Wort. Dann drang es an mein Ohr: »Miss Bolton und Mr. Bolton mögen bitte auf die Bahn kommen.«

Benommen stolperten wir zu der kleinen Tür in der Mauer, die um die Bahn herum verlief.

»He, Liebling«, flüsterte ich Helen zu. »Wir können uns nicht an der Hand halten. Du mußt meinen Arm nehmen, wie eine erwachsene Dame.«

Wir hielten uns trotzdem an der Hand. Als wir die Mitte der Bahn erreichten, lachte ich Susie aus vollem Herzen an, und sie lachte zurück. Aspercel besprühte mich wie gewöhnlich von oben bis unten mit Schaum. Der Ansager versuchte mich abzuwischen, und ungefähr fünfzehntausend Menschen lachten. Also rammte mich Aspie mit der Nase und spritzte mich wieder an. Diesmal erntete er noch viel mehr Gelächter. Zwei Minuten später waren wir auf dem Rückweg zu der Mauer, Helen schwankend unter der Last eines riesigen, echt silbernen Tabletts. An der kleinen Tür wartete Sunny auf sie und nahm es ihr ab. Ich wollte ihnen folgen, hielt aber inne. Ich glaubte, die Aufregung wäre zuviel für mich gewesen und ich hätte schon Halluzinationen: Mary stand vor mir – in einem schwarzen Seidenkleid und einem Blumenhut mit Tüllschleier, in dem sie aussah wie eine unartige Nonne. Sie schaute mich mit tellergroßen Augen an und lächelte zaghaft.

»*Mary!*«

»Ich mußte zurückkommen, Freddie. Mami war nun fast außer Gefahr, und ich – ich konnte es einfach nicht mehr aushalten, noch eine Minute länger von dir fort zu sein. Ich habe erst heute nachmittag ein Flugzeug bekommen. Dann sind wir in Chicago wegen Nebel noch drei Stunden aufgehalten worden. Ich wäre bald vergangen.«

Ich riß sie in meine Arme. Ich küßte sie nicht, Mary hatte es nicht gern, wenn man Gefühle in der Öffentlichkeit zeigte.

»Aber seit wann bist du hier? Erst seit dieser Minute?«

»Nein, schon seit einer Stunde.« Ich wollte sprechen, aber sie legte mir einen elegant behandschuhten Finger auf die Lippen. »Ich bin nicht zur Loge gekommen, einmal weil ich nicht passend angezogen bin und dann – heute ist *dein* Abend. Und ich, ich hatte das komische Gefühl, daß ich dich nach fast achtzehn Jahren einmal so sehen müßte, wie du wirklich bist, ohne meinen Einfluß.« Sie lachte kurz. »Weißt du, du bist ganz und gar nicht du selbst. Du bist so selbstsicher. Und dann all die hohen Tiere, die zu dir gekommen sind und mit dir gesprochen haben – ich habe viele von ihren Bildern in den Zeitungen erkannt. Ich konnte es kaum glauben, daß du *mein* Freddie bist und –

und daß ich zu dir gehörte. Wo hast du sie alle kennengelernt?«
»Aber Liebling, du bist eben mit einem recht hohen Tier verheiratet.«
»Fredrick . . .«, sagte sie mit unheilvoller Stimme.
»Ja, Mary?«
»Ich finde, du bist einfach wunderbar.« Sie grinste. »Besonders für einen Pferdedieb.«
Ich warf den Kopf zurück und brüllte vor Lachen.

33

Das Pferdejahr ging Mitte Dezember zu Ende. Es schneite heftig, als ich Mary, wie üblich mit Lockenwicklern, an der Tür den Abschiedskuß gab. Ich stieg in den Continental – natürlich aspercelblau und -rot lackiert –, den unser neuer Gehilfe, eine Kombination von Hausdiener und Aspie-Betreuer, dessen Frau jetzt für uns kochte, für mich herausgeholt und angewärmt hatte. Ich wollte gerade einkuppeln, als ich merkte, daß Mary mir etwas zurief.
»Ach, Liebling!«
Ich kurbelte das Fenster herunter und steckte den Kopf hinaus. »Was ist?«
»Ich wollte mit dir beim Frühstück darüber sprechen. Es handelt sich um Skiunterricht für Helen. Alle Mädchen hier in der Gegend nehmen welchen. Sie gehen zu Matt Svendon, der einfach *der* Mann dafür ist, nach Hillmont. Er hält für Helen noch einen Platz in der Gruppe frei. Sie fangen dieses Wochende an, aber ich dachte, ich müsse dich doch vorher fragen, denn die Stunden sind wirklich teuer.« Ich mußte an jenen anderen Morgen denken, der nun schon so lange zurücklag. Damals hatte ich nicht die leiseste Ahnung gehabt, worauf ich mich einließ, als ich Wolfie unbeabsichtigt auf die Lohnliste setzte. Ich lachte.

»Warum nicht? In letzter Zeit ist alles viel zu glatt gegangen. Laß sie mitmachen.«

»Engel!«

Ich fuhr aus der Ausfahrt und überlegte, wie, zum Teufel, man es anstellte, einen Berg zu kaufen – und nach welchem Produkt man ihn benennen könne.